圖解

三大特色
- 一讀就懂新聞學的理論和知識
- 文字敘述簡明易懂、提綱挈領
- 圖表方式快速理解、加強記憶

圖解
系列

新聞學

莊克仁 著

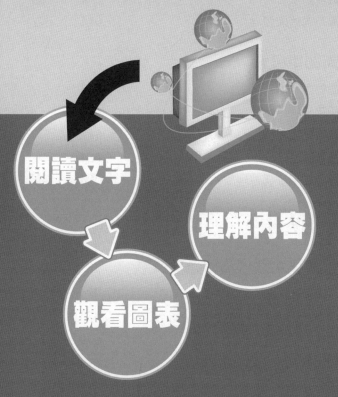

閱讀文字

理解內容

觀看圖表

五南圖書出版公司 印行

本書目錄

本書目錄

本書目錄

第 1 章

新聞概念

Unit 1-1
名詞的由來

新聞（News）是怎麼來的？其實，新聞是根據人類求生存與好奇心，及其實際需求而來的。當然，目前我們所知道的「新聞」，是藉由大眾媒體（Mass Media）而來。然而，「新聞」最原始的意義就是消息，可經由口頭傳述，也可見諸文字記載。

一、古籍中的「新聞」涵義

「新聞」一詞，在唐宋時的書籍文稿中，即已出現。如唐朝初年出版的《新唐書》及《南礁新聞》，又如宋朝的《朝野類要》等，不過，當時所謂「新聞」與今日通行的「新聞」二字的涵義，有所出入。

當時的新聞有民間流傳的奇聞軼事、新近聽說的消息及新知識的意思，但大多指的是尚未成熟而又不太可靠的消息而言，可說不是一個完全正面的名詞。一直要到清朝，「新聞」一詞才較接近現代意義，而有「新鮮消息」的涵義。

二、現代意義

現在中文通行的「新聞」二字，與英文 News 一詞的涵義一致，指最近發生或發現少有的新鮮人事物，經由媒體報導出來的內容，都可概稱為新聞。

美國新聞學者卡斯伯．約斯特對「新聞」一詞也做過考證。他認為，雖然在古早時中已可發現根源，但據英國《牛津辭典》，正式將其解釋為「新聞報導」則是發生在 15 世紀，蘇格蘭的詹姆士一世於 1423 年在敕書中使用了「新聞」一詞。約斯特還指出，有人把英文的「新聞」（News）一詞說成是由北（North）、東（East）、西（West）、南（South）四個字的第一個字母組成的，意指在四方所發生的事情，這種說法「僅僅是一種幻想的觀念，沒有切實的依據」。

事實上，這個說法只能說是巧合，並沒有學理的根據。因為，早期英文的 News 一詞，原寫為 Newes，Newes 是名詞，其形容詞為 Newe，似出於拉丁文之 Novus。照這一發展來看，說 News 是由 North、East、West 與 South 四個字的第一個字母所合成的說法，顯然就不太可信了。

三、英文 News 首次出現

英文 News 一詞首次出現在刊物上，是在 1621 年 8 月 13 日，由英國出版商鮑爾尼（N. Bourner）和阿契爾（T. Archer）經許可而定期出版的《來自義大利、德國匈牙利、波西米亞宮廷、法國和低地各國的新聞週刊》（Weekly News From Italy, Germnanine, Hungaria, Bohemala, The Palatinate, France And Low Countries），簡稱為《新聞週刊》。這本週刊是英國首次將荷蘭或德國的新聞刊物翻譯成英文，是「本冊式」，每期 20 頁，出版了數年。當時根據英國政府的規定，不得報導國內政治新聞，但可以報導國外政治新聞，因此才有這類新聞刊物的出現。

總之，現代人已處於無時無刻，不受「新聞」造訪的日子當中。

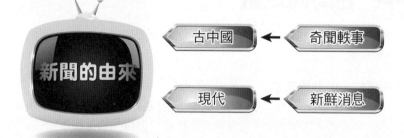

新聞的由來

古中國 ← 奇聞軼事

現代 ← 新鮮消息

北 North

新聞 News

East 東

西 West

South 南

知識補充站

一、有關英文NEWS的拆字解釋

根據美國新聞學者柏德遜（Benton Rain Patterson）將「NEWS」字，做拆字法
（Glyphomacy），而將之解釋為：

N：Newsworthiness （新聞價值）　　E：Emphasize on（新聞重點）

W：Ws （新聞中之六何）　　　　　　S：Source(s)（新聞來源）

就因如此，當更容易讓人知道新聞的本質及其意涵了。

二、有關中文「新聞」的出處

1. 唐代神龍年間，據《新唐書》記載：「孫處玄，長安中征為左拾遺。頗善屬
   文，嘗恨天下無書以廣新聞。神龍初，功臣桓彥范等用事，處玄遺彥範書，
   論時事得失，彥範竟不用其言，乃去官還鄉裡。以病卒。」

2. 唐代詩人李鹹用在詩作《春日喜逢鄉人劉松》中寫道：「舊業久拋耕釣侶，
   新聞多說戰爭功。」

3. 《紅樓夢》第一回中，曹雪芹老先生也用了「新聞」兩字：「當下雨村見了
   士隱，忙施禮陪笑道：老先生倚門佇望，敢問街上有甚新聞麼？」

Unit **1-2**
新聞的定義

新聞的定義形形色色，歸類起來有兩大類：一類是不成文的定義，另一類是合乎邏輯要求的定義。

一、「不成文」的新聞定義

如：美國《紐約太陽報》19 世紀 80 年代的編輯室主任約翰・伯加特（John Bogart）說：「狗咬人不是新聞，人咬狗才是新聞。」（If a dog bites a man, it is not a news, if a man bites a dog, it is.）

美國《紐約先驅論壇報》採編主任斯坦利・瓦克爾（Stanley Walker）於 20 世紀 30 年代提出：「女人、金錢、罪惡三者，就是新聞。」（News are Women, Wampum and Wrongdoing.）

這些話在西方的影響至深且鉅，稱得上是新聞的不成文定義的代表性話語。說是不成文的定義，是因為它們雖然生動，但並非邏輯的概括說明；雖然注意到了新聞應是不平常的新鮮事，注重的卻是異常、刺激，尤其重視情色之事，與新聞的真諦相去甚遠。

二、「合乎邏輯要求」的新聞定義

這一類定義如作歸納，有三種類型：第一類型認為，新聞就是新的事實或事物。如：新聞是新近報導的事情。（News is recent report of events.）（密蘇里新聞學院前院者已故的莫特博士[Frank Luther Mott]）。這可說是最簡單而又最廣泛的定義，其重點在於「新近報導」，而非「新事情」。他的意思是，不但是新事情，舊事情只要未報導過，經過新近的報導，也一樣會成為新聞。

我國新聞學者和報人也有相同看法：「新聞乃多數閱讀者所注意之最近事實也。」（徐寶璜）；「新聞者，有人類之興味，與人類生活及幸福上能發生影響之一切事件及觀念等相關之原質的事實也。」（戈公振）

第二類型定義認為，新聞是對事實或訊息的報導、傳播、記錄、介紹。如：新聞是任何一個也是每一個有關生命與物質的趣聞之徹底宣露。（合眾國際社發給記者的手冊）

新聞是任何具有時間性，並且能使一些人感到興趣的東西。最好的新聞，乃是能使最大多數的人感到最大興趣之新聞。（News is anything that interests a number of persons, and the best news is that which has the greatest for the greatest number.）（美國早期新聞學教授白蘭雅 [Willard Bleyer]）。第三類型定義注重新聞的社會影響和作用，認為新聞是一種工具性、手段式的東西。如：新聞是透過適時的煽動。（News if agitation by facts.）（蘇俄前塔斯社社長巴格諾夫 [Nikolai Palgunor]）；「新聞是根據自己的使命，對具有現實性的事實的報導和批判，是用最短時間有規律的連續出現來廣泛傳播的經濟範疇內的東西」（日本小野秀雄）；可見事實是新聞的要素，經由媒介的報導後，即能對人心產生某種程度的影響力。

新聞學的定義

不成文 ——→ 狗咬人不是新聞

+

1. 新的事實或事物：新近報導

合乎邏輯 要求

2. 對事實或訊息的報導、傳播、 記錄、介紹：感興趣的事

＝

3. 注重社會影響和作用： 適時地煽動

新　聞

新聞的定義： 新聞是一件新近發生的事件， 在不違反正確和道德規範的原 則下，可引起大多數人的注意 與興趣，同時符合公共利益， 而透過媒體所做的最新報導。

Unit **1-3**
新聞的結構

圖解新聞學

006

一、新聞的構成

不管報紙、廣播或電視，每天所刊播的新聞構成，至少應有三項基本考慮，即是：時間性、重要性與趣味性。

1. 時間性：時間性是指新近報導而言。也就是說，任何新聞都必須是新近的報導，也唯有最新的第一手報導，才具有時間性。時間性愈強，新聞的價值亦愈高。

2. 重要性：新聞重要性的構成，至少有下列四項因素：

（1）不尋常；（2）著名；（3）鄰近性；（4）影響力。

3. 趣味性：一般新聞報導，不一定都是重要的，不重要而具有趣味的也很多，甚至在許多重要的新聞裡面，也含有趣味成分。趣味因素很多，值得我們分別加以探討：

（1）自我興趣；（2）衝突鬥爭；（3）英雄崇拜；（4）名號；（5）人情味；

（6）大小、多少；（7）美女；（8）羅曼史；（9）發現或發明；（10）神祕與懸疑。

二、新聞的特性

美國芝加哥學派的創始人派克（R. Park）為新聞所描述的特徵包括：新聞是即時性的、非系統性的、稍縱即逝的、不尋常的、不能期待的、可期待的、必須具有新聞價值及以符合讀者的興趣。謹將之歸納為下列幾項：

1. 寫實性：新聞是事實訊息的報導，事實是新聞的本源和基礎，沒有事實就沒有新聞。因此，新聞反映的是客觀現實中發生過或存在著的事實，是完全的真人真事。新聞說件什麼事情，現實中一定有這麼一件事情；新聞說個什麼人，現實生活中一定有這樣的一個人。因此，新聞是實話實說。徐寶璜在其所著《新聞學》中指出：新聞第一須確實。「新聞須為事實，此理極明，無待解釋。顧凡憑框杜撰閉門捏造之消息，均非新聞。」新聞的真實和文字的真實，是兩種意義上的真實。

2. 新鮮性：早先人們把報紙稱作「新聞紙」。新聞可貴之處就在於它的「新」。換句話說，新聞報導係指新近發生的事實。所謂「新」是指內容新，「近」是指時間近。總結起來看，「新近」是一個時間上的概念，指新聞事實與新聞報導之間的時間差。新聞報導事實的時間，離新聞事實與新聞報導之間的間距愈近，新近性就愈強；其具體尺度隨著社會的發展而發展。因此，新聞報導要用最快的速度在最短的時間內，把剛剛發生和正在發生的事實訊息傳播給公眾。現今的解說，所謂「新近」，是指新聞事實剛剛發生或正在發生。現代新聞不是泛泛地講新近，而是以日計，以小時計，重要的新聞還以分計，以秒計。

3. 即時性：真實、最新的新聞事實若得不到及時傳播，新聞便成了舊聞，失去了存在的價值。任何時間上的稍微拖延和懈怠，都是新聞報導所忌諱的。

4. 公開性：新聞是通過新聞傳播工具與形式，向社會和人們公開告知的消息。它告訴人們：在他們周遭發生了什麼，世界發生了什麼，使人們得以了解它周圍的世界，了解社會和時代，「秀才不出門，便知天下事。」

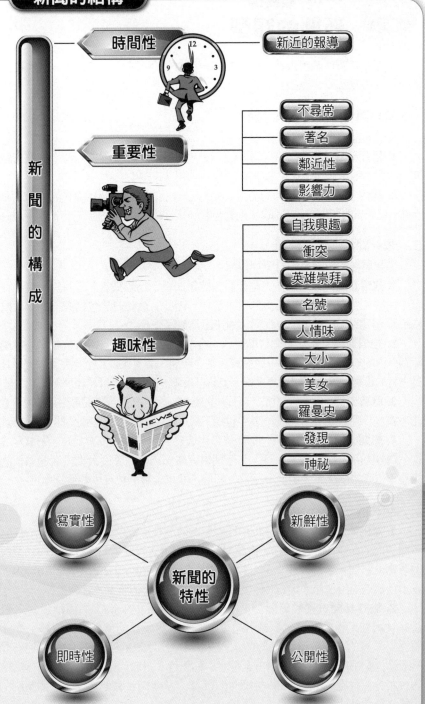

新聞的結構

新聞的構成

時間性 ——— 新近的報導

重要性 ——— 不尋常
著名
鄰近性
影響力

趣味性 ——— 自我興趣
衝突
英雄崇拜
名號
人情味
大小
美女
羅曼史
發現
神祕

新聞的特性
寫實性
新鮮性
即時性
公開性

Unit 1-4
新聞的類型

這裡僅就新理論應當涉及的分類和類型作些介紹，包括各種不同的角度和標準，至少有下列幾項：

一、依新聞發生的地區來分類

可將新聞擇要分為下列幾項：

1. 國際新聞：指發生在本國領土以外地區且和本國無關的新聞，如波灣戰爭的新聞、印度大地震……等。

2. 國內新聞：國內新聞的範圍很廣，凡是在國內各地所發生的新聞，均可列為國內新聞。但若新聞發生在首都地區，則對全國皆具影響性，故在採訪時會被列為國內要聞。

二、依新聞的性質來分類

擇較重要的新聞可分為下列幾項：

1. 政治新聞：目前國內各媒體將正式新聞稱之為政黨新聞，特別指發生在中央政府所在地，且會影響全國人民的重大事件，因此，採訪對象包括總統府、行政院、立法院等五院的政黨黨部、內政部、外交部及蒙藏委員會。

2. 經濟新聞：經濟新聞包括財政、金融、股市行情、貿易、商業……等屬於經濟範圍以內的新聞。這是報導一切經濟活動之新聞，美國報紙甚至有完全以報導經濟動態為主旨的專業報紙（例如經濟日報、工商日報等）的存在，可見經濟新聞之受重視了。

3. 社會新聞：社會新聞是「新聞中的新聞」，因為社會新聞最貼近一般社會大眾，往往成為人們街談巷議的話題，其中包括下列三類：犯罪新聞、災禍新聞及人情趣味新聞。

4. 影劇新聞：採訪對象包括無線電視演藝人員，由於多涉及知名影歌星等偶像人物，內容五花八門，精采活潑，甚至經常有緋聞出現而吸引大批讀者閱讀，故目前各媒體不但有影劇版，且版面多至三、四個，並以全版彩色、大幅照片處理。

三、對比的分類

1. 意內新聞與意外新聞：即依照新聞的時間性來擇要分類如下：（1）意內（預知）新聞（Predicted News）：指記者預知必然會發生的新聞，如元旦集會、國慶閱兵等。屬尋常性新聞，新奇性較少。（2）意外（突發）新聞（Unpredicted News）：指記者在事前無法知道在什麼地方、什麼時間會發生什麼事的新聞，其刺激性、新奇性較多。

2. 軟性新聞與硬性新聞：（1）軟性新聞（Soft News）：係指那些人情味濃、趣味性較強、生動活潑、容易引起受眾興趣、對受眾能產生立即報酬，亦即「即時效應」效應的新聞。如：人們的逸聞趣事、電影明星的活動。（2）硬性新聞（Hard News）：指那些題材比較嚴肅，思想性、知識性、指導性比較強的時政、經濟、科技、國會集會、政府文告等新聞。這類新聞，受眾接受時，只能產生「延遲報酬」效應，故稱之為「硬性新聞」。

新聞的類型

新聞的分類

一、依新聞發生的地區分類

1. 國際新聞

2. 國內新聞

二、依新聞的性質分類

1. 政治新聞

2. 經濟新聞

3. 社會新聞

4. 影劇新聞

三、依對比來分類

1. 意內 vs. 意外新聞

2. 軟性 vs. 硬性新聞

Unit 1-5
新聞與宣傳

一、宣傳的定義

　　所謂宣傳，就是運用語言、文字或其他符號，來影響群眾的集體態度。然而，新聞與宣傳不是一回事，但新聞卻常被用為宣傳的工具。為了某種崇高的理想，新聞自亦不妨擔任宣傳的任務，但宣傳的用途太多，有商業宣傳，有個人宣傳，也有帶著種種惡毒目的之宣傳。所以宣傳有時也被視為一項不好的名詞，我們不能不加以留意。

二、新聞與宣傳之比較

　　1. 宣傳具有目的性，新聞則否。
　　2. 宣傳目的在自利，新聞則為公眾利益。
　　3. 宣傳只有意見而無事實，新聞只有事實而無意見。
　　4. 宣傳主觀性重於客觀性，新聞客觀性重於主觀性。

三、新聞與宣傳之異同

　　1. 相同之處：（1）目標集中化：不論是新聞或是宣傳，它的目標不外：促進社會繁榮，國家富強，人類進步。要達到此一目標，在執行的過程中，必須有重點，集中力量，統一目標，才能事半功倍。（2）內容純淨化：新聞與宣傳既有其共同目標，則內容自宜力求「純淨化」。（3）態度主動化：宣傳和新聞一樣，都要有攻擊的精神、主動的精神。

　　2. 相異之處：（1）程度深淺不同：新聞或宣傳，最終目的都在影響目標群眾，然程度有深淺之別。新聞注重在「客觀的報導與解釋」，態度比較客觀而消極。宣傳則不然，它是在傳播一種主義、觀念、看法，而希望目標群眾去信仰這一主義，同意這個觀念或看法，故較新聞要主觀而積極得多。（2）運用技巧不同：新聞必須「據實報導」，宣傳為引起公眾的注意，有時不惜誇大渲染。新聞報導不可重複，宣傳的主題或符號，可常被反覆運用。

四、認識新聞宣傳屬性的意義

　　1. 正確認識新聞的宣傳功能：如同前述，既然新聞與宣傳既有區別又有聯繫，那麼，我們在做新聞工作和宣傳工作時就應該注意正確、科學地處理好新聞與宣傳的關係。要認識到新聞有其不同於宣傳的自身特性，因而不能將所有新聞都用來作宣傳。

　　2. 正確認識新聞的宣傳關係：宣傳與新聞既有區別，又有聯繫，好比是兩個圓圈相交，既是互不交叉的獨立部分，即「純新聞」部分和「純宣傳」部分，也有相互交叉結合的部分，即人們常說的「新聞宣傳」。一般來說，交叉結合得愈緊密，社會效果愈好。

　　3. 努力實現新聞宣傳的最佳效果：新聞具有宣傳屬性，新聞可以用於宣傳，這是人們普遍認可的。然而，許多人對一些新聞媒介所作的宣傳卻不大滿意。究其原因，關鍵在於這些媒體片面強調新聞的宣傳作用，而不注意尊重新聞規律，不講究宣傳藝術，因而使得新聞宣傳收不到好的傳播效果。

新聞與宣傳

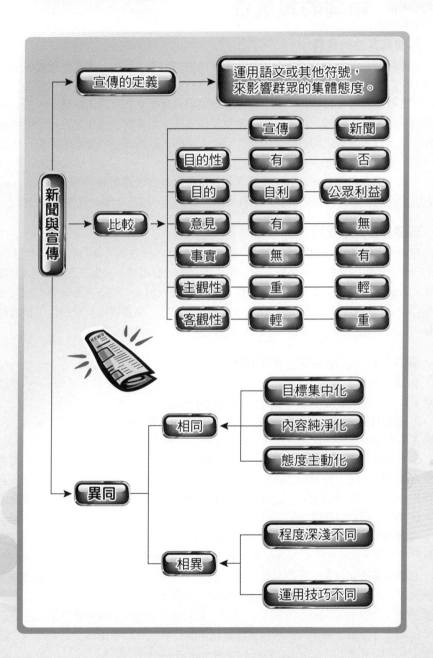

新聞與宣傳
- 宣傳的定義 → 運用語文或其他符號，來影響群眾的集體態度。
- 比較

	宣傳	新聞
目的性	有	否
目的	自利	公眾利益
意見	有	無
事實	無	有
主觀性	重	輕
客觀性	輕	重

- 異同
  - 相同
    - 目標集中化
    - 內容純淨化
    - 態度主動化
  - 相異
    - 程度深淺不同
    - 運用技巧不同

Unit 1-6
新聞的真實性

圖解新聞學

012

一、新聞真實性的意義

　　新聞報導必須真實，這是對新聞及新聞活動的最基本要求。真實是新聞的生命。新聞的一切其他屬性，新聞的一切職能都是建立在此基礎上的。美國著名報人、新聞學者李普曼在其著《民意》一書中指出，新聞與真實性是不容的兩個概念，二者應該明顯地區別出來。新聞的作用是突出說明某個事件，而真實性的作用是揭示出隱藏的事實，指出這些事實之間的關係，然後根據人們的活動描述一幅實際的圖畫。然這一解釋並未明確界定真實性。

　　中國新聞學者徐寶璜認為，新聞真實性就是指新聞根據新聞報導中的事實，必須和客觀相符合。相符合就是真實，不符合就是不真實。這是新聞真實性涵義的核心。

二、新聞真實建構理論

　　1984 年，美國阿多尼與緬因（H. Adoni and S. Mane）在其《媒介與社會真實建構：朝向一個理論與研究的整合》論文中，將「媒介的社會現實」分為三部分：（1）客觀真實（objective reality）；（2）符號真實（symbolic reality）；（3）主觀真實（subjective reality）。可說是自拉克曼（Luckman）以來，首次將「真實建構」理論作了整合性的解釋，並將其運用到新聞傳播領域，以實證研究的方式檢證。

三、客觀真實、主觀真實、符號真實

　　1. 客觀真實：是存在於個人之外的客觀世界的每一種「事實」（fact），被認定是無須經過驗證而普遍存在的常識（common sense）。

　　2. 主觀真實：則是經由個人輸入（input）客觀真實與符號真實建構而成的，即個人將客觀真實以及符號真實融入其意識，而在腦中建構成的真實。

　　3. 符號真實：「符號真實」乃是阿多尼與緬因在舒茲的「主觀真實與客觀真實」之外所演繹的創見，其重點強調與其他兩種真實之間的互動關係，亦是其他兩種真實維持與轉化的主要辯證因素，它是社會客觀意義的建構、社會的歷史產物，同時也是個人日常生活經驗的表現。

　　符號真實是指用符號（symbol）將客觀真實表現出來的任何形態，如藝術、文學、或媒介內容等，展現的形態很多，舉凡報紙、小說、雜誌，甚至廣告等內容均屬之。

　　三種真實的關係有：客觀真實（近—遠）、符號真實（近—遠）、主觀真實（近—遠）。「近—遠」關係（zones of relevance）指的是個人經驗所及之事務，例如直接接觸事物，乃屬近（close）的關係，反之，則屬遠（remote）的關係。個人之主觀真實乃依此「近—遠」關係而建構，且社會化、語言與社會角色學習等社會過程，藉此傳達了基本的常識，以使個人得以在社會發生作用。

　　總之，確保新聞傳播完全真實，應是新聞傳播媒介和傳播者的共同追求。

新聞的真實性

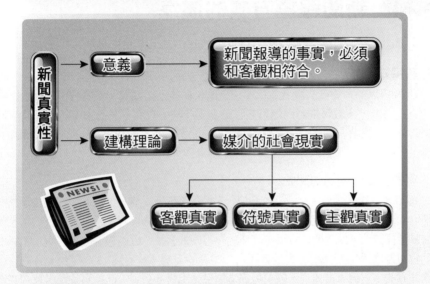

新聞真實性
- 意義 → 新聞報導的事實，必須和客觀相符合。
- 建構理論 → 媒介的社會現實
  - 客觀真實
  - 符號真實
  - 主觀真實

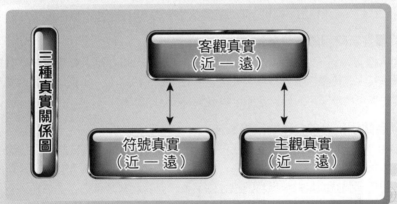

三種真實關係圖

客觀真實
（近 — 遠）

符號真實
（近 — 遠）

主觀真實
（近 — 遠）

知識補充站

　　新聞並非事實，常見的非事實或非真實的新聞類型，包括：謠言、八卦、小道消息、亂寫或炒作新聞、或亂力怪神等尋奇新聞，身為記者當然要在事前仔細查證；而身為閱聽人，消極方面，除了應從多元管道接收訊息，讓自己不被這些新聞牽著鼻子走之外，更應在積極方面，進一步認知自己身為「世界公民」一份子，主動善用新傳播科技，協助他人獲得正確、真實的訊息，以減低錯誤報導的負面影響。

Unit 1-7
新聞報導方式的演進

圖解新聞學

根據羅文輝教授對新聞報導方式的歷史演進，分為下列六個階段：

一、政黨報業時期

1830 年以前，報紙的讀者並不要求新聞報導要公正客觀，美國的報業大致採取明確的黨派路線，多數報紙的政策是在言論上支持某一政黨，並竭盡所能的打擊發行人反對的政黨。沒有人期望報導呈現中立路線，記者甚至常歪曲事實，或故意增減情節，以滿足媒體負責人的要求。

二、客觀性新聞報導的起始

1830 年以後，由於工業革命的發展、電報的發明及美聯社的興起，客觀性新聞報導逐漸取代政黨路線，並使客觀成為新聞報導必備條件。1848 年 5 月，美國紐約六家報紙成立聯合採訪部，由於要負責供應許多立場不同的報紙，因此報導必須客觀，才能使所有的會員及客戶樂於採用，這是客觀新聞報導的濫觴。一直到 1930 年代，客觀性報導事新聞界的主要報導方式，一般記者都遵循倒金字塔的公式。此種將重要事實放在新聞最前面，除了方便作標題及編輯外，也能言簡意賅的讓讀者了解新聞的重點。

三、解釋性新聞報導的發展

客觀性報導到了 1930 年代以後，開始受到批評，讀者要求新聞報導應對事件提供背景資料，並使讀者對該事件能有全面性的了解。1933 年，美國記者開始採用解釋性新聞報導來寫新聞，並分析各種新聞事件所隱含的意義。

四、新新聞學報導融合新聞故事筆法

1960 年代，越戰與校園示威促使新新聞學及調查性報導的報導方式，「新新聞學」的報導係以小說的筆法來寫新聞故事，這種報導方式融和小說創作想像力及新聞記者的採訪技巧，強調的是寫作風格及描述的品質，允許發揮想像力，並注重人格、風格及內幕消息的報導，儘管如此，新新聞學的寫作方式仍必須以新聞事件做依據。

五、調查性報導發揮監督力量

美國新聞界扒糞運動，1960 年代以調查性報導的新面貌出現，它幾乎以政府機構做為報導對象。這種強調新聞界應該監督政府的理念，一直是新聞哲學的基礎，也變成維護社會公義的一股新興力量，調查性報導最有名的例子是《華盛頓郵報》報導水門案件，迫使尼克森總統下台。

六、精確新聞報導與科學方法的運用

精確新聞報導於 1960 年代末期，在美國北卡羅來納大學新聞系教授邁爾（Philip Meyer）推動下漸漸被廣泛運用，它是將科學研究方法與傳統新聞報導技巧融合為一體的報導方式。

新聞報導方式的演進

階段1：政黨報導時期
1830年代

階段2：客觀性新聞報導
1830-1930年代

階段3：解釋性報導
1930-1950年代

階段4：新新聞學報導
1960年代

階段5：調查性報導
1960年代

階段6：精確新聞報導
1960年代末期

015

知識補充站

精確新聞

　　精確新聞（Precision Journalism）報導是當前新聞界最新、最精緻的報導方法。這種報導方法，把傳統新聞報導技巧與社會科學研究方法融為一體，是現代新聞記者應該採納的方法。

　　羅文輝教授認為，精確新聞與傳統新聞報導最大的不同在於，精確新聞係運用科學的方法進行直接，如面對面訪問；或間接，如電話訪問的系統性觀察，以彌補傳統新聞報導缺乏普遍意見之代表性的缺失。因此，精確新聞可以說是新聞演進過程中對於客觀性報導的新途徑。

　　此外，由於精確新聞大量運用調查研究法來探測民眾對公共事務或時事議題的意見，因此精確新聞報導雖不必然就是有關民意調查的新聞報導，但有關民意調查的新聞報導，則一定是精確新聞。

第 **2** 章

新聞學概念

●●●●●●●●●●●●●●●●●●●●●●●● 章節體系架構 ▼

Unit **2-1**
新聞學的概念

一、新聞學的定義

「新聞學」一詞，係由英文 Journalism 一詞翻譯而來。Journalism 一詞，則又由 Journal 轉來。Journal 源出於拉丁文的 diurnalis，其涵義為每日紀事，或日報導，此字再加上 ism，便成為 Journalism，照其字面解釋，應為紀事或做報之方法或原則。所以，紀事或做報之方法與原則，也就是紀事或做報之學，或新聞學。

我們可分別從狹義與廣義兩方面來看：

狹義的新聞學，專指理論新聞學，又多指新聞學的一般原理。在大學新聞學專業的課程體系中，通常被稱作「新聞學概論」、「新聞理論」等，主要研究新聞傳播的基礎性理論及其理論體系。

廣義的新聞學，由從前的「報學」發展而來。如今，它形成了以下四個分支學科：

1. 歷史新聞學： 主要研究人類新聞活動、新聞事業和新聞思想產生與發展的歷史。諸如國內新聞事業通史和斷代史、報刊史、通訊社史、廣播史、電視史、新聞界著名人物史傳、新聞學術史、新聞教育史等等。

2. 理論新聞學： 主要研究新聞學的學理。諸如新聞學一般原理、馬克思主義新聞思想、西方新聞理論、新聞理論基本問題專題等等。

3. 應用新聞學： 主要研究新聞業務活動的原理與技巧。諸如新聞採訪、新聞寫作、新聞評論、新聞攝影、新聞編輯、電視新聞、廣播新聞等等。

4. 新聞傳媒經營與管理學： 國外早就有研究媒介經營的學問。諸如人事、節目與廣告的經營、管理與行銷等等。

二、新聞學的範圍

近代報業之起源，可說是近代印刷事業的一種副產品。不論歐美，多為先有印刷所的經營，然後由其主人創辦報紙，亦即從一位商人或印刷者，一躍成為文化人。

從世界範圍內看，新聞學首先是在西方國家獲得獨立學術地位的。西方國家的新聞學也是經歷了一個由「術」到「學」的發展過程。從 19 世紀中期開始，隨著資本主義報業發展，人們對報紙的報導方式、編採業務、版面的表現形式、報業的經營管理的探討和研究，不斷地深入，從而促進了新聞學的形式和發展。總之，新聞學是在西方所建立和發展的。

新聞事業最初係指報業而言。在我國新聞學最初亦稱「報學」。以這個角度來說，最早的新聞學是研究報紙「印刷媒介」（printed media）的學問，但至 20 世紀 20、30 年代以後，廣播、電視，與新聞電影，相繼興起，所以新聞學的研究範圍也擴充到上述三種「電子媒介」（electronic media）了。由於傳播科技日趨複雜，新聞學的內涵也隨之伸延，以至於新聞與大眾傳播（mass communication）的關係日益整合，與傳播學的界限已很難區分。

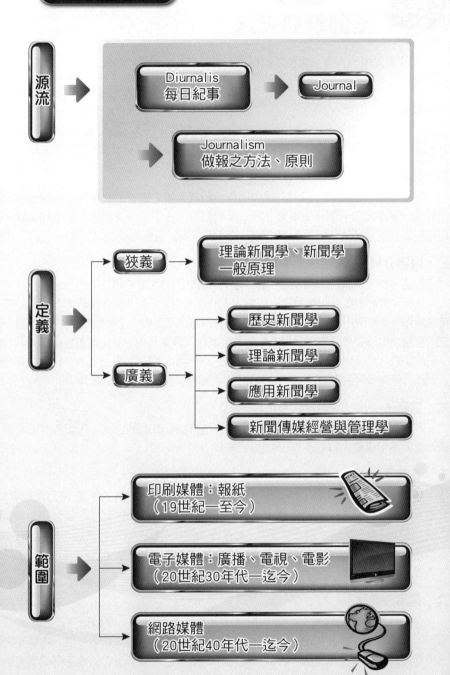

Unit 2-2
新聞學研究法

研究新聞學的方法，也和其他科學，尤其是社會科學的研究方法大致相同。茲分別論述如下：

一、歷史法

如果我們要研究一位新聞鉅子，一個，或一地區、一國，甚至全世界的新聞事業，某一或某些有關問題，可以用歷史的眼光去研究它，這就有賴於歷史法的採用。

二、比較法

主要是用於比較研究各個時代或同時代新聞事業之經營方式、內容及優劣等等。前者如一個地域或一個新聞事業在若干年前如何，若干年後又如何；後者如美國《紐約時報》、英國《倫敦時報》與法國巴黎《世界報》三份報紙之異同等。

三、內容分析法

內容分析（Contents analysis）是研究一家報紙內容比重的最實際方法。一般說來，內容分析研究的對象，包括說話人或寫作人的注意力之分配、所選用的字句，以及某些特殊傳播用語被使用的頻數，從而觀察其社會行為，以及某一社會的實際及其可能動向。它的特點是由研究者親手用量尺去度量某些素材或非素材的刊登，或親自去數某些詞語出現的次數，然後加以分析研究，再做成結論。然而，它的缺點則是在於內容的意義因人而異，研究者對內容意義的了解，不一定與閱聽人對此一內容的解釋相同。

四、觀察法

利用觀察法來研究讀者的興趣，是一種最直接而有效的方式。所謂觀察就是觀察讀者對於某項媒體內容的注意程度或反應。

五、實驗法

主要是用於讀者興趣，或某種宣傳效力的研究。舉例言之，如果一家新聞機構要知道公眾對它的新聞評論是否感到興趣，評論的效力如何，則可以在要鼓吹一項觀念之前，抽樣調查公眾對一觀念之意見，然後連續推出有關鼓吹此項觀念之評論若干篇，而於這若干篇評論剛好發布完畢之時，再做一次調查，如果贊成此項觀念的人與前一次調查一樣，那就表示公眾根本沒有注意他的社論。

六、個案研究法

個案研究是用來檢驗一位受研究客體（像一位記者、一個編輯室及一家廣告公司等等）所具有的許多特性。個案研究通常試著把研究者的有興趣領域，在特定時間內，對客體的種種，作完整、詳盡的研究。總而言之，個案研究的意涵為透過針對單一或若干個案進行研究，藉由多元資料的蒐集及多重的比較分析，以期找出規律性的東西，故是一種邏輯性的導向思考過程，以尋求解決問題的方法或途徑。

新聞學研究方法和對象

研究方法	研究對象
歷史法	某人 某地區、國家、全世界 某一問題
比較法	各個時代、不同地區、報業制度、新聞法規、新聞教育、記者寫作方式
內容分析法	說話人、寫作人的注意力分配、所選用字句、傳播用語使用頻數
觀察法	觀眾對某種電視新聞的反應
實驗法	讀者興趣、宣傳效力
個案研究法	受研究客體（一位記者、一家廣告公司、一座電視台）所具有的特性

Unit 2-3
新聞學和新聞工作

　　新聞學研究的對象，是人類社會客觀存在的社會現象。研究的重點，則是新聞事業和人類社會的關係，探索新聞事業產生、發展的特殊規律和新聞工作的基本要求。

一、新聞學

　　新聞學給了我們從事新聞工作的思維方式，使我們善於去發現新聞、發掘新聞，和從事新聞工作的基本技能技巧。但是，一旦進入新聞學裡觀察，理解現實和評價適時的是非曲直、利弊得失、榮辱好惡的價值體系或參照架構，還需要從其他學科（例如政治學、法學、經濟學、哲學、文學等），以及到社會實踐中去汲取養分而充實。

　　如果以為掌握了新聞學就可以從事新聞工作，那實在是莫大的誤解。在世界上，找不出只懂新聞學卻不了解社會現實和其他學科的人，可以成為出色的新聞工作者的先例。

　　新聞學僅僅是一門專業學科，而新聞工作卻是多種學科和新聞工作實踐經驗的綜合運用。新聞工作者每天面對新的情況、新的問題，必須不斷對一系列的新情況、新問題作分析、判斷和選擇。分析能力、判斷能力，這是新聞工作者最重要的素質。在媒介報導的領域，記者、編輯必須具備基本的專業知識，才能做出正確的分析和判斷。

　　無論何種媒體──報紙、電視、廣播，記者、編輯都需要運用語言。新聞語言要求準確、精簡，讓人一看（聽）就懂。例如，有一幅圖片新聞《水母珍品》：美國洛杉磯港口日前發現異常珍貴的黑色水母。這種水母本世紀內僅「出現」過四次。這就有詞語上的錯誤，應該改為：「這種水母本世紀內僅『發現』過四次。」因為海洋之大，黑水母出現過幾次，那是人類所無法知道的，而發現過幾次，則是有案可查的。

二、新聞工作

　　新聞工作不是單純的提供新聞報導，而是一種傳播過程，雖然不一定是單向或線性的過程。人們認為，新聞工作在解說社會本來面貌的過程中，充當一種社會角色，但是，在職業新聞實務訓練與新聞學術研究之間，卻存在認知和理解的差距。

　　美國新聞學者馬奎爾（Denis McQuail）把新聞工作定義為：「就實際正在發生的與公眾有關的事件，為公共媒體進行付費寫作（以及與文字相當的視聽作品）。」

　　這裡面涉及新聞寫作（寫新聞稿、寫評論等）一般是有稿費可拿的，但也有不拿稿費、不收費的。其次，一般媒體固然多為以商業經營的，但也有以公共方式，或非營利方式經營的。

三、新聞學和新聞工作

　　新聞工作涉及經濟學、管理學、法學、文學、歷史以及自然科學等等。對於立志從事新聞工作的人來說，除了學好新聞學之外，應該花更多的時間、精力去學習國家的政策、法律及規章，學習其他的社會科學和自然科學，到新聞實踐去刻苦磨練，進而建構一個比較完整的知識體系。

新聞學與新聞工作的比較

新聞學	新聞工作
1. 一門專業學科 2. 給予新聞工作思維方式 3. 可供新聞工作者學習 4. 需要其他學科（如政治學、法學、經濟學、哲學、文學等）及社會實踐中汲取養分	1. 多種學科 2. 實踐經驗綜合體 3. 新聞工作者須具備分析能力、判斷能力、運用語言 4. 不是單純提供新聞報導，而是一種傳播過程 5. 涉及經濟學、管理學、法學、文學、歷史及自然科學

 新聞學 ⟶ 新聞工作

○給予思維工作

×只懂得新聞學就可成出色新聞工作者

開始不懂得新聞學的人，後來反成名符其實的新聞記者和評論家

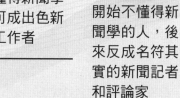

Unit 2-4
報業四種理論

圖解新聞學

1956 年，美國三位學者：賽伯特（Fred Siebert）、彼得遜（Theodore Peterson）和史蘭姆（Wilbur Schramm，又稱宣偉伯）合著《四種報業理論》（Four Theories of the Press）一書，將報業理論精要做一區隔：

一、威權主義的新聞理論

集權主義理論可追溯到古希臘哲學家柏拉圖（Plato）的「貴族哲人傳播權力論」等思想。尤其德國哲學家黑格爾（Georg Wilhelm Friedrich Hegel）主張，只有國家意志才是目的，個別公民的自覺都從屬於它。他認為封建君主和特權階級對報刊擁有絕對的統治權；報刊是統治階級發號施令的工具，嚴禁報刊批評政府。這一理論最極端的形態是以墨索里尼和希特勒為代表的法西斯主義新聞觀。

二、共產主義的新聞理論

馬克斯（Karl Heinrich Marx）可能是共產主義報業理論的創始人，在共產主義的社會裡，報業的功能係在促進社會制度永續發展。1900 年，列寧（Nikolai Lenin）創辦《火星報》（Iskra），並說：「報紙不僅是集體的宣傳者、煽動者，也是集體的組織者。」此一概念說明了報紙只是政府和政黨的工具，它必須為政府所用，也是共黨或其機構所主持。

共產主義新聞理論在 1917 年俄國革命之前臻於成熟，實踐於史達林（Joseph Vissarionovich Stalin）。

三、自由主義的新聞理論

自由主義的新聞理論主張人是理性的動物，人人生而平等，個人自由權利乃是基於天賦的人權。此先由英國思想家、政論家約翰‧彌爾頓（John Milton）、洛克（John Locke）、法國的盧梭（Jean-Jacques Rousseau）等，於 17 世紀在關於思想自由的論戰中提出，後被引入報刊活動，形成自由主義報刊理論。該理論認為報刊活動應該不受政府控制，任何人都可以不受限制地傳播新聞和發表意見，並認為報刊作為理性的產物，有權對政府進行監督，可以與立法、司法、行政平等而成為第四權力。

四、社會責任的新聞理論

西方新聞理論中，影響最大的除了自由主義理論以外，還有社會責任理論。社會責任論起源於1947年「美國新聞自由委員會」（Commission on Freedom of the Press）對美國報業的一份報告：「自由而負責任的報業」（A Free and Responsible Press）。

新聞自由委員會（又稱為霍金斯委員會）主席霍金斯（Robert M. Hutchins）認為，將「社會責任的義務」加之於現代報業是絕對必須的，報導新聞應該正確而有意義。因此建議政府可以制定法規，藉以保證報紙接受規範並執行它的社會責任，也可以監督報紙內容是否能服務社會、實踐它的功能。

報業理論與概念

報業四大理論要點比較

內容　　制度	威權主義	共產主義	自由主義	社會責任
流行區域	16、17世紀之英國及其屬地	蘇聯、納粹德國及法西斯時之義大利	1688年後之英國、獨立初期之美國	20世紀之美國
思想根源	威權君主及政府想法	馬克思、列寧思想	理性主義、天賦人權	新聞自由委員會報告書
主要目的	支持、推動當權者的政策	維護共產政權、專制能力	告知、娛樂、監督政府	告知、娛樂、包含多元意見
媒介使用者	皇室及特許者	共黨精忠分子	有經濟能力之媒介主	任何人都可使用媒介
控制媒介方式	使用特許執照及檢查	政府、經濟手段	自我在意見自由中矯正	消費者行動專業意理
所有權	民營、政府	黨營、政府	民營為主	民營但政府得介入接管
忌諱	批評政府	批評黨目標	誹謗、猥褻腥、戰時煽動性言論	侵害個人權利及社會重大利益
基本差異	媒介為擁護、推動政策工具	媒介國有、控制嚴密、為國家言論武器	媒介為監督政府、滿足大眾需求工具	媒介要負起社會責任,否則予以懲處

五種報業概念要點比較

類型	媒介控制	資訊政策	代表國家
1. 威權報業概念	公/民營,但都隸屬於國家	如果對政權不涉及批評或異見,媒體營運不成問題,蘊含或實際上有檢查制度	早期歐洲國家、現代獨裁拉丁美洲國家及其他各國
2. 西方(自由主義/社會責任論)報業概念	民營報業/民營或公眾廣播系統	強調新聞及節目免受限制的自由/報業可自由批評政府,但須負起責任,不能無的放矢	英國、美國、前西德及日本
3. 共產黨人報業概念	媒體隸屬於共產黨及政府/沒有民營媒體	強調傳遞官員的觀點及政策;動員人民以求取支持,推崇上下一心作法	解體前的蘇聯及東歐共黨國家、中國大陸
4. 革命報業概念	不合法或顛覆性媒介,政府管制不了	地下媒介,通常由國外偷運入境,企圖推翻政府	戰時淪陷區地下媒介、非洲、印度殖民地時期報紙
5. 發展報業概念	由政府與/或政黨控制以及指導所有媒體	動員媒體,以達到經濟發展的國家目標;政治上的整合,計畫種種運動,以消除窮困、疾病及文盲	未工業化國家、第三世界的非共產黨國家

Unit 2-5
世界各國新聞學主導性理論

一、發展的新聞理論

在新聞、新聞學理念思潮發展與過程中，受不同政治、經濟、社會和媒介態勢影響，不同媒介生態都有學者作不同思維和解釋。例如：20 世紀 50、60 年代，現代化理論興起，施蘭姆（Wilbur Schramm）與冷納（Daniel Lerner）等人，致力提出傳播媒介如何塑造現代人的人格，以促進國家發展，邁向現代化的看法。

發展的新聞理論的基礎，是源於媒介可以促進國家發展。最早提出媒介和國家發展有密切關係的是：（1）冷納在 1958 年所出版的《傳統社會的消逝》（The Passing of Traditional Society）；（2）施蘭姆在 1964 年所著《大眾傳播媒介與國家發展》（Mass Media and National Development）；（3）羅吉斯（Everett Rogers）在 1969 年所著《農民的現代化》（Modernization Among Peasants）等三位學者及其著述。冷納認為一個傳統社會必須經歷過幾個階段才能夠達到現代化的目標，例如工業化、都市化、識字率的提高、移情能力和同理心的人數增多等。大眾傳播媒體可以提高民眾的識字率，藉以作為提升民眾社會參與、政治參與和經濟參與的基礎。他們以國家主權為核心，從全球經濟與資訊結構來探討國家發展問題，故而提出「國家經濟新秩序」、「國家資訊新秩序」（New International Information Order, NIIO）等呼籲，認為西方以新聞來傳播西方的意識型態，破壞一個原有文化，對當地社會產生重大影響。此際第三世界學者如舒士文（L.S. Sussman）與阿家華剌（N.K. Aggarwala）等人，即提出發展新聞學（Development Journalism）的觀念。

羅吉斯將大眾傳播媒介的使用，視為國家現代化過程中的「中介變項」。在國家現代化過程中，人口統計變項、民族性格和世界性（Cosmopolitanism）等因素會影響民眾的媒介使用，民眾在使用大眾傳播媒介之後，可能產生現代化的成果。羅吉斯強調大眾傳播媒介的使用，若輔以人際傳播，將會有更好的效果。

二、民主參與的新聞理論

此一理論強調的是在民主社會中，民眾透過自由參與的作為，來表達自己的意見。20 世紀 70 年代之後，社會資訊的交流發展迅速，使得媒介的壟斷日盛，民眾要求自主利用媒介的意識更加提高。由於壟斷使得民眾覺得現實生活中缺乏可利用的傳播資源，「接近使用」媒介權的呼籲也日益增強，美、歐、日本等已開發國家紛紛要求大眾傳播媒介應向民眾開放，允許個人和團體有更多的機會自主參與或表達意見。

民主參與理念的核心價值是：社會應該是多元的，所以小規模、雙向互動、廣泛的傳播是必須的，傳播的關係不應該是由上而下，有時候要讓下情上達，傳播本身最好是縱向橫向相互為用，並且應該是平等的。媒介服務的是受眾、閱聽人，而不是主政者、宣傳家、廣告主或媒體組織；如果可能的話，社會上各行各業都應該有自己的媒介，尤其是弱勢團體更應該藉此為自己發聲，這樣才更合乎理想的社會，而不至於成為一言堂。

新聞理論

發展的新聞理論

盛行年代	20 世紀 50、60 年代
代表人物	1. 冷納（Daniel Lerner） 2. 施蘭姆（Wilbur Scbramm） 3. 羅吉斯（Everett Rogers） 4. 施士文（L.S. Sussman） 5. 阿家華剌（N.K. Aggarwala）
主要論點	1. 國家發展理論：媒介可以促進國家發展 2. 現代化理論：媒介可塑造現代人的人格邁向現代化 3. 國家資訊新秩序：西方媒體傳來的意識型態，破壞當地原有文化，產生不良影響

民主參與的新聞學理論

盛行年代	20 世紀 70 年代之後
核心價值	1. 社會應該是多元的 2. 傳播應讓下情上達 3. 弱勢團體應藉媒體為自己發聲

知識補充站

一、公共新聞學的源起

　　1980年代中期以來，一種被稱為公共或公民新聞事業的新型事業流行起來了。它的兩名締造者和捍衛者，紐約大學的公共生活與新聞學計畫主任傑伊・羅森（Jay Rossen）和《威奇塔鷹報》（Wichita Eagle）主編戴維斯・「嗡嗡」・梅裡特（Davis "Buzz" Merrit）。在羅森看來，公共新聞學的主要訴求是媒介能夠，而且應該改進公民討論和促進社區問題的解決。根據這一觀點，媒介已經變得超然於它們所服務公眾之外，而公共新聞事業就是重新聯繫這兩者的一種途徑。

二、公共新聞學的理念

　　公共新聞學的理念是試圖在代議民主的現行架構上，另闢一個參與式民主；甚至是審議式民主的公共機制來輔助、強化民主的運作，改良民主體質，讓民主政治的主體——公民得以更進一步地進入民主政治場域中參與運作，使其公民權彰顯生效。透過公共新聞學的實踐，公民也能夠親身以行動參與公共領域的政治事務，從而彰顯身為「人」的主體性與存在價值。

Unit 2-6
新聞學理論轉向

一、新聞學與大眾傳播理論之交會

群居的人類彼此表情達意，以慰新聞飢渴（news hunger），做好營生工作，於是使用媒介，研究實務（初期主要是報刊），得出運作心得，結晶成新聞學理論，這是很自然的事。但，為什麼這一切又似乎突然轉向——起碼是分流，衍生出傳播研究、傳播理論來呢？這一切得從新聞與傳播的歷史角度談起，試舉三個主要例子：

1. 1830 年前後，班哲明‧戴（Ben. H. Day）主持的《紐約太陽報（The New York Sun）》風行之後，這些廉價的一分錢報（penny paper）才站上主流發行量排行版，推動了新報業時代（the New Journalism）的來臨。

2. 狄福（M.L. Defleru）借用刺激反應律（Stimulus-Response, S-R）說法，推出「機械式的刺激反應論」（Mechanism S-R theory）。

3. 20 至 40 年代的「魔彈理論」（magic bullet）和「打針理論」（hypodermic needle theory）發而皆中，彈無虛發。

時至今日，分眾傳播已與大眾傳播分庭抗禮。

二、新聞與傳播之會通

新聞與傳播之內涵研究，是否可以融會貫通，如匯百川於一海？彭家發教授曾以新聞傳遞過程，由客觀新聞事件之發軔，至閱聽人一連串經過，作一整合，而將新聞與傳播之間的相互牽扯，一一序列出來。而此一新聞傳遞的「動能線」是這樣的：

1. 日常事件（故）→ 2. 蒐集→ 3. 新聞事件→ 4. 輸入→ 5. 媒體→ 6. 輸出→ 7. 新聞（訊息）→ 8. 傳遞→ 9. 閱聽人。

在此，1. 日常事件（故）（daily occurance/event/accident）：是指社會上現實世界的客觀真實，是最原始的新聞素材（what），會靠隱性或顯性的訊號（source, who）提供訊息。訊源包括自然的（如災禍）、人為的（如記者會）；甚至造勢事件，如政治、政黨、假事件（pseudo event）、偽造消息（hoax）、亂放話或捏造（fabrication）等。2. 經過情境資料「蒐集」：從新聞定義與新聞價值去考量，確定所發生的事件（故），有「資格」轉化為新聞事件的過程。3. 新聞事件：在定調為新聞過程，常被質疑其是否具可報導性？是否為國際新聞？獨家新聞？妨害軍機與洩密？4. 資訊：經由媒體來處理（輸入），惟處理中，難免有「噪音」出現。5. 媒體（新聞機構、組織）：媒體是傳輸管道，是大眾傳播裡主要的守門人或把關人（gatekeeper），也是資訊生產的包裝線。6. 新聞（資訊）之輸出：也講促銷，和輸入一樣，其過程也會被扭曲。7. 輸出後的新聞（訊息）：這是媒介（二手）真實，是一個影子世界，產品呈現講求正確、深入、快速和即時。8. 傳遞：是說透過各類管道和媒介傳送給目標閱聽人（target audience）。9. 閱聽人：是最後媒介（資訊）使用者（whom），又分第一類特殊閱聽人士：他是身兼一般閱聽人身分的學者，以及第二類型的特殊閱聽人：他是諸如世界媒體相關組織（國際觀察者）。

新聞學理論的轉向

◎新聞學與大眾傳播理論之交會三事例

事例1： 1830年一分錢報（penny paper）的出現，代表新報業時代的來臨

事例2： 機械式的刺激反應論：Mechanism S-R theory

事例3： 20世紀20-40年代魔彈理論與皮下注射理論：彈無虛發

今日已出現「個人－大眾傳播」一詞

◎新聞與傳播之會通

新聞傳遞過程九步驟：
日常事件（故）→蒐集→新聞事件→輸入→媒體→輸出→新聞（訊息）→傳遞→閱聽人

Unit 2-7
符號學與新聞學

一、符號學與現代符號學

　　符號學（Semiotics），是一種研究表徵符號的科學。符號其實是一個早就存在的概念，惟晚近才獲得較普及的重視和接受。

　　現代符號學是由兩位語言理論學者，一位是瑞士語言學者費丁南·皮爾士（Ferdinand Sanders Pierce），當他在日內瓦大學任教時，建立了一個與符號相觀的基礎理論。另一位是美國哲學家查理 · 皮爾士（Charles Sanders Pierce），他則從社會學觀點來探討符號相關影響。

　　根據「符徵」（或「能指」）（Signifier）和「符旨」（或「所指」）（Signified）之間的關係，查理·皮爾士把「符號」分為：（1）圖像符號、（2）標誌符號和（3）指徵符號三種類型。圖像符號擁有客體的某種特徵，例如地圖、照片；標誌符號是根據符號自身和對象之間，有著某種關聯而起作用，例如打噴嚏是感冒的標誌；指徵符號與前兩種不同，指徵符號的「符徵」和「符旨」或之間沒有某種必然的聯繫，「符徵」之所以能夠具有某種指說功能，是因為一種慣例或者約定俗成，我們使用的文字就是指徵符號，例如，中文把「狗」這種動物叫做「ㄍㄡˇ」、「gou」或者英文叫做「dog」，並沒有什麼特別的依據，只是在文字形成過程中的一種約定。從狹義說，視覺符號主要指那些由圖形和色彩構成的符號，即圖像符號。

二、符號學與新聞學

　　新聞學與符號學可以說關係密切，第一，傳統新聞學在很大程度上都觸及新聞報導，而報導的作為則是以事實（facts）為依歸，以訊息為載體而傳播，那麼什麼是事實呢？事實是事情客觀存在的真實性情況，它被語言組織過，是一種符號；而訊息（消息）則是通過符號而外傳的，至於真實性，從符號學的觀點，更是植基於「約定成俗」的基礎上。故而事實、訊息和事情真實三者與符號在關係上，「自有永有」。

　　其次，在新聞報導的「概念」和「故事」（story），有著豐富的系統性和融合性的隱喻。所以，在新聞的報導中，若有新的隱喻，就會提供新的選擇材料角度，和據而得以觀察的方式。例如：我們以「黑心商品」，來隱喻商人販賣不合衛生標準的食物。又如「血汗工廠」隱喻超時低薪、工作環境惡劣、剝削員工的工廠。

　　第三，誠如著名的英國文化研究者賀爾（S. Hall）所說，傳播模式是由表現相連而各異的諸項環節所組成的，即訊息生產、流通、分配／消費和「再生產」（生產並維持這一結構）。

　　從上述諸家之論中，我們可以說，符號學是新聞學的「異見份子」，例如：索緒爾的語言學理論認為，語言相對於所言之事，並不是「一對一」的透明狀態，而就符號學內涵去考衡新聞學內涵，例如：真實與客觀的專業目標，那只是一種迷思（myth）、一種理想。所以論者有謂：符號學是對「新聞學是什麼」的解構。

符號學與新聞學

符號學	
定義	研究表徵符號的科學
代表學者	1. 瑞士語言學家費丁南・皮爾士（Ferinand Sanders Pierce） 2. 美國哲學家查理・皮爾士（Charles Sanders Pierce）
主要論點	符號分： 1. 圖像符號：地圖、照片 2. 標誌符號：打噴嚏→感冒 3. 指徵符號：使用的文字，乃約定成俗
與新聞學的關係	1. 新聞報導以「事實」為歸依，事實、訊息和事情真實三者與符號在關係上，「自有永有」 2. 新聞報導的「概念」和「故事」，有著豐富的系統性和同質性的隱喻

031

知識補充站

當符號學與新聞學相遇

　　新聞真實嗎？如果新聞不是真實的，那麼我們通過媒體接觸的各類訊息為什麼可以成為做出判斷和行動的依據？當符號學與新聞學相遇的時候，符號學告訴我們符號是有遮蔽性的，所言不等於被言之物。新聞又始終把真實、客觀、中立作為自己的基本原則，任何一則新聞都寄居於某種符號之中。因此，在符號學的視野下我們如何揭示真實與所言的關係？在新聞學的視野中，我們又該如何堅定真實的信念？

　　阿多尼和梅尼（Adoni, H. & Sherrill Mane, 1984）提出了社會真實的構建模式的三個部分：客觀真實（由事實組成、存在於個人之外並被體驗為客觀世界的真實）、符號真實（對客觀世界的任何形式的符號式表達，包括藝術、文學及媒介內容）和主觀真實（由個人在客觀真實和符號真實的基礎上建構的真實），認為要想調查真實的社會建構，就應該包括對所有這三種真實形式的研究。

第 3 章

傳播與新聞傳播的基本概念

Unit 3-1
傳播與新聞傳播活動

一、傳播

1. 牛津大辭典：所謂傳播，乃藉著語言、文字，和形象傳送或交換觀念和知識。

2. 大英百科全書：傳播是若干人或者一群人，互相交換消息的行為。

3. 美國施蘭姆（Wilbur Schramm）博士解釋：對一系列傳遞消息的記號，所含取向的分享。

4. 徐佳士：傳播是一個有機體對一項刺激所做的反應。

5. 李金銓教授在《大眾傳播理論》書中指出：（1）傳播組織裡（如報社）有許多人在工作（都是組織化的個人），製造大量相同的訊息，這些訊息都是公開的、立即的。（2）這些訊息既是公開的、立即的、大量的、自然便在發出發後抵達大量的「受眾」。

從上得知，傳播是一種透過科學方式傳遞訊息與溝通的行為。粗淺而言：把一個訊息或意見傳給他人，而期望產生某種效果，因為人的趨向、態度、行為不同，而有不同的效果。

6. 大眾傳播：傳播學者麥奎爾（McQuail）認為，大眾傳播不同於個人傳播的一對一或一對十、二十，它的傳播規模之大、對象之多與廣，實在無與倫比。簡要而言，大眾傳播是現代的產物，人類（特定專業的人）透過大眾媒介傳播其經驗、知識、感情、意思給有不同需求的讀者、聽眾和觀眾。事實上，這種解釋已不足以呈現大眾傳播的角色了。因為，許多研究證明大眾傳播已不止於傳播，更能塑造、改變，甚至「主宰」閱聽人食衣住行育樂及思想。人類基本的傳播行為（傳情達意、交換知識經驗）已因大眾傳播而改變、複雜了。

二、新聞傳播活動

1. 新聞傳播活動的定義：新聞傳播活動就是傳播新聞的活動，而且是一種關於新近或正在發生的事實訊息的傳播與接收活動。其特點為：首先，它是人與人之間的一種訊息交流活動，自然是一種社會性活動；其次，它是雙重主體的過程性活動，即是由傳播新聞的人和收受新聞的人共同完成的活動，本質上是一種精神交往活動；再次，由於這種訊息交流活動的內容是一種新近或正在發生的事實訊息，因此，新聞傳播活動必然是一種關於真實訊息、新鮮訊息的傳播收受活動。最後，這種將新近或正在發生的事實訊息，傳送給大眾的傳播，必然是一種及時的、公開的活動。

大陸學者黃旦：「新聞傳播是人們之間相互進行的獲取新情況、交流訊息的社會傳播活動。」

2. 傳播與新聞傳播的關係：（1）新聞傳播是傳播的一種，傳播包含著新聞傳播，傳播是一般，新聞傳播是特殊，傳播與新聞傳播是不能同等的。（2）由於新聞傳播是傳播的一部分，因此，新聞傳播遵循傳播的一般規律。（3）新聞傳播必定不同於一般的訊息傳播，儘管它孕育在一般傳播之中，卻始終具有自己的個性特徵，有自己特殊的規律和工作方法。

傳播的基礎源流及其衍展

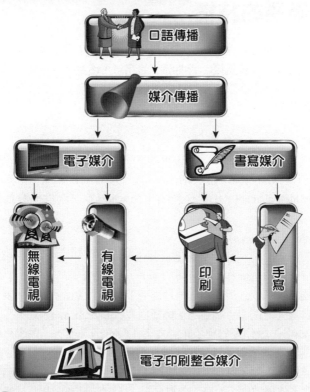

口語傳播

媒介傳播

電子媒介　　　　書寫媒介

無線電視　有線電視　　印刷　手寫

電子印刷整合媒介

035

知識補充站

傳播的基礎源流

人類傳播科學（Science of Human Communication）可細分為以下七項：

1. 內向傳播：指個人接受外界刺激的反應，例如：個人的自言自語。

2. 人際傳播：兩個團體互相的傳播。

3. 小團體傳播：造成傳播的有效途徑。

4. 組織傳播：指部門、結構之間的一種溝通、領導的關係，數量大於小團體傳播。

5. 大眾傳播：無限多人獲得同樣的訊息。其中分為：新聞傳播、公共傳播、教育、非新聞的傳播、公共會晤、公共圖書館。

6. 跨文化傳播：例如：多民族的國內傳播與國際傳播。

7. 非語言傳播：非言詞的傳達中，所占最多的就是視覺傳達，可分為三類：（1）手勢、姿勢、動作；（2）圖畫語言；（3）物體語言：例如：未開化民族的圖騰、中國古代的結繩記事，以及從古至今代表身分與職業的服飾等。

Unit 3-2
傳播的結構

　　傳播的活動，通常發生在一個情境架構中，由一個人或更多的人，發出訊息，並由一個人或更多人收到噪音阻擾（或曲解）的訊息，產生一些效果，並再其中含有一些回饋的活動。從早期希臘哲人亞里斯多德的三個程序開始：人（說話者）－話（訊息）－聽（閱聽人）。

一、拉斯威爾

　　拉斯威爾（Herold Lasswell）於 1948 年，在其著《傳播在社會的結構與功能》一書中，歸納出傳播的內涵：誰（Who）、說什麼（Says what）、經由什麼途徑或傳播媒體（In which channel）、對什麼人（To whom）、產生什麼效果（With what effect）。

　　由此得到傳播的五大要素：

1. 傳播者（who）　　　2. 訊息（says what）　　　3. 閱聽人（to whom）
4. 媒介（in which channel）　5. 效果（with what effect）

　　拉斯威爾提出這個模式所提出的線性思考架構。對傳播研究，尤其是傳播效果的理論建構，更具重要。例如：誰對應了傳播者（Communicator）而有了「控制分析」（Control analysis）、說什麼對應了訊息內容（Content）而有「內容分析」（Content analysis）、透過什麼管道對應了傳播管道，而有「媒介分析」（Media analysis）、對誰對應了閱聽人（Receiver），而有「閱聽人分析」（Audience analysis），最後，產生什麼效果對應了傳播效果，而有「效果分析」（Effect analysis）。

二、山農和偉佛數學模式

　　山農（Shannon）與偉佛（Weaver）兩位是「貝爾電話實驗室」數理工程師，故此模式又稱「傳播數學模式」。此一模式說明，訊息來源是傳播過程的第一步，由它產生用來傳播的訊息（Message）或「一連串訊息」。其次，由「傳送者」（Transmitter）將訊息轉換成一些訊號（Signal）。這些訊號應該要能適用於可以達到「接收者」（Receiver）的通道（Channel）。接收者的功能與傳送者的功能，是將所接收到的訊號（Signal）還原成訊息（Message），如此才能抵達目的地（Destination）。在過程中，訊號極易受到「雜音」（Noise）的干擾，造成傳送者與接收者之間的語意障礙，這也就是傳播何以失敗的一個常見的原因。

三、奧斯古和施蘭姆循環模式

　　源自於奧斯古（C.E. Osgood）的概念，而由施蘭姆（Wilbur Schramm）於 1954 年提出。當時他們批評傳統的線性傳播模式，認為傳播是一循環的過程。

　　他們認為傳播是循環性，非線性及單向的。此一傳播模式重視傳播者與閱聽人的行為，不重視通道。在傳送與接收之間，係對等關係的，履行同樣的功能──製碼（Encoding）、譯碼（Decoding）和解釋（Interpreting）。

傳播的結構

拉斯威爾傳播方式

誰
（傳播者） → 說什麼
（訊息內容） → 通過媒介 → 對何人
（接收者） → 產生效果

山農和偉佛的數學模式

訊息
來源 →(訊息)→ 傳送器 →(訊號)→ ◆ →(訊息接收)→ 接收器 →(訊息)→ 目的地
（受眾）

噪音

奧斯古和施蘭姆循環模式

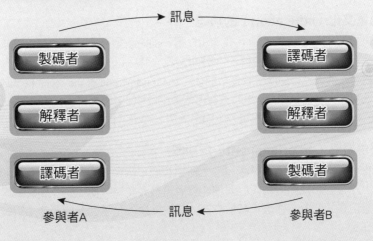

訊息

製碼者 ────→ 譯碼者

解釋者　　　　　解釋者

譯碼者 ←──── 製碼者

參與者A　　　　訊息　　　　參與者B

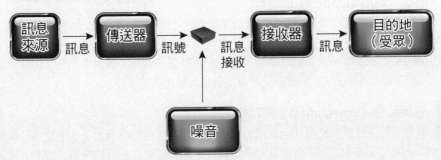

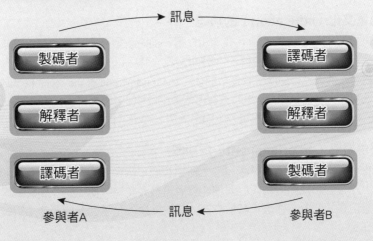

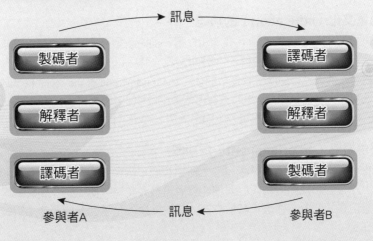

傳播的結構

拉斯威爾傳播方式

誰
（傳播者） → 說什麼
（訊息內容） → 通過媒介 → 對何人
（接收者） → 產生效果

山農和偉佛的數學模式

訊息來源 →訊息→ 傳送器 →訊號→ ◆ →訊息接收→ 接收器 →訊息→ 目的地（受眾）

噪音

奧斯古和施蘭姆循環模式

訊息

製碼者 ──→ 譯碼者

解釋者　解釋者

譯碼者 ←── 製碼者

參與者A　　訊息　　參與者B

Unit 3-3
傳播的功能

生活在現代社會當中，傳播媒介與人們的關係愈來愈密切，也就是說，人們很難離開傳播媒體而生活，因為，人的一天，從早到晚都會聽廣播、看報紙、欣賞電視（無線或有線電視）節目，甚至上網找資料、玩線上遊戲……等等。

因此，美國傳播學者拉斯威爾（H. Lasswell）認為，傳播媒體有三種功能：守望環境、協調社會對環境的反應、以及傳遞社會文化遺產。除了這三種功能之外，萊特（C. Wright）認為傳播媒介還有娛樂的功能。但是，社會學學者墨頓（ Merton）提出除了正功能外，傳播媒體也同時有負功能存在。謹分述如下：

一、守望（surveillance）的功能

大眾傳播媒體提供資訊與新聞，告知環境中的危險狀況，如颱風來襲、戰爭爆發，使閱聽人獲知後得以趨吉避凶，故有「監視環境、監視功能」（The surveillance of the environment）。然而，它也有可能產生若干負面影響。例如：提供資訊時，造成「麻痺人心」（narcotizing）；或預告災害時，造成大眾過度的恐慌。

二、協調反應（correlation）的功能

傳播媒體選擇及解釋與環境有關的訊息，對事件提出批評及若干解決之道。媒體常利用社論及宣傳，以便疏導社會各界不同的意見，並做為意見的溝通。故有「協調反應、決策功能」。但它也有可能造成反功能，例如：傳播媒介灌輸刻板印象且強化人民安於現狀，可能阻擾了社會所需的良性變遷與創新，如此，批評的聲音受到壓制，維護既得利益者。

三、傳遞文化（education）的功能

將社會規範、價值傳遞給社會的新一代，同時也對社會成員，包括成年人與兒童進行社會化（socialization）過程，以提供人們一個可以認同的社會，使個人不致無所適從，故有「傳遞文化遺產、教育功能」（The transmission of the social heritage from one generation to the next）。但是，這時它有可能產生反功能，因為傳播媒體具有「非親身性」（impersonal）的本質，故也很可能阻隔了人們，減少了它們之間應有的人際接觸。

四、提供娛樂（entertainment）的功能

傳播媒體，尤其廣播與電視，經常播出音樂、戲劇等大眾文化，有助於提昇公眾的品味，並且激起他們對藝術的興趣。然而，有人認為，傳播媒介的娛樂內容加強了人們逃避現實的傾向，傷害了精緻高尚的藝術，庸俗化了公眾的品味，阻礙了人們對藝術的好尚。

總之，新聞媒介能對人們和社會產生作用與影響，這些功能有可能是正面的，但也有可能是負面的，即有害於社會和個人的發展與完善。從社會的實際效果來看，新聞媒介的正功能與負功能是那麼錯綜複雜地交織在一起，又是那麼矛盾的。

大眾傳播流程模式

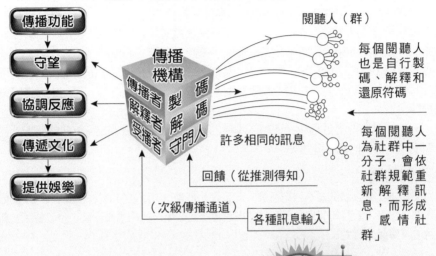

訊息搬運工／訊息操縱者
（發行、印刷工）／（媒介主、記者）

閱聽人（群）

- 傳播功能
- 守望
- 協調反應
- 傳遞文化
- 提供娛樂

傳播機構
傳播者　製碼
解釋者　解碼
受播者　守門人

每個閱聽人也是自行製碼、解釋和還原符碼

許多相同的訊息

每個閱聽人為社群中一分子，會依社群規範重新解釋訊息，而形成「感情社群」

回饋（從推測得知）

（次級傳播通道）　各種訊息輸入

039

知識補充站

促進國家現代化的功能

　　其實，傳播媒介除了前述的社會功能之外，在當今資本主義體制下，尚具有下列的功能：

　　1. 從政治上來看，傳播媒介是促成社會整合，提高國家意識的工具。

　　2. 從經濟上來看，傳播媒介既是經濟體系的一環，同時又是以提供資訊的方式，誠為生產與消費之間的橋梁。

　　3. 從文化來看，傳播媒介是沿襲文化和散布價值觀的重要管道。

　　尤有進者，美國傳播學者施蘭姆（Wilbur Shramm）更肯定傳播媒介在促進國家現代化的功能，將傳播媒介比喻為國家促動者具有形成國家發展的氣候、協助發展計畫擬定、傳授新知與培養人才、協助參與和加強督導等等功能。

Unit 3-4
新聞傳播過程

　　新聞做為一種訊息，其流動和傳播遵循了一般訊息從消息來源、媒介到訊息的過程。但是新聞的傳播也有其特點，為了簡明起見，以下為新聞傳播的過程。

　　從根本上講，新聞均來自於事實，來自於新近發生的事實。從事實的訊息轉化成新聞，必須藉助一系列的中介者，如：新聞媒體（報紙、雜誌、廣播、電視、網際網路），以及媒介組織中組織化了的個人（編輯、記者、製作人、發行人等）。正因為有了它們（他們）的作用，事實才成為新聞。經過中介者加工的新聞後，被受眾所接受。受眾的反應如何、傳播者是否真實地傳播了事實的訊息等，都可以透過回饋環節檢驗出來。

　　因此，新聞傳播過程包括四個基本環節：一、新聞來源；二、新聞傳播者；三、新聞受眾；四、回饋。分述如下：

一、新聞來源

　　從根本上講，新聞是來自新近發生的事實。事實只有通過新聞傳播者的反映，才能成為新聞，它不會因為新聞傳播者的處理與報導，而改變自己的本來面貌，也不會因為新聞報導者不傳播而消失。

二、新聞傳播者

　　從根本上講，新聞記者是個人，是組織化了的個人，即新聞機構中的編輯、記者、製作人、發行人。他們是「過濾者」、「守門人」、「把關人」。新聞傳播者由於經濟地位、政治立場、所在機構、自身素質、自身特性等的不同，在蒐集事實、選擇事實、評論事實、傳播事實時都有所不同。由此可見，新聞傳播者在整個新聞傳播過程中，發揮著微妙而巨大的作用。

三、新聞受眾

　　新聞受眾指新聞傳播的終點，是對聽眾、觀眾、讀者的總稱。他們如同新聞傳播者一樣，都是相當富主動性的人。他們可按自身的特徵劃分為不同的群體。他們是客觀事實的參與者，是事實的見證人，也是新聞最終的檢驗人，亦即新聞受眾隨時以各種方式，將自己的意見回饋給新聞傳播者。

四、回饋

　　回饋對於新聞傳播過程意義重大，一是它可以檢驗新聞傳播效果，二是可以利用回饋回來的訊息，調整和規劃下一步的新聞傳播行為。透過回饋，新聞傳播者可以知道新聞受眾對新聞及新聞工作的反應與評價，也可以知道新聞受眾的需要。

　　我們要全面而有系統地考察這一傳播過程，才不至於顧此失彼，過分強調某一環節而忽視其他環節。各種回饋，都是新聞傳播過程中必然發生，且不可少的。

　　總之，新聞傳播過程中，新聞來源、新聞傳播者、新聞受眾與回饋是四個基本要素，它們之間相互制約、相互影響，是對立統一、作用與反作用的關係。

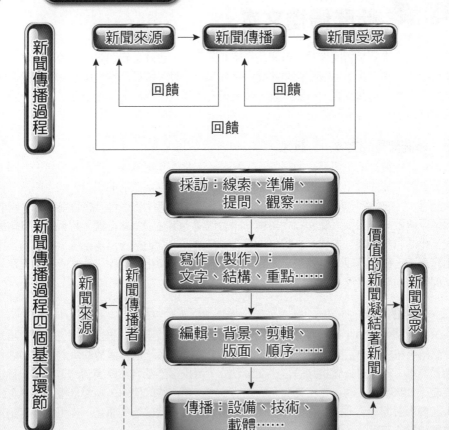

新聞傳播過程

新聞來源 → 新聞傳播 → 新聞受眾

回饋　　　回饋

回饋

新聞傳播過程四個基本環節

採訪：線索、準備、提問、觀察……

寫作（製作）：文字、結構、重點……

編輯：背景、剪輯、版面、順序……

傳播：設備、技術、載體……

回饋：新聞的價值

新聞來源　新聞傳播者

價值的新聞凝結著新聞　新聞受眾

知識補充站

傳播過程

　　所謂傳播過程是指訊息從訊息來源，流向訊息終點的程式或流程。新聞傳播的過程是指新聞訊息從新聞來源流向新聞收受者的程式或流程。所以新聞傳播的基本過程就是針對各種新聞傳播類型的新聞傳播流程，抽象概括描繪出它們共同具有的基本邏輯程式。其基本過程：新聞訊息來源→新聞傳播者→新聞傳播媒介→新聞收受者。這是以物理傳播媒介（最典型的就是大眾傳播媒介）做為新聞訊息載體的傳播過程。

Unit 3-5
新聞傳播文本

　　新聞文本即是新聞作品、新聞訊息或新聞語言，也就是新聞傳播主體進行媒介生產的產物，在本質上應該是新聞傳播訊息、報導事實、解釋問題、快速交流的語言。新聞文本是對新聞事實的符號再現，而新聞文本的直接使命是告知新聞接受者有關新聞事實的本來面目是什麼？

一、新聞傳播的文本──訊息

　　新聞所傳播的是訊息，而訊息，尤其是人工化的和經過人工提取的訊息，亦即從處於動態中被抽離出來的一種觀念性的東西。這些純粹觀念性的訊息，或者叫做「自為訊息」，它當然也不可能從人腦中和人的意識中，無所依憑地直接飄離出來，向受眾進行傳遞。如果要大範圍和大規模的訊息傳播，還必須藉助符號。將新聞事實透過人工化的訊息提煉，並進一步轉化為編碼和符號，也就是把「自為訊息」轉化為「再生訊息」，換句話說，也就是「人的內在意識向外在轉化的過程」，才能夠真正進入新聞傳播的全部過程。

二、符號的種類

　　在新聞傳播中，符號有分為語言符號和非語言符號兩類。語言符號包括口頭語言──話語，和書寫語言──文字，以語言符號為主要符號系統進行傳播的媒體，以印刷和廣播為主；非語言符號指除語言、文字以外，可以透過感官，感觸到的是手勢、音容笑貌、氣味顏色、圖畫實務等概念的總稱，這一類符號的使用，主要是電視節目主持人和攝影新聞等，非語言符號可以加強和擴大語言符號傳播的訊息，也可以否定語言符號傳播的訊息。

　　新聞傳播，正是通過把若干符號組織起來，去進入傳播通道和流程，從而最後完成傳達一個具體訊息內容的傳播任務。

三、新聞訊息與符號的五要素

　　每一件具體的新聞作品，或者叫做個別的新聞符號系統，必須具備完整的要素，這就是「新聞訊息五要素」。在傳統的新聞理論教材中，「五要素」被簡稱為「五何」，即何時、何地、何人、何事、何故，也被稱為「五 W」，即 When、Where、Who、What、Why。西方還有一種觀點，認為五個 W 之外，還應加上一個要素 "H"，即 "How"（如何）。這當然也很有道理，不過，為了表述的簡便，我們省略這個說法，而只把它看成是「五 W」的延伸和發展。

四、新聞與訊息

　　新聞是新近事實變動的訊息，所以，新聞本質上是一種訊息。我們從事新聞活動，無論是口頭的、書信的，還是讀報、聽廣播、看電視、上網路，根本目的還是在於獲取外界變動的訊息。因此，訊息是整個新聞活動的一根主軸。

新聞傳播文本

訊息

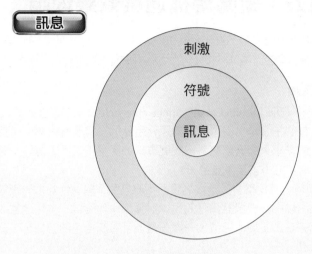

Wallace Fortheringham的訊息觀點
只有經過設計且有意義的符號，稱之為訊息。

符號的種類

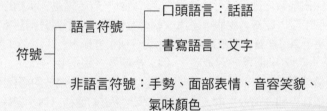

符號
- 語言符號
  - 口頭語言：話語
  - 書寫語言：文字
- 非語言符號：手勢、面部表情、音容笑貌、氣味顏色

新聞訊息與符號的五要素

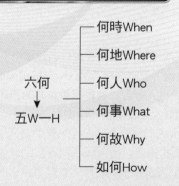

六何 → 五W一H
- 何時When
- 何地Where
- 何人Who
- 何事What
- 何故Why
- 如何How

Unit 3-6
過去：新聞傳播適度效果理論

　　適度效果理論出現於 20 世紀 60 年代到 70 年代初，擺脫了「傳者中心論」的侷限，開始以受眾為中心進行研究，並著力於研究大眾傳播的長效作用。

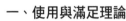

一、使用與滿足理論

　　使用與滿足理論（the uses and gratifications approach）主要研究媒介受眾的一種取向，這一取向的核心主張是：受眾成員對媒介產品的消費是有目的的，旨在滿足某些個人的、經驗化的需求，即人們觀看電視與電影或閱讀報紙與書籍等，實際上都在不同程度地使自己的某些需求獲得滿足。

　　1944 年，赫爾塔・赫佐格對二千多名廣播「肥皂劇」的女性聽眾分別進行了長期和短期的調查採訪，以探究聽眾對滿足的需求與獲得。他發現，女性聽眾收聽「肥皂劇」的目的，一部分是為了發洩感情，一部分是為了忘卻自己的苦惱，一部分是為了獲得處事經驗的指導。

二、創新與擴散理論

　　也叫「採用擴散理論」，是羅吉斯（Everett Mitchell Rogers）於 20 世紀 60 年代提出的一個關於透過媒介勸服人們接受新觀念、新事物、新產品的理論，該理論偏重於大眾傳播對社會和文化的影響。

　　人們在採用創新之後仍有可能改變決定。因此，羅吉斯進一步指出，創新擴散的過程包括五個階段：認知、說服、決策、執行及確認。為了區分對創新採用率不同的個人或其他決策單位，羅吉斯把創新的採用者分成了五類，包括：（1）創新者、（2）早期採用者、（3）早期眾多跟進者、（4）後期眾多跟進者，以及（5）落後者。

　　創新與擴散理論中有兩點較為重要的結論：（1）在創新擴散的過程中，相對來說，大眾媒介通道和外地通道較之於人際通道和本地通道的傳播，對早期採用者的影響大於晚期採用者；（2）無論是在發達國家還是發展中國家，傳的過程通常呈 S 型曲線，即在採用開始時很慢，當其擴大至總人數的一半時速度加快，而當其接近於最大飽和點時又慢下來。

三、議題設定

　　議題設定（agenda setting）是用來說明媒介在有意無意地建構公共討論與關注的話題的一種理論。美國傳播學者麥斯威爾・麥庫姆斯（Maxwell McCombs）和唐納德・蕭（Donald Shaw）在 1972 年的開創性研究報告《大眾傳播媒介的議題設定功能》中首次使用了「議題設定」的概念。議題設定主要基於兩個觀點：（1）各種媒介是報導世界各地新聞不可缺少的把關人；（2）人們需要有守門人來幫助自己決定在那些超出自己有限感受能力的事件和問題中，哪些是自己值得關心和應該加以注意的。議題設定理論研究中一個著名的案例就是《華盛頓郵報》關於「水門事件」的報導。記者抓住線索不放，最終導致了尼克森總統的被迫辭職。

圖解新聞學

過去：新聞傳播適度效果理論

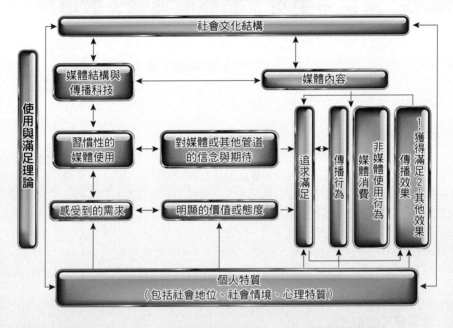

045

Knowledge　知識補充站

　　上面議題設定理論圖中，在某個社會環境裡，有X1、X2、X3、X4、X5等話題存在，它們的實際重要程度是相當的，但是如果大眾傳播媒介對這些話題進行了不同程度的報導，比如對X1、X2、X4進行了大量的反覆報導，對X3、X5的報導相對少一點，這樣接受了大眾傳播媒介報導的受眾會認為X1、X2、X4這幾個問題具有較大的社會重要性，而X3、X5則相對不那麼重要。也就是說，媒介的報導在人們對社會問題重要程度的認知上產生引導作用。大眾傳播媒介的報導也許不能改變人們對某個問題的態度和看法，但是，對於這個問題是否重要，即人們在有關某個話題的社會重要度的看法上，卻能發揮作用。

Unit 3-7
現在及未來：新聞傳播強大效果理論

圖解新聞學

　　強大效果論最初是由德國傳播學者伊麗莎白‧諾利－紐曼（Elisabeth Noelle - Neumann）在 1973 年發表的論文《重歸大眾媒的強力觀》中提出。但是，20 世紀 70 年代以後的強大效果論並不是槍彈論的恢復，而是在適度效果論基礎上發展起來的。該理論中最為著名的研究是由諾利－紐曼提出的「沉默的螺旋」假說。

一、沉默的螺旋

　　1972 年德國傳播學者伊麗莎白‧諾利－紐曼在其著作《重歸大眾傳播的強力觀》中首次提出「沉默的螺旋」假說時，他指出，在某一特定時期內，大眾傳媒所鼓吹的某些觀點在社會上占有優勢，會對受眾造成一種壓力。大多數人力圖避免因持有某種態度和信念而被孤立，因而在表達支配意見和不表達意見的人數增加時，會放棄原有的想法和態度而選擇與主導意見趨同。同時，由於大眾媒介表達支配意見，再加上對持異議的人的人際支持日益缺乏，於是，形成了一個沉默的螺旋。

　　在沉默的螺旋中，大眾傳播扮演了非常重要的角色，這是因為，它是人們尋找並獲得輿論傳播的來源。

二、效果研究的新方向

　　近期，關於大眾媒介效果理論的探討主要從媒介內容分析，探索媒介對社會現實及其涵義的塑造功能；或從心理學角度入手，探討受眾對媒介影響的制約因素。

　　1. 社會真實的構建理論：在最近的大眾傳播理論中和其他學科領域裡，「社會真實的構建理論」（the social construction of reality, TCSR）一直是一個熱門話題。瑟爾利（John Searle, 1995）在其《對社會真實的構建》一書中，對客觀存在的原始事實和人們主觀確認的制度化事實進行了區分，而原始事實則成為人們建構社會真實的材料。

　　2. 媒介的構造：在一個爭議性的問題上，人們通常可以看到爭論各方竭力以自己的術語去定義（define）或構造（frame）某個議題。新聞媒介也傾向於以各種不同的方式來構造議題。有時候，構造是由當權者定義，然後被大眾媒介選中並加以傳播的；有時候，新聞報導的構造則是通過一些特定的編排設計進行的，他們在以往處理新聞時行之有效。研究顯示，媒介的構造可以對受眾成員產生效果，並影響他們最終對爭議問題的解釋。

　　社會真實的構建理論和媒介的構造理論的意義在於，他們擴展了我們對大眾傳播效果的認識，為我們提供了進一步理解大眾傳播效果的更佳途徑。

　　3. 傳播效果研究的未來走向：大眾傳播的效果是長期的、間接的、社會的和潛移默化的。因此，今後的研究工作要將各種類的研究結合起來，注意對傳播者和媒介的研究；將對受眾的測試與對傳播信息的歸納整理結合起來，並有所擴大；注意連續研究累積成果，加強研究工作的連續性和系統性，進而發現傳播問題的規律性特徵。

　　具體而言，今後的傳播效果研究將趨向於強力效果論，即廣義上的強效果論。

新聞報導方式的演進

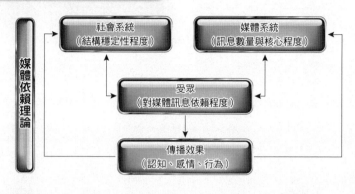

媒
體
依
賴
理
論

社會系統
《結構穩定性程度》

媒體系統
《訊息數量與核心程度》

受眾
《對媒體訊息依賴程度》

傳播效果
（認知、感情、行為）

沉
默
螺
旋
理
論

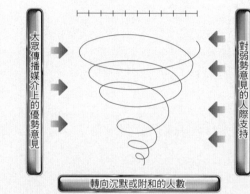

大眾傳播媒介上的優勢意見

對弱勢意見的人際支持

轉向沉默或附和的人數

媒
介
效
果
理
論
的
三
個
時
期

1. 子彈效果論時期（1920-1940年前期）

傳播者 ➡ 大眾媒體 ➡ 閱聽人

傳播效果萬能論下的閱聽人位置

2. 有限效果論時期（1940年中期-1960年中期）

大眾媒體 ➡ 中介因素 ➡ 受眾

選擇性暴露、理解與記憶
團體壓力與規範、意見領袖

3. 強力效果論時期（1960年後期至今）

第 4 章

新聞的選擇—新聞價值

章節體系架構

Unit 4-1
新聞選擇

一、新聞選擇的定義

　　新聞選擇是新聞學全部知識，新聞工作經驗和其他社會科學、自然科學知識的運用。新聞選擇是新聞工作最重要的工作之一。

　　由於光有一個新聞定義還不能解決報紙所面對的難以盡數的新近發生的事實與有限版面的矛盾。為了要解決這一矛盾，還得對新近的事實進行選擇。

　　對現實生活中發生的事實加以鑑別，選出新聞媒介值得傳播的事實，這就是新聞選擇。新聞選擇僅僅是對事實的選擇。

　　從整個社會來看，新聞工作者是社會的守門人、把關人。新聞工作者透過新聞媒介向人們提供什麼樣的新聞，很大程度上決定著人們如何看待這個世界，決定著人們思考的結果，也決定著人們的思想和情緒。

二、新聞選擇模式

　　新聞工作者面對事實時，大腦中具有的各種情感、意志、觀念的統一體，稱為新聞傳播者的新聞選擇模式。新聞選擇模式主要是由兩種意識構成，一是認知意識，二是評價意識。

　　認知意識是主要體現在新聞傳播者對事實新聞屬性和特徵的反映和確定能力。評價意識是指人對客觀對象屬性與自身需要之間的價值關係結果或可能後果，進行確定和反映的心理能力。認知的功能在於「求真」，它以客觀事實為對象，以獲得對於對象的真實性、真理性為確定為目標。評價意識的主要功能在於對事實的新聞價值，做出判斷與評價。其核心是要對事實的屬性與主體新聞需要之間的價值關係，做出肯定性或否定性的判斷，當事實的屬性能夠滿足主體新聞的需要，事實的屬性就被認定為新聞加值屬性，事實從而成為新聞事實，進一步就可以確定為新聞報導的對象，否則，不會成為新聞報導對象。

　　這裡需要注意的是，儘管新聞選擇模式，可使記者、編輯面對新的事實，能迅速地做出認知和評價，為確認新聞傳播內容帶來方便，但同時也會以它的穩定性與封閉性，形成一種框架，限制新聞工作者的眼界和選擇行為，使一些真正具有新聞價值的事實訊息難以成為被選擇的報導內容。因此，新聞傳播者要通過不斷的學習和實踐，優化認知意識和評價意識。優化核心，在於即時發現既有新聞選擇模式的不足與缺陷，使選擇模式適應新的傳播實際、新的傳播理念，真正能夠反映新時代的新聞傳播觀念、新聞價值觀念。

三、影響新聞選擇的因素

　　影響報紙、廣播或電視新聞工作者的新聞選擇的因素，至少包括下面十一項：

　　1. 反映與回饋。 2. 時間與版面。 3. 媒介傳統、編輯政策、報社政治立場。 4. 記者與新聞來源之間的關係。5. 廣告控制。6. 報紙的競爭與模仿。7. 報紙經營路線。8. 政治立場與偏見。9. 成員專業訓練。10. 財務控制。11. 新聞價值標準。

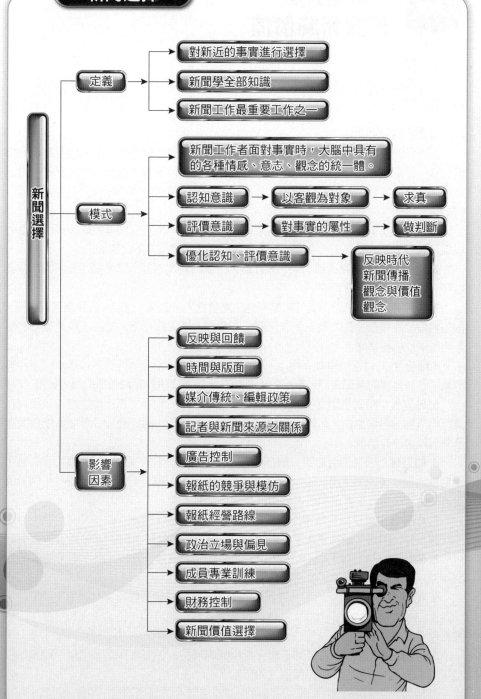

新聞選擇

新聞選擇

定義
- 對新近的事實進行選擇
- 新聞學全部知識
- 新聞工作最重要工作之一

模式
- 新聞工作者面對事實時，大腦中具有的各種情感、意志、觀念的統一體。
- 認知意識 → 以客觀為對象 → 求真
- 評價意識 → 對事實的屬性 → 做判斷
- 優化認知、評價意識 → 反映時代新聞傳播觀念與價值觀念

影響因素
- 反映與回饋
- 時間與版面
- 媒介傳統、編輯政策
- 記者與新聞來源之關係
- 廣告控制
- 報紙的競爭與模仿
- 報紙經營路線
- 政治立場與偏見
- 成員專業訓練
- 財務控制
- 新聞價值選擇

Unit 4-2
何謂新聞價值

圖解新聞學

一、新聞價值的定義

所謂的新聞價值，是指新聞從業人員在選擇新聞題材時所依據的標準，包括人、地、時間等因素。

二、新聞價值的類型

普立茲是國際上最有權威的新聞獎，其創辦人亦是新聞界的權威，他認為新聞價值包括：原創性、有特色、獨一無二、戲劇性、浪漫、驚悚、震驚、令人好奇、古怪有趣、奇特、幽默、易成為話題。另外還有非常多的國內外學者歸納出許多新聞價值的類型，包括：

1. 真實性：其中以「目擊」最具說服力，若記者本人或受訪者能成為新聞事件的現場目擊者，則新聞報導的真實性必會增加，而新聞價值亦隨之增加。

2. 重要性：這是指衝擊力大、波及範圍遼闊的新聞事件，其意義性及新聞性亦會提高，故新聞價值也會提高。

3. 變動性：指發揮潛力高的新聞事件，變動愈大、愈深、愈急，新聞價值就愈高。例如地理上的變動（例如颱風造成土石流）或是公眾人物行為的變動（政黨重要幹部忽然退黨或轉換黨籍）。

4. 顯著性：通常出現在人物上，如明星、重要的政治人物等等，但顯著的事件與地點，亦為重要的新聞來源。有名的人、地方、公司或事件媒體報導的機會較高。

5. 時宜性：指的是現實性的時事，如新近的事、新觀念、新發現的提出或是現在流行的事物等等均屬之。新聞必須報導剛剛發生的事件，時間愈近，新聞價值愈大，舊聞對讀者沒有價值。

6. 臨近性：因為讀者最關心的是自己，以及自己所處的周遭環境、事物及人物，因此臨近性亦是一項重要的新聞價值。例如新聞會用大篇幅去報導國內所發生的重大災害，國外的重大災害就只能占到國內媒體小小的篇幅。

7. 影響性：這是指新聞事件所具有的強度與廣度與新聞事件的後果產生重大意義的新聞事件。例如：颱風要來了，新聞台一定會密切注意颱風的動向。

8. 趣味性：包括個人品味、嗜好、同情心、不尋常、動物、美女等等相關的新聞事件，通常這些都是讀者愛看的新聞報導。

9. 衝突性：包括意見的衝突及身體的衝突。媒體特別喜歡報導有關衝突的事件，而且會去放大衝突的點。例如：一個國會議員在質詢的時候，拍桌子大罵官員，這個畫面就會被選進新聞裡。

10. 關於兒童的：媒體較關心和兒童相關的事物，任何事件扯上兒童，或是學校發生的事情，均會容易成為媒體關注的焦點。

其他如：帶領趨勢的、假期或慶典的，或前先事件的後續演變，即持續性等新聞，都會不定期出現在媒體上。

新聞價值的類型

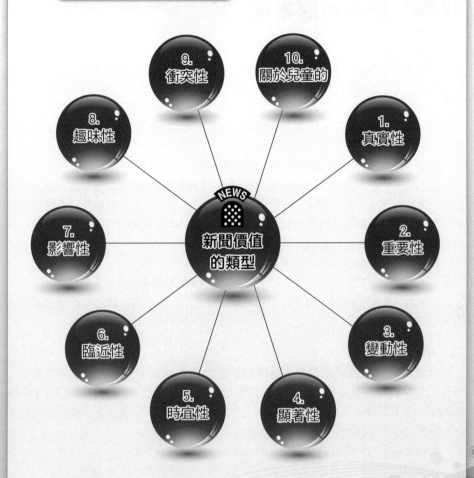

NEWS 新聞價值的類型

- 9. 衝突性
- 10. 關於兒童的
- 8. 趣味性
- 1. 真實性
- 7. 影響性
- 2. 重要性
- 6. 臨近性
- 3. 變動性
- 5. 時宜性
- 4. 顯著性

Knowledge 知識補充站

　　已故美國傳播學者施蘭姆（Wilbur Schramm）指出，人們之所以會看新聞，目的在於獲得報酬（Reward）。報酬有兩種：

　　1. 一種是心理上所謂「尋開心」（pleasure），如愛看運動、娛樂、災害、意外、犯罪、風化以及慾望之類的內容和報導。

　　2. 另一種則是心理學上所謂「講現實」（Reality Principle），例如：科學、教育、衛生、社會問題（如環境保護）、經濟事件（如徵證所稅）以及公眾事業之類新聞。

Unit 4-3
傳統新聞本質

圖解新聞學

一、構成新聞本質的元素

新聞本質，根據一般傳統觀念的考衡，其實是由三大元素構成，第一是事實——簡單的說，就是實實在在外頭發生了的事實或者情境，或者令人焦慮的困難和意識型態等等，經過專業媒介的處理和包裝所出來的成品，就是新聞了。

第二是新聞元素必須以人為考慮要素——主動解釋新聞的閱聽人、新聞來源以及媒介人，沒有了他們，新聞就湊拼不易。

最後是新聞內涵，必要有利益，或者興趣者——而且必要是大多數人感到興趣（利益）的人情趣味故事（Human Interest Story, HIS）；例如：颱風來襲。所以有人提出「新聞四元（素）」說，即：影響性（重點卻在反常性）、酬庸性（即時得到報酬、或往後得到報酬）、時效性和顯著性（即已知大事和未知而可能出現的大事，例如：戰爭）。所謂興趣的認定，有下列三項：

1. 媒介人的學識、工作體驗和靈感；2. 憑個人觀點去想（唉，我做了幾十年的新聞工作，還不知什麼是新聞？）；以及 3. 用比較科學的問卷調查法，來求得「人之所欲」，包括：政治、金錢、嗜好、希望更好、好奇心、同（理）情心、紛爭、奮鬥、衝突。

054

二、傳統新聞觀

根據傳統新聞自由的觀念，傳統的新聞價值是以衝突性、傳奇性、刺激性、顯著性及臨近性為主要的衡量標準。但是這些觀念卻多屬於「黃色新聞」（Yellow Journalism）激烈競爭下的產物，雖然可提供大眾化報紙的銷售量，但卻喪失了報紙本身對讀者及社會應負的責任。所以傳統新聞乃：

1. 強調最新的與最近的：容易忽略正確性，並導致不平衡。
2. 強調最顯著的：容易造成「新聞製造新聞」（news makes news）。
3. 強調最反常的與最有趣的。

三、新聞屬性

根據蓋爾通（J.K. Galtung）與魯吉（M. Ruge）的研究，認為新聞事件之所以能脫穎而出，主要決定在本身的新聞屬性，包括：

1. 時距（time span）：即與媒介工作時限，配合得上。

2. 強烈性（intensity），或稱「門面價值」（threshold value）：即事件規模很大，或者重要性可能徒然增加。

3. 清楚（clarity），不會「拖泥帶水」，也就是事件的意義愈不受懷疑，就愈可能被報導。

4. 其他如：文化上的接近性或關聯性或事件的連續性、事件的出乎意外，甚至符合心意都有可能被媒介報導。

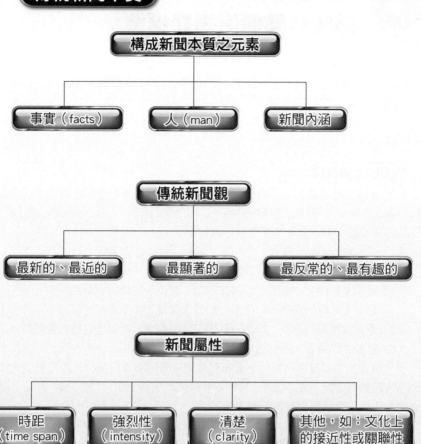

傳統新聞本質

構成新聞本質之元素

- 事實（facts）
- 人（man）
- 新聞內涵

傳統新聞觀

- 最新的、最近的
- 最顯著的
- 最反常的、最有趣的

新聞屬性

- 時距（time span）
- 強烈性（intensity）
- 清楚（clarity）
- 其他，如：文化上的接近性或關聯性

知識補充站

資訊新聞學有何特質？

吳筱玫教授認為目前看法雖然還很粗淺，但至少包括以下幾項：

1. 新聞資訊不但強調「新聞」，也強調「歷史」；
2. 媒體呈現的是多元真實，而不是新聞媒體與記者所認定的事實；
3. 第四權不再單屬於新聞媒體，而是屬於在網路這個媒體上活動的所有的人。

第四章 新聞的選擇──新聞價值

055

Unit **4-4**
傳統新聞價值衡量標準

圖解新聞學

一、新聞價值的要素

　　新聞的主觀價值：（1）是否為獨家新聞：如果能成為獨家新聞，則新聞價值必然提高。（2）是否能作功能性運用：例如：公共事務公告性、紀錄性、警示性等。若功能性愈多，則新聞價值亦會提高。（3）是否具有社教意義，且為宜於刊登的內容：如果是，新聞價值自然提高。

二、新聞的客觀價值

　　1. 符合媒體受眾需要： 新聞價值選擇的基本出發點是考慮受眾的需要；因此，新聞傳播者在新聞價值選擇的過程中要善於掌握受眾的心理，了解受眾的興趣與需要。

　　心理學家把人類的基本需要概括為六方面：

　　（1）是生理的需要，即包括吃、喝、睡眠、性、避寒暑等。

　　（2）是安全的需要，即生活有保障，居住能安全，免於恐懼和傷害等。

　　（3）是相屬和相愛的需要，即擁有親情、戀情、友情等感情和歸宿等。

　　（4）是受人尊重的需要，即名譽、地位、成就、功業得到認可等。

　　（5）是自我實現的需要，即個人理想、價值觀念及所追求目標的實現等。

　　（6）是愛美的需要，即對美好事物的欣賞和追求等。

　　這六種基本需要直接約制和影響著受眾對新聞的需求與選擇。如果對這六種基本需要作些歸納和分析，可以發現，其中有些共同的東西，即它們都是對受眾「有益」、「有用」和使他們感到「有趣」的東西。

　　2. 符合新聞市場取向： 新聞產品能否實現其價值，最終取決於它適應新聞市場需要的程度和結果，因此，新聞價值選擇需要考慮一定時期新聞市場的需求和取向。

　　通常情況下，新聞市場是被受眾的需要約制的，說到底，適應市場需要就是適應受眾需要。這兩者又不完全是一回事。

　　我們所說的「新聞市場取向」，從宏觀上說，指的是一定時期內新聞產品適應社會與公眾需要的一種方向和趨勢，它與這一時期社會的政治、經濟、文化和群眾社會生活的總體趨勢及特徵相聯繫，同時也和這一時期人們的主流思想觀念、價值觀念和文化觀念相聯繫。

　　3. 符合記者經驗積累： 新聞傳播的主體是新聞傳播者，新聞價值的選擇也是通過新聞傳播者來進行的。雖然新聞價值具有客觀性，也就是說，一則新聞其價值的大小，是客觀存在於構成這條新聞的事實訊息之中的，但是具有新聞價值選擇與判斷實踐經驗的新聞傳播者，在新聞價值的選擇與判斷過程中具有重要的作用。

　　4. 符合社會控制要求： 所謂「社會控制」，顧名思義，是指社會對某一事物所形成的制約和限制。這種控制通常是由一定社會通過其政治制度、法律制度、文化傳統、社會理念、道德及價值觀念等等，來制約和規範某一事物，進而實現對這一事物的制約和限制的。

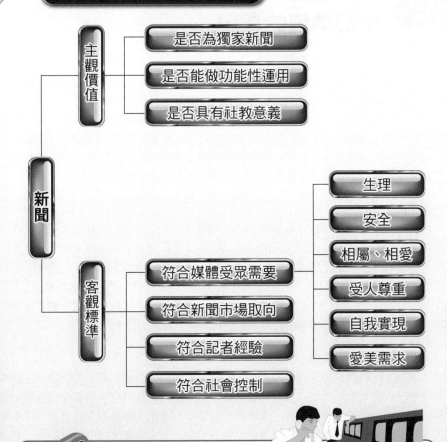

傳統新聞價值衡量標準

新聞
- 主觀價值
  - 是否為獨家新聞
  - 是否能做功能性運用
  - 是否具有社教意義
- 客觀標準
  - 符合媒體受眾需要
    - 生理
    - 安全
    - 相屬、相愛
    - 受人尊重
    - 自我實現
    - 愛美需求
  - 符合新聞市場取向
  - 符合記者經驗
  - 符合社會控制

057

知識補充站

現代新聞價值的觀念

　　現代新聞價值必須建立在關心社會、瞭解社會等基本原則下，因此現代新聞價值包含下列各內涵：

1. 正確性：正確性應較速度重要。若在速度快之下產生錯誤，則須有正確的後續性新聞補充。
2. 趣味性：指高級的趣味性，而非指低級的趣味性而言。
3. 顯著性：須與大眾有關係，並且要有利。
4. 反常性：指具有教育意義的新聞事件。
5. 新聞內容須加以審查，並追問新聞的意義何在。
6. 官方新聞：所謂的官方新聞，就是指通稿，記者應對通稿加以檢查，以確定資料的正確性，亦不能全盤照抄，應多比較，以求出真實。
7. 臨近性。

Unit 4-5
新聞價值的實現

　　新聞價值的要素還只是自然之物，它只意味新聞價值的事實提供了可能性，如果不經過新聞工作者的調查研究，不經過新聞傳播者將其轉化為新聞，並從而傳播於閱聽人，那麼，新聞價值肯定是無法實現的。

　　底下要說明新聞價值的實現過程。基本上，我們對於新聞價值的理解，不能簡單地停留在一個靜止的概念上，因為新聞價值的實現，歸根究底是一個動態的過程。

　　而從理解上說，新聞價值的實現一般要經歷三個階段的主要工作程序。那就是：一、新聞的生產，二、新聞（媒介）的流通，以及三、新聞的效益。

一、新聞的生產

　　我們這裡只是借用了政治經濟學中的一個概念──「生產」，其實，新聞的產生與其他產品的生產是有很大的區別的。新聞的生產在新聞價值實現中是第一個重要的環節，這一過程主要是新聞傳播者的具體勞動，也就是日常的新聞業務和工作，它包括對新聞事實的發現、採集、寫作和編輯出版等等，也就是把新聞事業事實轉化為「新聞產品」（即新聞報導的作品）的過程，在這一階段中，與「新聞價值」關係重大的是新聞工作者的價值觀念和業務能力。這是新聞價值實現的基本前提。

二、新聞（媒介）的流通

　　「流通」的概念也是採用了經濟學中的術語，新聞傳播當然離不開流通，它與商品的流通在本質上是同等的，我們這裡不過是把新聞的成型過程，也放在流通這一個環節當中。即報紙從印刷到發行，廣播電視從製作到播出，最終與受眾見面，這中間的工作，我們都把它看做新聞的流通與傳的環節，這是新聞價值的實現的第二條必經之路。設想一則新聞被記者採寫出來，卻因為某種原因不能與大家見面，它的新聞價值就無從談起。

　　毫無疑問，流通與傳播的過程，對新聞價值的實現也是有很大影響，如果印刷、製作的品質不好，發行、播出的環節不暢，新聞價值就會大打折扣。

三、新聞的效益

　　為了概念上的統一，我們這裡也同樣採用了經濟學上的「效益」概念，雖然「效益」與「效果」不完全等同，但它們對於表達新聞傳播的成效，也還是可以有所通用的。就新聞價值理論的觀點來看，新聞報導之所以產生一定的效果，當然首先來自於新聞價值要素本身的可觀屬性，即這種屬性本身具有達到某種效果的影響。如果給新聞價值一個衡量標準，那麼用社會效果或社會效益是可行的。至於「功能」和「效果」，卻是一個問題的兩面。如果，新聞事業的社會功能屬於新聞價值的範疇，那麼新聞報導的社會效果，便是其功能起作用後的表現。

新聞價值的實現

三階段工作程序

1 新聞生產階段

事實發現、採集、編輯出版
→新聞產品的過程

2 新聞流通階段

從印刷到發行，最終與受眾
見面
→流通傳播過程

3 新聞效益階段

新聞報導產生一定效果
→發揮社會功能過程

知識補充站

守門問題──影響新聞產生的因素

在新聞製作的過程中，與整個新聞蒐集系統或訊息溝通有關的人，都可以算是新聞守門人（gatekeeper）。而在這守門過程中，許多存在於媒體內或媒體外的因素，都會影響最後新聞出現的面貌。Shoemaker（1991）將這些守門問題歸納為五個分析層次，一為個人層次（如個人特質、角色期望、工作型態）；二為新聞工作常規層次（只傳播者重複出現的工作模式，如新聞價值、客觀、平衡報導、倒寶塔式寫作等）；三為組織層次（如組織的特徵、社會化）；四為媒介外部因素層次（如消息來源、受眾、市場、廣告主、政府、公共關係等）；五為社會系統層次（如文化、意識型態）。

Unit **4-6**
新聞價值的限制

圖解新聞學

060

　　職業新聞傳播者或多或少都有這樣的經驗：一件事情發生了，並且絕對具有新聞價值，但是編輯被上級斥責不讓去採訪，或者採訪後寫成的新聞稿或錄好的電視影片，卻無法出現在報紙版面或電視上。換言之，具有新聞價值的事實並不一定被製成新聞加以傳播，還有新聞價值以外的因素介入新聞的選擇活動，包括以下幾個方面：

一、新聞政策和法規的限制

　　所謂「新聞政策」是指國家、政黨或地方行政機關，對新聞事業所規定的活動準則。廣義而言，包括新聞事業管理政策、新聞報導政策等。狹義則主要是指新聞報導政策，包括新聞採訪寫作原則、編輯方針和宣傳紀律等。許多國家的政府和執政黨都有針對新聞傳播活動制訂的新聞法規，這些新聞法規根據統治階級的利益和意志，明確規定「不准」刊登哪些內容，如果違反規定，就根據法律處以罰款、停刊、查封甚至逮捕法辦負責人、當事人。例如：美國在九一一事件以後，加強了對新聞傳播的控制。

二、經濟利益的限制

　　新聞傳播機構在經營管理上的特殊性，在於它的盈利方式，主要是靠廣告商的投放廣告、政府和社會團體的贊助。經濟來源完全由政府、政黨支持的新聞傳播機構，其經濟利益與政治利益息息相關，它對新聞價值的考慮，自然要與政府、政黨的利益要求相一致，如果出現新聞價值與政府政黨的利益相衝突的情況，不僅在政治上要受到管制，而且經濟上也會受到相應制裁。

三、職業倫理和社會公德的限制

　　如果說以上主要是來自外部的衝突，那麼，做為新聞活動的內部的衝突則是：新聞傳播者在對事件進行報導中，除了要考慮事件的新聞價值，也要慮及新聞對職業倫理的衝擊。在現實的新聞中，我們不難看到有些媒體在報導謀殺、槍擊、車禍、溺水、礦難災害時，呈現了可怕場景中的細節，甚至清楚地展示蒙難者的屍體，出現家屬悲傷的面容特寫，而這些無疑是真實事件的構成部分，並且是該事件具有新聞價值的重要因素，但是，當它們被公開傳播出來、公諸世人後，往往會激起公眾對採寫這樣新聞的記者和刊播這樣新聞的媒體的義憤。

　　綜上所述，在新聞傳播活動中，新聞價值會遇到來自政治權力、經濟利益和道德倫理諸方面的限制。這些限制有些是必然的，有些是必要的；有些可能是有益的，也有些可能是有害的。不管怎樣，這些限制表明，新聞價值實現的過程，並不是一個純粹的、獨立的、專業的活動過程，而是諸多因素合力的結果。這些限制性因素，實際上，不僅關乎新聞價值，而且存在於整個新聞傳播活動之中，涉及到整個新聞傳播的自由、自律與他律問題。

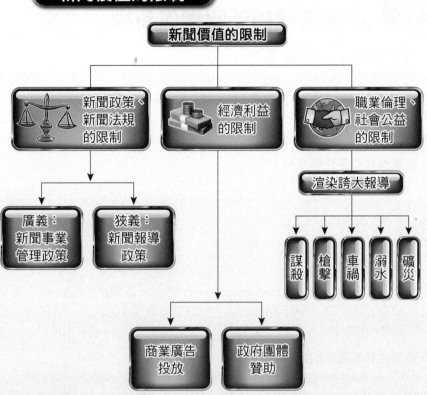

新聞價值的限制

新聞價值的限制

- 新聞政策、新聞法規的限制
  - 廣義：新聞事業管理政策
  - 狹義：新聞報導政策
- 經濟利益的限制
  - 商業廣告投放
  - 政府團體贊助
- 職業倫理、社會公益的限制
  - 渲染誇大報導
    - 謀殺
    - 槍擊
    - 車禍
    - 溺水
    - 礦災

知識補充站

第四權不再單屬於新聞媒體，而是屬於在網路這個媒體上活動的所有的人。

傳統新聞媒體的報導原則——報導真實、公眾利益、意見並陳和利益迴避，仍是網路時代的最高指導原則。只是必須承認的是，這些原則在大眾傳播時代許多新聞媒體都已不太遵行，網路時代更難維持這樣的專業。何況網路新聞的流通不再是媒體壟斷與控管，主動的閱聽人正改變新聞產製的面貌，未來仍是一片渾沌。

Unit 4-7
網路時代的新聞價值新探

一、異常性與尋常性的統合

所謂「異常—尋常性」（abnormal/normal）的綜合型價值方向發展，其趨勢為：（1）在國際網路上，網路新聞能夠滿足人們對新奇事件的這種巨大好奇心。（2）在國際網路上，新聞受眾對有陌生感的事件感到好奇，並有閱讀興趣，因而能夠不斷地延續下去。

二、影響性和交響性的統合

何以影響性（affect）的價值，正在向「影響—交響性」（affect/interaffect）的統合型價值方向發展？所謂「交響力」有如網路新聞的影響力，包括：（1）新聞文本能夠迅即得到新聞受眾的回饋。（2）文本的作者、製作者或發布者本身能夠與受眾互動，進而實現多向的、多元的交響樂團。

三、即時性和全時性的統合

所謂「即時—全時性」（fresh/timelessness）的統合價值觀方向發展，乃受 1997 年底，BBC 建成了 24 小時新聞頻道的影響，它明確對時效性下了「在需要時收看新聞」的定義，其實踐特徵：（1）全天候服務，不分晝夜。（2）按需求供給。

四、衝突性和衝擊性的統合

所謂「衝突—衝擊性」（conflict/impact）的統合型價值觀方面發展，其趨勢為：（1）人們對衝突的理解比以往更為深刻。（2）網際網路能夠用更有衝擊力的方式來表現新聞內容。並能夠在同一平台上「交流意見」，這保證了新聞訊息的最大限度的透明。

五、顯要性與需要性的統合

所謂網路新聞環境下的「顯要—需要性」（significance/necessary）統合型價值觀方向發展？其趨勢為：「顯要性」的價值元素，開始向需要性方向發生偏移。這說明了以一個單純的關鍵詞，來規定哪些新聞事後歡迎的、哪些是不受歡迎的價值觀已經過期。

六、接近性與親近性的統合

所謂「接近—親近」humanity/community）的統合價值方向發展。其趨勢為：（1）技術特徵使得媒介新聞可以支持個性化訂閱、節目內容或單元的互動化以及更強的參與性。（2）由於資料庫能使得新聞和新聞之間的相互鏈更為便利，也使得新聞的本地色彩或者相關對象之間的聯繫變得更為容易。

七、人情性與人群性的統合

所謂「人情性—人群性」（accession/intimate）的統合價值方向發展？其趨勢為：大眾性和分眾性能夠有機地結合在一起，形成一種泛意義上的分層、分群的交流，包括個性化服務，也包括網路用戶的主動閱讀。

網路時代的新聞價值新探

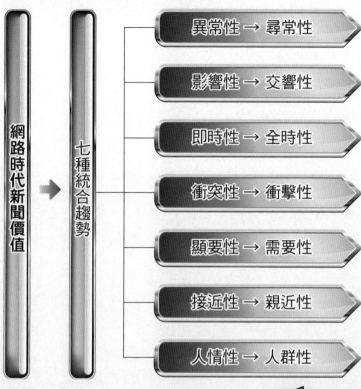

網路時代新聞價值 → 七種統合趨勢

- 異常性 → 尋常性
- 影響性 → 交響性
- 即時性 → 全時性
- 衝突性 → 衝擊性
- 顯要性 → 需要性
- 接近性 → 親近性
- 人情性 → 人群性

Knowledge 知識補充站

網路新聞價值判斷的新標準，概括為以下四個方面：

1. 即時性：將「及時性」發展成為「即時性」，這是網路新聞對傳播過程的時間性要求，還沒有涉及到新聞的選擇。所謂即時性，就是指報導要與正在發生的新聞事實同步，在盡可能短的時間內把新聞傳遞給受眾，儘早滿足受眾獲知新聞的需要。

2. 重要性：指關係到國家大事、人類命運的突出的硬新聞。

3. 趣味性：指可帶來當下情感滿足的軟新聞。

4. 實用性：既非硬新聞，也不是軟新聞，而是一種可以帶來立竿見影的現實利益的一種資訊。比如：股市行情可以給人帶來投資，IT動態可以說明人採用最新的電腦硬體和軟體。

第 **5** 章

新聞傳播者（一）—新聞記者

●●●●●●●●●●●●●●●●●●●●●●●● 章節體系架構 ▼

Unit 5-1
新聞記者的角色功能

一、記者的角色

廣義而言，記者泛指新聞從業人員而言（美國稱 newspapapaperman，英國稱 Journalist），或稱「報導者」（reporter），華人則稱其為「記者」，狹義的記者則是指跑外勤的記者。記者扮演的角色如下：

1. 新聞記者是相對客觀的記者：一般對客觀報導的了解是，把可查證的事實與主觀的感受加以區分。記者對客觀的運用，被稱為一種與新聞報導保持距離的「策略性慣例」。這種客觀原則以及相關的中立性概念所受的質疑，包括難以做到、忽略多樣化觀點的存在，以及在衝突中不應如此。然而，大部分記者在評估消息來源及查證事實時，似乎仍然保持著某種程度的客觀意識。

2. 新聞記者是調查員：調查報導是比敘述事實及標明來源的意見，更進一步去發掘資訊。通常是針對有權有勢的個人或組織而進行。調查報導產生的方式，是把公共領域現成的資訊，與已經洩漏的資訊，以及／或者盡可能向最多相關人士打聽來的資訊，結合在一起。目前許多調查報導，尤其是電視上播出的，娛樂的成分多於資訊。

3. 新聞記者是娛人者：媒體記者長久以來，均致力於兼顧提供資訊與娛樂，藉此吸引和留住閱聽受眾。他們所採取的形式是選擇有娛樂價值的主題內容（幽默、演藝界、性、動物、犯罪、畫面），以及用有趣的方式呈現新聞報導。有人說，近年來資訊與娛樂之間的界線日漸模糊，這是所謂的「弱智化」過程的一環。

二、新聞記者的功能

記者的職責是採訪與報導新聞。因此，記者具有如下的功能：

1. 言論廣場的守門人：身處今日資訊發達時代，言論廣場係由大眾傳播媒體主持，而新聞專業人員便是民主政治論壇的守門人。

2. 偵察環境的斥候：舉凡氣象報告、物價波動、股市起伏，甚至戰爭暴動等，這種偵察環境的報告，均與民眾實際生活息息相關，新聞記者均將眼所觀察、耳所聽聞，訴諸文字、聲音與圖片，供給廣大消費者取用。

3. 保護消費者的權益：舉凡新產品試用、食物中毒報告、環境污染狀況等，與消費者權益相關消息，均經新聞記者反覆報導與討論。

4. 培養團體意識：工商社會的民眾經濟生活，主要仰賴以市場為基礎的商業和製造業的產品，因此，每當新聞記者報導新聞以國家、社區作背景之同時，無形當中也擔當培養團體意識的工作。

5. 休閒娛樂功能：新聞報導的休閒功能藉由聲音、文字、圖像的表達形式，提供給閱聽人享用。

6. 經濟行為的觸媒劑：新聞報導經濟資源的開發、消費者的需求，商展的舉行，皆有利於商人開拓生意機會。相對地，商業媒體依賴廣告而生存，而閱聽人大多藉由廣告在媒體的刊播做為其消費之參考。

新聞記者的角色功能

新聞記者的角色

記者

新聞記者的功能

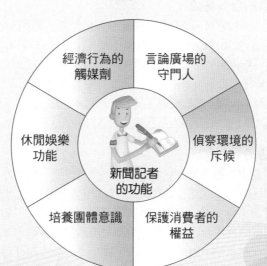

Knowledge **知識補充站**

　　「新聞鼻」可說是辨識新聞的一種最敏感的觸角，為任何記者所必備。它在這方面愈敏銳，就愈能辨識新聞。所謂新聞，不但要識出它是不是新聞，而且要識出它的大與小、重要和不太重要。問題是，重大的新聞，沒有人會嗅不出來，最麻煩的是那些可大可小，似乎重要又不太重要的事物。如果一個記者在這些方面都可以萬無一失，那就會使他所看見的應該成為新聞的新聞，都會成為新聞，不至於埋沒，也不會被別人搶去先機，而無言以對其所服務的新聞單位了。

Unit 5-2
新聞記者的意識構成

吾人若能對新聞記者的意識構成有多一層的理解，將有助於對整個新聞傳播活動有更全盤的理解。

一、新聞記者的社會意識

新聞記者是精神產品的生產者。一切精神生產者，其意識活動是不可能離開一定的時代的社會關係，不可能離開這個時代特有的精神的。

首先，新聞記者總是自覺地站在時代的前端，關注一個時代的新變動、新情況、新事物以及其對新聞訊息的傳播，勾勒出時代精神的走向、趣味、時尚，引導和促成時代精神的形成。其次，當新聞記者自認為「社會改革者」的同時，也要注意不要為特定利益團體服務，因而誤導民眾，走向另一極端、違反社會正義與良心的道路。

二、新聞記者的自我意識

新聞記者的自我意識，是指新聞傳播做為相對獨立的個體存在，將自己的意志、情感、心理、文化背景和思維特徵等富有個性的內容，投射於新聞傳播活動之中。尤其是，其鮮明的個性與獨特的風格，也同樣重要，也因此在廣大受眾中，樹立自我形象，投射自我意識，使傳播活動更具有影響力。因為它使其傳播內容深入人心，從而獲得更好的傳播效果。然而，新聞記者需要避免的是，那種誤把出風頭、自我表現當作自我意識個性的行為，因為那只會造成個人意志強加於他人，置社會責任於不顧的後果。

三、新聞記者的受眾意識

新聞記者要確實擔負起服務者的角色和作用，建立起良好的人際關係，及互相的信任、尊重和互助。為達成這樣的關係，新聞記者必須注意以下幾點：

1.了解受眾：必要時，要作受眾調查，其目的就是要了解受眾的需要。受眾需要決定於受眾對客觀世界關注的程度。受眾經濟活動、生活水準、教育程度、文化素質愈高，社會責任感愈強，知政、參政的慾望愈高，個人和社會生活關係愈密切，獲取新聞的慾望也愈強。

2.傳播多樣化：與對受眾的了解和適應，新聞記者對新聞訊息的傳播力求多樣化。這是指在特定的時間、空間的條件約束下，新聞記者要加強內容的深度與廣度，擴大訊息的份量，以適應受眾多樣化需求。

3.通俗易懂，生動活潑：要造成良好的新聞傳播關係，新聞記者還需要力求新聞傳播內容的可讀性和傳播形式的生動性，即新聞傳播內容要通俗易懂，傳播形式要活潑多樣。因為通俗易懂是吸引、獲取受眾並最終使受眾得到滿足的前提和基礎。

值得一提的是，強調新聞記者的受眾意識，並不意味對受眾的一味逢迎，和毫無原則的投其所好，而造成「煽、色、腥」的黃色新聞。

新聞記者的意識構成

新聞記者的意識構成

新聞記者

受眾意識　　　　自我意識　　　　社會意識

通俗易懂的生動活潑　　傳播多樣化　　了解受眾　　樹立自我形象，具有鮮明的個性與獨特的風格　　自覺站在時代的前端

避免強加別人　　避免誤導民眾

內容可讀性　　新聞訊息　　需求慾望

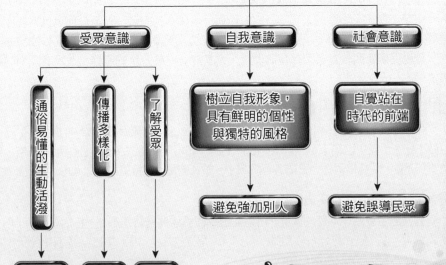

知識補充站

　　記者何以重要？1.對報社而言：報紙對於自己記者的重視，往往過於其自己的編輯。報紙的編輯，自然也很重要，但如果沒有好而特殊的稿子，他們也無能為力。2.對社會而言：在民主政治的社會制度下，尤其如此。因為他們的職責，就是把一切事物的真相找出來，報導出來，讓公眾有所了解，而這種了解，乃是民主政治所不可或缺的重要一環。

Unit 5-3
新聞記者應具備的條件

一、必須是一位眼明手快的人

圖解新聞學

1. 他應有一雙銳利的雙眼，行動敏捷、快速，能在一定時間內達成一項普通人所不能達成的任務。

2. 他是用歷史家的眼光分析事務的因果，是用科學家的眼光辨別人類行為的真偽。

二、必須是一位容易與人接近的人

如果一位記者見人就會臉紅，根本不喜歡與人接觸，那還是不要做記者的好。一位記者不但要具有良好風度，而且社交能力愈強的人，愈能成為一位出色的記者。

三、必須是一位受過專業訓練的人

受過新聞專業訓練的人，不一定都能做一名成功的記者，但至少他可以不要像一位門外漢那樣摸索前進，或四處碰壁，一事無成。所謂專業訓練，就是工作技能的訓練，這也就是新聞教育必須存在的理由，尤其能著重於公眾的服務，並具有高尚的職業道德。

070

四、必須是一位具有一般學識的人

學是學問，識是見識。專業訓練只是「工匠」訓練，如無學識為輔，他就會連「匠」也做不好。「匠」已經不是一個太好聽的名詞，如再等而下之，連「匠」都不夠格，自然更加不妙。這種情形在今日的各行各業中，頗為普遍，但希望在新聞業中，不要如此。

五、必須是一位具有高尚品格的人

因為記者要站在道德的前面，所以對道德修養的要求特別嚴格。包括要具有：（1）正義感；（2）責任感；（3）同情心；（4）獨立立場；（5）準確、客觀、公正、不涉入事件；（6）爭取新聞自由的決心。

六、必須是一位具有健全身心的人

身體是記者最大的財富，凡對新聞工作有認識的都承認，跑得勤快要比寫得多好，尤其是面對嘈雜忙亂的外在環境，記者跑新聞非得有充分的體力與清新的頭腦寫稿不可。

七、必須是一位具有新聞鼻的人

1. 有辨識何種消息能使讀者感到興趣的能力。

2. 有辨識消息本身不是很重要，但可以此消息去引導出其他重要新聞的能力。

3. 在一條新聞的許多新聞素材中，有辨識哪一材料比較重要的能力。

4. 有將手頭上的消息整理後，寫成一更具新聞價值、重要新聞的能力。

5. 尋找新聞的能力，能從各種途徑，鍥而不捨地去找出新聞。

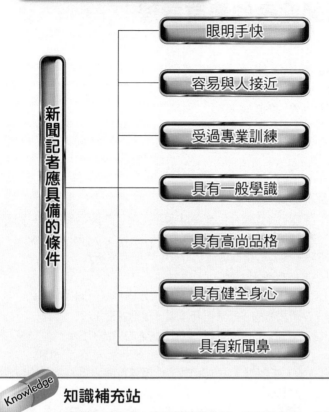

新聞記者應具備的條件

新聞記者應具備的條件

- 眼明手快
- 容易與人接近
- 受過專業訓練
- 具有一般學識
- 具有高尚品格
- 具有健全身心
- 具有新聞鼻

Knowledge 知識補充站

　　一個標準採訪記者，應具備的條件是：良好的教育、永遠不會滿足的好奇、思想要有條理、擅於寫作、誠懇實在、堅忍不拔、做事徹底而認真、主動勤快、健全的體格，以及和藹可親的性格等。此外，美國新聞學教授康培爾（Laurence R. Campbell）和瓦賽利（Roland E. Woseley）二位學者認為記者應具有四種資格：第一，他必須是心理學者，第二，他必須是一個聰敏的研究者，第三，他應該是文筆流暢的作者，第四，他應是一個負責任的分析家。

　　主流媒體記者報導新聞有其固定的框架模式、思考邏輯、新聞價值判斷及收視率考量。相對地，台灣在2012年已有超過5000名公名記者，散布在台灣各地，包括偏遠山區。甚至離島的澎湖、金門、蘭嶼，也都有民眾向PeoPo公民新聞平台（2007年4月創立）申請，成為PeopPo的公民記者。這些被認為「沒有受過專業新聞訓練」的公民記者，用最純樸但卻充滿情感的鏡頭，在PeoPo上發表一篇篇公民報導，讓許多人看到最在地觀點的新聞，以及被商業利益忽略的公共議題。

Unit 5-4
新聞記者的專業意理

一、專業的意義

格林烏德（Greenwood）認為，專業要具備以下特質：

1. 系統的理論。
2. 權威，即得到一般人的認可。
3. 社區認可。
4. 道德規範。
5. 一種文化，由新聞室表現出來的一種特殊文化。

二、新聞記者是否為專業？

巴伯（Barber）認為，（比起律師或會計師等行業）新聞事業目前只能算是一種即將顯現的專業、邊緣的專業，或準專業（emerging & marginal profession）。霍爾（Hall）則認為，新聞記者是否是為專業？可以下列標準來衡量：

1. 以同事為主要工作參考。
2. 有為大眾服務的信念。換句話說，就是要求新聞事業所屬或配套的一系列機構或行為準則，都建立在新聞業的「公共服務」這一信念基礎上。
3. 努力爭取自律，有自己的道德標準。新聞職業的自治與自我管理的各項倫理準則內化於個體自身。
4. 對工作的使命感。新聞專業主義反映了「報導新聞訊息為主」的特定職業身分，並在「利他主義」的基礎上，提供公共服務。因此新聞記者必須具有其獨立性。
5. 在知識上能獨立判斷，不受發行人（老闆）、政治、經濟勢力影響，而印刷媒體（因管制較鬆）比電子媒體要能獨立判斷。

尤其是第 3 點，美國史丹福大傳播學院教授威廉・渥（William Woo）說過：「新聞道德，即將生活中的道德應用到新聞報導的實踐中去。」「沒有什麼道德緊緊適用記者，而工人、農民等就用不上了？……我相信只有一種道德——無論你來自中國、美國、泰國，任何 6 歲的小孩都知道：不要傷害別人……不要偷竊，不要說謊，尊敬他人……。」這些，也即新聞職業道德的底線。

三、新聞專業主義？

所謂「新聞專業主義」，主要指的是新聞工作者的職業意識，以及圍繞著職業意識的一套新聞傳播專業的操作要求。它的核心理念，一是客觀性新聞學，一是新聞媒介和新聞工作者的獨立地位和獨特作用。一般而言，它可以概括為以下幾條：

1. 專業（行業）意識。
2. 職業規範意識和評價標準。
3. 新聞從業人員具備專業知識、技能和媒體的專業培訓機構。
4. 嚴格、客觀的專業資格的認證制度。
5. 專業內部的自律。

新聞記者的專業意理

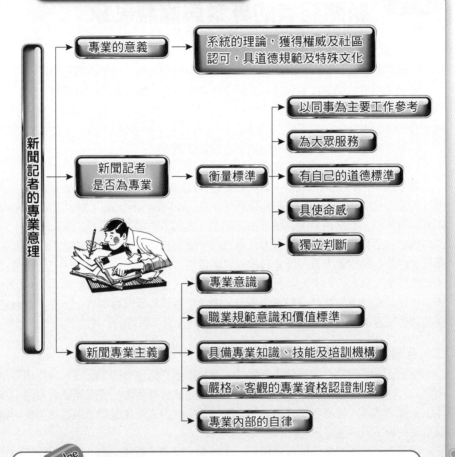

新聞記者的專業意理

- 專業的意義 → 系統的理論，獲得權威及社區認可，具道德規範及特殊文化

- 新聞記者是否為專業 → 衡量標準
  - 以同事為主要工作參考
  - 為大眾服務
  - 有自己的道德標準
  - 具使命感
  - 獨立判斷

- 新聞專業主義
  - 專業意識
  - 職業規範意識和價值標準
  - 具備專業知識、技能及培訓機構
  - 嚴格、客觀的專業資格認證制度
  - 專業內部的自律

Knowledge 知識補充站

　　公共新聞學的源起——1980年代中期以來，一種被稱為公共或公民新聞事業的新型事業流行，其締造者和捍衛者，紐約大學的公共生活與新聞學程計畫主任傑伊・羅森（Jay Rossen）和《威奇塔鷹報》主編戴維斯・「嗡嗡」・梅裡特（Davis "Buzz" Merrit）。在羅森看來，公共新聞學（public journalism）的主要訴求是媒介能夠，而且應該改進公民討論和促進社區問題的解決。根據這一觀點，媒介已經變得超然於它們所服務公眾之外，而公共新聞事業就是重新聯繫這兩者的一種途徑。由於美國一些地區報紙，發現失去讀者信賴，於是便與新聞學院合作，發展符合公共利益的報導原則。根據這些原則，新聞媒體應致力於理解民眾所關心的公共議題為何，分析這些議題的成因，呈現相關團體意見，探索解決問題的策略，促進公民採取行動。

Unit 5-5
新聞記者的專業與媒體亂象

一、新聞記者的專業意理特質

1. 新聞記者在一個親密的團體中工作，與同僚享有共同的價值觀和規範。

2. 新聞記者的職業滿足程度，主要來自工作本身，其次方為物質報酬。

3. 專業記者和非專業記者最大差別，在於專業記者重視尊嚴、榮譽和客觀；非專業記者則不太重視。

4. 記者較重視其專業要求，而較不重視組織要求。

5. 專業記者在工作上希望有較大自主權，而不希望受到控制，綁手綁腳。

詹士棟（J.W.C. Johnstone）等人，則在 1972 年，對全美 1300 名新聞從業人員，進行研究，結果發現新聞從業人員有參與型（participant advocate）與中立型（neutral）兩種專業意理。愈是在愈大的城市擔任記者，與同事的關係愈密切的新聞從業人員，則參與的意圖愈明顯，也愈好推動社會運動。而倘若在媒介組織中地位愈高，與各界關係愈好的新聞從業人員，則會愈重視客觀價值，愈講究平衡報導。中立型專業意理的新聞從業人員，一向是新聞記者所稱道的。至於喜愛參與型的鼓吹者角色新聞從業人員，通常難以做個純粹旁觀者為滿足，總希望能積極參與實際政治程序，藉機鼓吹某種理想或目的，亦因每多悲情之故，並非新聞學者所讚譽的一種方式。

二、台灣媒體亂象

前政治大學新聞系教授徐佳士教授，曾為文指責這類參與型記者，自詡用資訊為閱聽人「建構真實」，但卻為人們劃出一個扭曲的世界圖像，甚至連記者自己本身，也因不願做個純「報導者」角色，熱心支持某些政治或社會運動，以致迷失在一個一個詭譎的資訊八陣圖中。

尤其在經濟不景氣下的媒體環境，從根本上壓縮了新聞工作人員的工作空間，導致新聞工作者更加依賴媒體，自主性降低，然後又因為夾在各種社會負面評價，以及後現代情境之中，進一步出現以往所沒有的自我認同與工作意義的困境。於是，媒體也好，記者也好，包括所有新聞工作者，為社會與閱聽人所詬病，這些媒體亂象，根據「防止新聞公害協會」表示，包括：

1. 前面已提及的，記者角色混淆，主觀與客觀不分，報導新聞夾敘夾議，新聞版面出現記者的主觀評論，積習已久。

2. 專業原則不受重視：包括：記者處理新聞，採有聞必錄方式，取代查證，尤其是揭發性新聞，不講求公平，不給當事人有講話答辯機會。媒體因而常淪為有心人放話工具，甚或政黨惡鬥工具，謠言淵藪，令有識之士擔憂不已。

3. 新聞出錯不更正：台灣自從 1999 年廢止出版法之後，平面媒體對來自當事人的更正請求權，通常不理睬，若因怕挨告而予更正，其更正版面大小常與原先刊登新聞不成比例。究其原因，可能遍尋不著當事人而無法查證，或因記者或編輯偷懶、或只會順著常規做事，導致出現諸如「腳尾飯」、或「瀝青鴨」之類烏龍新聞出現。

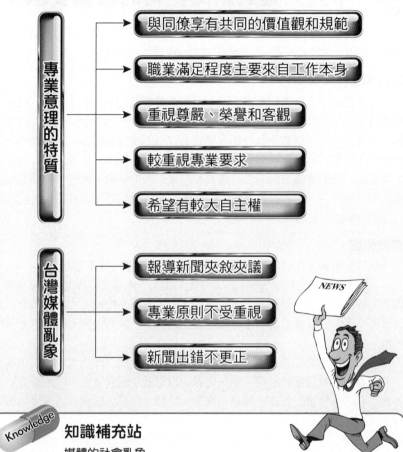

新聞記者的專業與媒體亂象

專業意理的特質
- 與同僚享有共同的價值觀和規範
- 職業滿足程度主要來自工作本身
- 重視尊嚴、榮譽和客觀
- 較重視專業要求
- 希望有較大自主權

台灣媒體亂象
- 報導新聞夾敘夾議
- 專業原則不受重視
- 新聞出錯不更正

Knowledge 知識補充站

媒體的社會亂象

　　媒體所造成的社會亂象，一直是新聞學術界中被熱烈探討的問題，甫邁入21世紀，國內媒體便發生過許多新聞不實的案例，其中「黑衣人腳尾飯」事件、「涂醒哲舔耳冤案」、「周正保嗆聲影帶」事件，對於許多國人來說，依然記憶猶存，儘管媒體錯誤報導的案例層出不窮，但目前法律條文中，並沒有針對媒體新聞真實查證的行為做出明確的規範。惟國家通訊傳播委員會參酌現行衛星廣播電視法，在2009年12月提出修正，並在第20條與45條中明訂製播新聞及評論，應符合真實及公平原則，並規範製播新聞不得違反適時查證原則，且授權對報導不實的電視新聞進行處罰，以避免新聞未經查證，導致新聞真實被片段取材、煽情、誇大、偏頗等失衡情勢發生。周慶祥教授認為，基於衛廣法修訂的精神，訂定「新聞查證規範」尤其有必要性。

Unit 5-6
中國大陸對新聞記者的素質要求

圖解新聞學

　　由於社會制度和階級利益的不同，不同國家對新聞素質的要求是有差異的。以中國大陸為例，新聞工作者的素質一般包括三方面的內容：

一、政治素質

　　政治素質是新聞工作者的基本素質，係指新聞實踐過程中，在大量的錯綜複雜的客觀事實面前，新聞工作者所表現出來的堅定的政治立場和政治傾向性。具體地說是：

　　第一，新聞工作者應該是堅持和宣傳國家政策的積極實踐者，自覺地和正確路線保持一致，在原則問題上立場鮮明，態度開朗。第二，新聞工作者應該具有高度的事業心和責任感，充分認識自己工作的意義和肩負的歷史使命。第三，新聞工作者要深入到群眾的生活之中，對人民要有極大的熱忱，和人民同呼吸、共命運、愛憎分明，敢於為人民的利益蹈火。

二、業務素質

　　業務素質是新聞工作者能夠勝任本質工作的重要素質，主要包括：

　　第一，新聞工作者應該具有很強的社會活動能力。新聞工作者的任務就是要快速、廣泛而深入地採集並發布新聞，社會生活的各個領域都是新聞工作者活動的天地。只有透過廣泛而深入的社會活動，才有可能抓住社會生活的新動向，及時廣泛地反映各種新事物。

　　第二，新聞工作者要掌握調查研究的基本技能。新聞工作者大量的工作就是調查研究，若要獲得大量豐富的材料，唯一可靠的途徑就是調查研究。所謂調查研究，就是對客觀存在的事物進行探索、考察、觀察、體驗、分析、研究，透過事物的現象，認清其本質。

　　第三，新聞工作者要有新聞敏感。新聞敏感是新聞工作者必備的基本素質。它並不神祕玄虛，而是很具體實在地，它是一種發現和判斷有價值的新聞能力；它是記者對新近發生或發現的事實（事件）所作的迅速、正確判斷。

　　第四，新聞工作者要有出色的使用傳播符號的能力。具體而言，就是駕馭和使用語言、文字的能力；駕馭和使用聲音、畫面的能力。新聞工作者活動的最後成果是各類新聞作品。因此，駕馭各類傳播符號的能力，是新聞工作者的基本功。

三、心理素質

　　心理素質是指保證新聞工作者順利展開工作的各種心理因素的品質。

　　第一，新聞工作者具有較高智力水準。新聞工作者較高的智力水準，乃體驗在應變能力、社交能力、心理承受能力、觀察立、預測力等方面。

　　第二，新聞工作者需具有健全、高尚的品格，這些非屬智力因素。它包括：動機、信念、興趣、情感、意志、氣質、性格等。這有賴於長期培養。

　　總之，新聞工作者的各種非智力因素，對他們智力及能力因素，有著推動、定向、調節、制約及強化等作用。

中國大陸對新聞記者的素質要求

中國大陸對新聞記者的素質要求

政治素質
- 國家政策的積極實踐者
- 應具高度事業心和責任感
- 敢為人民的利益蹈火

業務素質
- 應具有很強的社會活動能力
- 要掌握調查研究的基本技能
- 要有新聞敏感

心理素質
- 應具有較高智力水準
- 應具有健全、高尚的品格

Unit 5-7
網路記者與傳統記者之比較

一、網路記者與傳統記者的區別

1. 傳統記者是為了生存而當記者的；而網路記者是業餘時間當記者，為了好玩或尋求刺激。

2. 傳統記者有自己的報導領域，他們上班後在報社的編輯部裡，運用受過新聞專業訓練的大腦，思考問題和寫稿，背後有個編輯在指揮他寫稿，並負責稿件簽發。而網路記者通常是在家裡，下班後，打開電腦，用沒有受過訓練的大腦編寫稿件，背後沒有一個有經驗的編輯為他把關、核實事實、找一個吸引人的導言、改寫句法。

3. 傳統的記者多半是通過師傅帶徒弟來培養出來的，而網路記者是沒有師傅的。

4. 網路記者的優勢：與受眾的關係是建立在直接的和交互的關係上。網際網路是最友好和最迅速的訊息回饋系統。網路記者發布的訊息會即刻得到受眾的評價，而傳統記者通常是很少有機會從讀者那裡得到回饋訊息的。

在這個訊息時代、網路時代與多元時代，誰是真正的記者？未來的新聞工作者，不管是傳統或網路記者，必須是那些承認並捍衛新聞工作的專業性、神聖性、堅守新聞工作職業道德的人。這種職業道德不是別的，而是在新聞寫作和報導上要平衡、公正、有責任感和為公眾服務。

5. 新聞部落格的出現，讓傳統媒體從業人員的專業地位受到嚴重挑戰；以往所謂的專業記者，如今被大量公民記者（citizen journalists）所取代，每位公民都可以提供內容，甚至參與編輯。

二、部落格公民記者

2005 年 3 月 7 日，美國白宮發出第一張部落格採訪證給知名的部落格主編葛拉夫，但當他到白宮參加新聞簡報及記者會的時候，卻受到同業的歧視及冷言相向。

2006 年 4 月，由美國知名專欄作家赫芬頓所主持的「赫芬頓郵報」（Huffington Post）部落格，號召了 300 多位寫手共同加入，完全顛覆傳統部落格「個人」、「業餘」、「遊擊戰」的形象。「赫芬頓郵報」成立一個月後，便與新聞版權授權商 Tribune Media Service 簽約，供稿給美國各實體媒體專欄。

部落客公民記者運動甚囂塵上，部落客影響力超越傳統媒體也早就不是新聞。但是 CNET 一則外電報導：「美記者特權可能擴及部落客」，卻足以使部落客新聞的法定權利邁向新的里程碑。

當這個新聞權力擴及到部落客時，當然是部落客圈的一大勝利。從 2001 年九一一事件、2003 年美國攻打伊拉克、2004 年南亞海嘯、2004 年美國部落客發現 CBS 引用不實資料攻擊小布希而迫使主播丹拉瑟道歉退休、到最近緬甸袈裟革命等重大事件中，部落客的目擊報告和觀點，已證明成為比傳統媒體更即時、更可靠的新聞來源。

部落客的公正性來自於獨立性，無涉於利益。傳統媒體被人詬病的，正是很難把賣廣告與新聞立場完全切割。相對地，大多數的部落客是為自己而寫、為爽而寫，因此也容易說服社會大眾認同其觀點。

圖解新聞學

網路記者與傳統記者之比較

網路記者與傳統記者之比較

比較項目	網路記者	傳統記者
工作目的	為好玩、尋求刺激	為生存
上班地點	家裡	報社
新聞專業訓練	無	有
背後指導者	沒有	編輯
師傅教導	無	有
與受眾關係	少有互動	直接互動
專業地位	本身為公民記者	受到嚴重挑戰

傳統新聞學對公共新聞學的批評

傳統新聞學的批評	公共新聞學的辯護
記者角色混淆	心懷公正的參與者
有違客觀性意理	協助公民解決社區問題，但不介入或引導
過度行銷取向	民調、訪談只是建立公共議題的手段，而非目的
新聞走向較軟性	吸引讀者，但不流於通俗市場化
守門人角色的失守	並未放棄監督社會與政治的守門犬角色
貶低記者專業	並未貶低，而是開創新專業領域

知識補充站

當傳統記者遇到網路記者

1. 傳統新聞從業人員有「參與型」與「中立型」，新聞學認同的是後者，亦即講究客觀價值，重視平衡報導。網路時代，媒體與記者仍以不參與為典範，但對何謂客觀、何謂平衡可能要重新衡量。

2. 當閱聽人有能力和媒體一樣，迅速而獨立地去汲取資訊的同時，傳統記者「客觀陳述事實」的專業訓練已經不夠。因此網路時代民眾所要的不是事實的描述，而是協助他們判定哪些是事實。

3. 傳統對客觀的定義──兩面等量並陳，在網路時代很難執行，一方面網路是多面並陳，且難以用量評估，另一方面受眾本身就可以成為資訊的蒐集者，不需仰賴記者做這件事。因此，網路時代的新聞報導重點可能轉向正確地分析與綜合新聞事件，記者必須具備主動分析事實的能力，才能避免指望不負責或不知名的消息來源。

第 **6** 章

新聞傳播者（二）─新聞事業

●●●●●●●●●●●●●●●●●●●●●●●●●●章節體系架構 ▼

Unit 6-1
新聞事業的功能

一、新聞事業的定義

「新聞事業」已成為一個很廣泛的名詞，亦被稱為「大眾傳播事業」。

1. 就狹義的立場看，新聞事業是從事新聞傳播工作或新聞評論業務者。

2. 從廣義的立場看，新聞事業則是指凡能夠促使人類思想、意志、知識等訊息交流的媒介，都可以歸屬於新聞傳播事業。

3. 綜合狹義與廣義對新聞事業的解釋，則該等事業至少包括：報紙、新聞性及一般性雜誌、廣播、電視、通訊社、資料供應社、圖書出版社、民意測驗機構、廣告公司、公共關係公司等等。

二、新聞事業的功能

1. 結構功能：新聞傳播媒介是一種社會組織，是從事訊息生產和傳播的專業化組織，因此，新聞傳播媒體是專業人員的龐大複雜科層組織，它運用先進的傳播技術和企業化的手段，大量生產、複製傳播訊息。這個組織的基本成員是記者、編輯等專業新聞工作人員以及相關人員，他們被分配在不同的部門，執行不同的功能，儘管新聞傳播工作者各有各的背景和喜怒哀樂，而傳播組織卻也一樣的非常科層化。美國學者坦斯多（Jeremy Tunstall）把新聞部門分為新聞蒐集者和新聞處理者，不管如何，在新聞處理過程中，可以參與意見的人，都是守門人。

2. 特有功能（有別於一般社會功能）：拉扎斯斐和莫頓（ Lazarsfeld & Merton）兩位學者指出，在傳播學中，還有幾種賦予大眾媒介的功能，其中包括：「賦予他人和事物知名度功能」、「社會規範強化的功能」以及「麻醉功能」三種，分述如下：

（1）賦予他人和事物身分地位的功能：係指賦予他人和事物知名度。事實、人物、商品、意見等一經大眾媒介的報導，就會獲得知名度或社會地位，而給大眾媒介支持的事物，帶來正統化的效果。社會地位的賦予功能，與大眾媒介處於為數有限的訊息地位，以及大眾對媒介內容生產的神祕感有關。由於神祕感而帶來崇拜，使得多數人以受到大眾媒介關注為榮。這是一種強大的現代大眾心理。正是利用了大眾的這種心理，大眾媒介透過聚焦和放大事件，製造出了各種供大眾追捧的「明星」。

（2）社會規範強化的功能：新聞傳播媒介的傳播內容，一般不會提倡反對現存的社會體制，而是偏向於維護保持現有的社會秩序，甚至強化現有的社會規範，藉以穩定現有社會系統的穩定。

（3）麻醉的負功能：這是一種對大眾媒介功能的批判性比喻，指一些不適宜的訊息不斷反覆，造成對大眾心理的負影響。新聞媒介以龐雜的訊息，占有了大眾有限的休閒時間，導致人們疏遠很多傳統的社會關係；新聞傳播媒介以豐富多彩的內容，虛幻地滿足了公眾，他們從積極參與事件，轉變為消極地認識事件，降低和削弱了人們的行動能力，即「麻醉功能」。

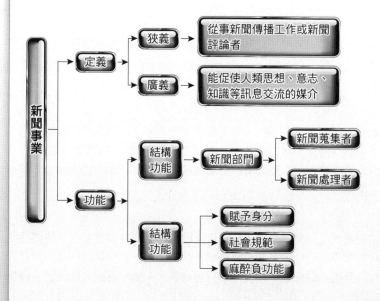

新聞事業的功能

新聞事業
- 定義
  - 狹義 → 從事新聞傳播工作或新聞評論者
  - 廣義 → 能促使人類思想、意志、知識等訊息交流的媒介
- 功能
  - 結構功能 → 新聞部門
    - 新聞蒐集者
    - 新聞處理者
  - 結構功能
    - 賦予身分
    - 社會規範
    - 麻醉負功能

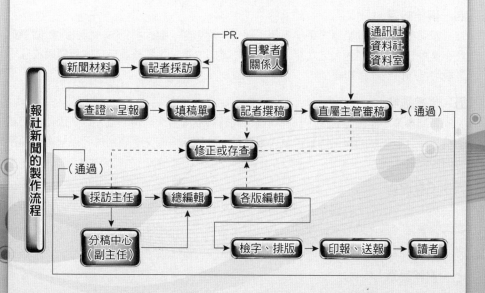

報社新聞的製作流程

PR.

新聞材料 → 記者採訪 ← 目擊者 關係人

通訊社 資料社 資料室

查證、呈報 → 填稿單 → 記者撰稿 → 直屬主管審稿 → （通過）

修正或存查

（通過）

採訪主任 → 總編輯 → 各版編輯

分稿中心（副主任）

檢字、排版 → 印報、送報 → 讀者

Unit 6-2
新聞事業的性質

圖解新聞學

一、報導新聞

新聞事業以採集、製作、傳播新聞為職能。新聞事業的範圍雖然廣泛，但其主要存在的原因，還是由於人類需要新聞，為了滿足人類的「新聞慾」，因此，今天新聞事業首要的責任，是以客觀的態度，讓閱聽人了解他們所應該了解的事物。

二、解釋新聞

新聞事業須解釋新聞，尤其是報紙，更可以作深度報導，無論在版面與時間上，都比其他的新聞事業媒介優良，報紙可有充分時間與較大的版面，來解釋新聞。在今天各分工日趨專門化的情形下，凡是健全的新聞機構，都需要延攬大批的專才，替一般閱聽人作解釋工作。

三、提供意見

新聞事業經常提供意見，發表言論，向政府及社會各方面提供批評性或建議性的意見。考其原因乃新聞事業自始就有左右和影響人類的企圖，力求透過報章、雜誌的文字、漫畫、照片以及廣播的聲音、電視的影音等方式，來吸引閱聽人的注意，轉移閱聽人的思想。

四、供給知識

新聞事業主要的職掌，是使人們了解別人的思想、觀念與行為，因此，新聞事業具有傳播知識與教育國民之功能。所謂「知識即力量」，閱讀報紙、收聽廣播或收看電視均可以得到最新知識。

五、供給趣味

新聞事業不僅報導新聞、評解輿論，同時對娛樂方面，也日益注重。因此，報紙的內容具有趣味性的娛樂性質，每天都提供部分趣味性的文字與圖片，以增進人類生活的樂趣與幸福。

六、刊登廣告

美、日、西歐工業國家的新聞事業，主要以商業方式經營，報紙或其他新聞事業媒介的廣告，是真正可直接幫助人們日常生活的工具，讓閱聽人獲得購物、船期、航班、金融期貨動態、氣候、觀光旅館床位、醫院門診時間等資訊或消息。

七、服務民眾

新聞事業為了擴展事業，必須要為閱聽人提供服務。因此各個新聞機構均設有社會服務、讀者服務部門，或設網站，推廣業務，服務公眾。

總而言之，新聞事業是文化、企業和工業的綜合事業，必須服務公益，而不純以營利為目的。然而，由於經濟不景氣，加上彼此競爭日益激烈，新聞事業愈來愈迎合大眾口味，自然在內容上就日益低俗，這種現象也令有識之士憂慮。

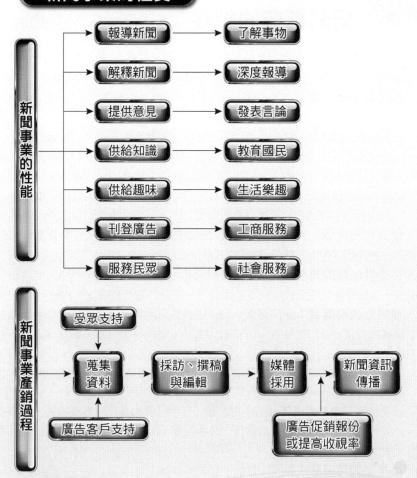

新聞事業的性質

新聞事業的性能		
	報導新聞	了解事物
	解釋新聞	深度報導
	提供意見	發表言論
	供給知識	教育國民
	供給趣味	生活樂趣
	刊登廣告	工商服務
	服務民眾	社會服務

新聞事業產銷過程

受眾支持 → 蒐集資料 → 採訪、撰稿與編輯 → 媒體採用 → 新聞資訊傳播

廣告客戶支持 → 蒐集資料

廣告促銷報份或提高收視率 → 媒體採用

知識補充站

資本主義新聞事業

　　資本主義新聞事業的雛形應該從18世紀的資產階級刊物算起，如英國的《評論》週刊（1704年）、《政治評論》週刊（1716年）、美國的《新英格蘭報》（1712年）。此前，資產階級也辦報刊，但主要是一種個人經營的行為和職業。資本主義新聞事業的基本體制形成於19世紀40年代以後，即主要資本主義國家持續完成工業革命以後。資本主義新聞事業的發展經歷了兩個階段：19世紀末以前，適應自由資本主義發展的需要，自19世紀30年代出現的大眾化廉價報紙（便士報）為主流；19世紀末開始，資本主義經濟開始從自由競爭走向壟斷，資本主義新聞事業也隨之發生巨大變化，進入壟斷階段。

Unit 6-3
新聞事業的特性

一、從業務角度看：新聞事業是綜合的事業，它包括工業（印刷、電訊傳送）、商業（廣告、發行）、文化事業（報導活動與新知）及服務（反映輿論）。

二、從商業的角度看：人們因為購買力上升，促使新聞事業的發達。新聞現在已成為一種商品，所以具有下列特質：

　　1.具有和一般商品一樣的生產程序。例如：廣播電視有一定的製播流程。

　　2.依靠出賣地位或時間以得到實質利潤。例如：賣報紙銷路，賣廣告地位、時間。

　　3.接受政府商業法律的限制和管理，例如：不能刊播誇大不實的廣告。

　　4.擁有商標和商譽，可以轉賣及出讓。例如：廣播電視頻道可採「拍賣制」。

　　5.利潤導向：賺錢成為新聞事業的重要功能，例如：重視閱報率與收視率。

三、從文化角度看：新聞事業是具有教育性的事業，它專門提供新訊息、新知識與新思想，故對社會產生一種潛移默化的效果。

四、從公共利益的角度看：新聞事業是社會公器，它所追求的利益，必須是公利大於私利，並為社會大眾服務，反映公眾意見，成為公眾與政府之間的意見溝通橋梁。

五、從獨立的角度看：新聞事業必須要成長於自由中，否則其言論將受到限制，新聞或傳播的訊息也會遭到檢查，因而導致其發展處處受到阻礙。新聞媒介為了要確保獨立自主，必須：

　　1.不受政府操縱輿論：有些新聞媒介本身有政治立場的傾向，但是仍屬於非政府。

　　2.充分受到法律的保障，儘管各國新聞自由的尺度完全不同。

　　3.新聞事業是具備高度政治性的事業，它不但要報導政府施政措施，更要進行解釋、評論，以負起「第四權」的責任，故新聞事業是公共事務的監督者以及民眾利益的看守者。

六、從專業的角度看：所謂「專業」必須要具有：

　　1.運用新聞媒介的技術。

　　2.訊息製作所需的專門背景知識。它也要具有：（1）公共服務的價值。（2）充分的自主性，自由負責。（3）受法律充分的保障，即記者採訪來源的秘密權利受法律保障。

　　3.一定的社會地位。包括：（1）專職。（2）一套有體系的學術系統（新聞教育）所訓練。（3）成員可組成專業組織。（4）受法律保障。（5）有一定的道德規範。

七、從媒介分類角度看

　　1.印刷媒介（報紙、雜誌）：屬空間媒體。電子媒介（廣播電視）：屬時間媒體時間，如此區分，比較讓人易於理解。

　　2.對閱聽人的參與感而言，視聽覺得參與程度以電子媒介較強。

　　3.印刷媒介的內容較容易保持，而且保持較久。電子媒介則稍縱即逝。

新聞事業的特性

媒介分類角度

業務角度

專業角度

商業角度

新聞事業特性

獨立角度

文化角度

公共利益角度

Knowledge 知識補充站

社會主義新聞事業

　　社會主義新聞事業是無產階級黨所領導的社會主義國家的新聞事業，它是無產階級新聞事業的繼承與發展。第一批無產階級報刊是在19世紀30年代誕生的。伴隨著英國憲章派運動，誕生了公開出版的無產階級報刊，最負盛名的是1837年創刊的《北極星報》，它於1840年成為憲章派全國協會的黨中央機關報，持續出版達15年之久，最高發行量達10萬份。後來又有馬克思、恩格斯主編的《新萊茵報》（1848年），積極傳播無產階級思想。1900年，列寧創辦了俄國第一份馬克思主義政治報紙《火星報》，為無黨階級革命作輿論準備。無產階級取得政權後，無產階級新聞事業轉化為社會主義國家的新聞事業。

Unit 6-4
新聞事業的專業意理

圖解新聞學

一、專業義理

　　事實上，專業意理可以溯源到 11 世紀的歐洲社會，而 20 世紀工業革命之後，所謂專業的領域，則蔚為時尚。因為權力主義者（the power approach）將「專業化」視為一種政治過程，一種權威，是維護及取得特權和威望的一種力量。另外，他們也認為專業人員（professional）的專業性（professionalism），更可視為是一種特殊型式的社會工作系統，經由此一系統，該種職業的成員可以約束自我行為。

　　50 年代的社會學家如格林烏德（E. Greenwood）、巴霸（B. Baber）等人，都提出過對專業特質的看法：諸如：1. 高度通則性及系統性知識；2. 威權；3. 社區認可；4. 主要取向是社區利益，而非個人自我利益；5. 經由專業人員及本身組成工會，訂立道德規範，使專業人員在行為上，能履行高度自律；6. 一種文化；以極具有一種象徵性的報酬制度（金錢或榮譽）。從上得知，所謂「專業」必須要具有運用新聞媒介的技術，以及訊息製作所需的專門背景知識。

二、新聞事業的專業義理

088

　　什麼是新聞事業的專業意理？不同的學者有不同的說法。例如：美國學者阿特休爾將其歸納為四條信念：新聞媒介有擺脫外界干涉，擺脫政府、廣告甚至來自公眾的干涉；新聞媒介要實現「公眾知的權利」之服務；新聞媒介要探求真理，反映真理；新聞媒介客觀公正地報導事實。阿特休爾認為，這四條信念是美國、西歐和其他實施市場經濟工業國，正視新聞媒體問題的根本法寶。

　　美國新聞記者赫爾頓（John L. Hulteng）從一個新聞記者的視角，歸納新聞專業意理認為：提供真誠、真實和準確的新聞報導；必須公正、公平，給予爭論各方同等機會，應誠心誠意，迅速更正錯誤。而英國學者塔其曼亦將新聞專業歸納為一點：新聞客觀性。但是，幾乎所有學者都強調了新聞專業意理的一個基本出發點：新聞媒介是社會公共事業（社會公器），必須為公眾服務，新聞從業人員必須承擔起社會責任。綜合學者、記者們的意見和新聞媒體的實踐，新聞專業意理是：新聞媒介必須以服務大眾為宗旨，新聞工作必須遵循真實、全面、客觀、公正的原則。

　　新聞專業意理看似簡單明瞭，但真正實踐起來並非那麼簡單，往往受到各方面的干涉。從歷史上看，對新聞專業意理干擾最大的，是來自政治上與經濟上的壓力。政治壓力，最大的來自政府。新聞事業專業意理，主要來自於市場。世界上絕大多數媒體都必須營利，才能維持日常運作，支持今後發展。為此，媒體多必須竭力拓展市場，爭取更多的受眾，這本是天經地義的問題，但當媒體進行市場運作的時候，必須堅守新聞專業意理，決不能為了媒體一家之私利，而損害公共利益，忘掉媒體必須承擔的社會責任。

新聞事業的專業意理

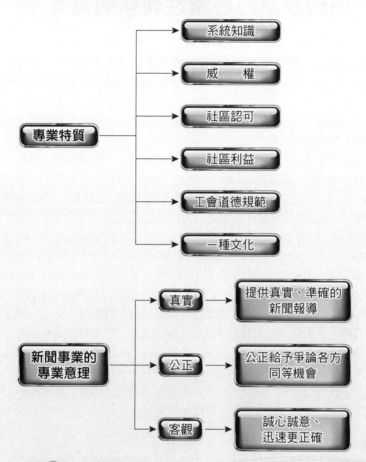

專業特質
- 系統知識
- 威　　權
- 社區認可
- 社區利益
- 工會道德規範
- 一種文化

新聞事業的
專業意理
- 真實 → 提供真實、準確的新聞報導
- 公正 → 公正給予爭論各方同等機會
- 客觀 → 誠心誠意、迅速更正確

知識補充站

新聞事業未達傳統專業的標準

儘管世界各國大學已經普遍設立新聞學系，負責訓練新聞專業人才，而新聞學也已逐漸發展成為專門的學科，但在專業知識方面，新聞事業仍然缺乏傳統專業的權威特質。在專業自主方面，傳統專業人員執行業務時，通常受到法律保障，享有高度獨立自主的權力，不受外界干擾。新聞記者獨立自主的情形，則遠不如傳統專業人員。雖然大多數國家的憲法均明文保障新聞自由，但如何使新聞工作免於政府及商業利益的控制，一直是新聞記者努力奮鬥的目標。而爭取新聞部門自治（newsroom autonomy），更是記者遙不可及的理想。因此，在專業自治方面，新聞事業似乎也未達傳統專業的標準。

Unit **6-5**
新聞事業的專業性與新聞教育

　　新聞教育最早出現於美國。開始時，只是在其他科系開設專業課、選修課等。1878 年，美國密蘇里大學在英文系開辦新聞專業課；1893 年，賓州大學開設新聞選修課。直到 1908 年，美國密蘇里大學開辦了新聞學院；1912 年哥倫比亞大學開辦新聞學院。

　　新聞事業長期以來，規模不大，從業人員需要量不多，因而不需專門培養。然而新聞學的形成，長期以來只是「術」，而沒有「學」。再者，新聞工作者可以從其他專業和學科的人員中吸收和補充，因為新聞工作實踐性強，涉及面廣。因此，長期以來，新聞教育沒有產生客觀需要和條件。

　　直到 19 世紀末、20 世紀初，新聞事業發展程度提高，報導範圍、手段多樣化。新聞工作難度增加，必須專門培養具有專業水準的新聞工作者。新聞教育便因運而生。現在，新聞教育事業比較發達的國家，有美國、日本、英國、德國、澳洲及俄羅斯等國家。

　　在新聞專業化努力中，重要的一環是「新聞教育」。同時，透過新聞教育，以求逐漸達到專業化，也是各國新聞事業努力的目標。至於如何加強我國新聞教育？王洪鈞教授認為，新聞教育應為：第一，專業教育，包括培養果斷（decision）、毅力（determination）、奉獻（devotion）及決心（dedicated）的精神。第二，通識教育，包括通才教育與全人教育。通識教育作為近代開始普及一門學科，其概念可上溯至先秦時代的六藝教育思想，在西方可追溯到古希臘時期的博雅教育。第三，專精教育，亦即至少達到大學或研究所的學歷。第四，公民教育，亦即教導國家人民應盡之義務與權利。總之，新聞教育的內涵之一，是培養新聞傳播從業人員、新聞傳播工作者對新聞事業的重要性，及其對社會應盡的責任，詳述如下：

一、培養專業精神

　　新聞事業是具有高度社會性的職業，無論其目的為傳播或為教育，都必須具備極嚴格且高尚的職業精神。此種職業精神，可謂之為專業精神。所謂專業精神，就是不重視利而重視義；當新聞記者採訪新聞時，首先考慮到的是，它是否符合新聞專業意理，此新聞是否傷害國家及社會利器，要作「社會的公器」的新聞傳播人員，他必須無懼任何金錢、勢利的誘惑，真正為民喉舌。此外，專業精神也就是敬業的精神，要有工作熱誠，必須有正式的專門教育來養成專業之精神。

二、樹立新聞道德

　　新聞道德的涵養，是新聞傳播教育的重點，唯有具備新聞道德的人，才配作新聞傳播工作。威廉博士認為，一個報人成功的條件有三，即：知識、技能與高尚人格。此三種條件，不是專門學校或職業學校所能培養，而且必須要大學，高深學府去培養的。他說，中國和世界所需要的，便是有知識、有志願而且受過高等教育訓練出來的輿論家。威廉博士強調說：「偉大人格的人，手中的一枝筆，比刀劍強得多。」

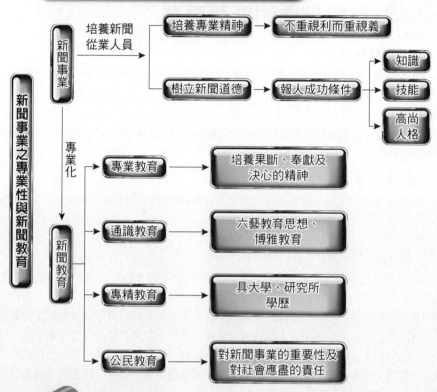

新聞事業之專業性與新聞教育

新聞事業 — 培養新聞從業人員 —
- 培養專業精神 → 不重視利而重視義
- 樹立新聞道德 → 報人成功條件 → 知識 / 技能 / 高尚人格

新聞事業之專業性與新聞教育 — 專業化 — 新聞教育
- 專業教育 → 培養果斷、奉獻及決心的精神
- 通識教育 → 六藝教育思想、博雅教育
- 專精教育 → 具大學、研究所學歷
- 公民教育 → 對新聞事業的重要性及對社會應盡的責任

知識補充站

密蘇里模式新聞教育

20世紀上半葉，美國新聞教育（特別是密蘇里模式）移植到中國，為何勢如破竹？李金銓教授認這是美國在海外擴張主義的一部分。包括：其一，認為是中國知識份子追求現代化，「新文化運動」追求西化，美國實用主義普受歡迎。其二，美國新聞教育的哲學基礎正是實用主義的「進步運動」，推動社會的溫和民主改革。其三，密蘇里新聞教育模式的職業取向，提供可以模仿操作的範例。中國各大學新聞系幾乎都是密蘇里校友創辦的，課程也和密蘇里亦步亦趨。

Unit 6-6
資訊社會的新聞事業

一、網際網路興起

眾人均知，20 世紀是傳播科技革命的偉大時代。網際網路興起後，將無限空間、無限地點和無限數量的電腦，連接在一起，迅速地將人類帶入一個嶄新的網路世界。在網際網路上，每個人都可以發表獨立的見解，每個人都是報紙的總編輯。在網路上公開發表意見時，沒有新聞檢察官審查你的意見和觀點，每個人都是新聞記者，人人都可以在網上發表新聞。

二、部落格出現

新聞部落格的出現，讓傳統媒體從業人員的專業地位受到嚴重挑戰；以往所謂的專業記者，如今被大量公民記者（citizen journalists）所取代，每位公民都可以提供內容，甚至參與編輯。「守門人」（gatekeeper）的角色，不再專屬於媒體傳播機構中的編輯群。而是下放到每一位公民記者身上。

2005 年 3 月 7 日，美國白宮發出第一張部落格採訪證給知名的部落格主編葛拉夫，但當他到白宮參加新聞簡報及記者會的時候，卻受到同業的歧視及冷言相向。白宮願意發給葛拉夫採訪證，顯示已將他視為媒體從業人員，但是來自媒體同業的懷疑與敵意，顯示主流媒體基本上並不認同部落格等同媒體，因為它顛覆了傳統媒體中單一的、經過媒體編輯框架（framing）制約影響的報導，呈現更多元的價值判斷，甚至是草根性或在地性的觀點，在大眾傳播媒體受到時空限制，或是發生重大事件、災難時，能夠取代部分傳統媒體的功能。

2006 年 4 月，由美國知名專欄作家赫芬頓所主持的《赫芬頓郵報》（Huffington Post）部落格，號召了 300 多位寫手共同加入，完全顛覆傳統部落格「個人」、「業餘」、「遊擊戰」的形象。《赫芬頓郵報》成立一個月後，便與新聞版權授權商 Tribune Media Service 簽約，供稿給美國各實體媒體專欄。

三、部落格公民記者運動

部落格公民記者運動盛囂塵上，部落客影響力超越傳統媒體也早就不是新聞。但是 2007 年 4 月根據 CNET 一則外電報導：「美記者特權可能擴及部落格」，卻足以使部落客新聞的法定權利邁向新的里程碑。

此新聞指出，美國參議院的委員會通過一項法案，贊成將消息來源保密的法律保護，擴及固定從事「新聞工作的任何人」，使其不致被迫透露機密消息的來源或提供證詞。同樣在台灣，根據 2011 年 8 月大法官會議釋憲指出，新聞採訪自由包括網路部落格記者在內。

部落格的公正性來自於獨立性，無涉於利益。傳統媒體被人詬病的，正是很難把賣廣告與新聞立場完全切割。相對地，大多數的部落格是為自己而寫，因此也容易說服社會大眾認同其觀點。

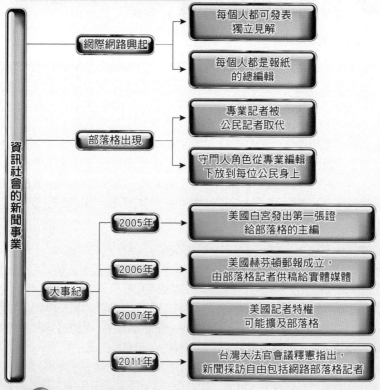

知識補充站

網路媒體首獲普立茲獎

1974年，美國大法官史都華（P. Stewart）首先提出第四權理論（The fourth estate）。他認為憲法之所以保障新聞自由，其目的乃在保障一個有組織的新聞傳播媒介，使其能成為政府三權之外的一種第四權，以監督政府，防止政府濫權。由於網際網路是最有好和最迅速的訊息回饋系統，網路記者發布的訊息會即刻得到受眾的評價。在這個訊息時代、網路時代與多元時代，誰是真正的記者？未來的新聞工作者，不管是傳統媒體記者或是網路記者，必須是那些承認並捍衛新聞工作的專業性、神聖性、堅守新聞工作職業道德的人。這種職業道德不為別的，而是在新聞寫作和報導上要平衡、公正、有責任感和為公眾服務。

美國新聞界最高榮譽國內報導獎「普立茲獎」公布2012年的得獎名單，便是秉持前述原則，不但讓傳統媒體如《紐約時報》仍抱大獎，也讓兩家網路新聞媒體《赫芬頓郵報》（Huffington Post）及《政客》（Politico）首度獲獎，充分說明，傳統與網路媒體捍衛第四權的重要性。

Unit 6-7
新聞事業新趨勢

一、時代背景

　　現代已進入一個資訊時代，因此，在資訊時代，電腦所扮演的角色愈來愈重要。尤其是利用電腦和自動化以提高生產力，才是當前社會最需要的。其次，在資訊爆發的新時代，一方面要關心「資訊超載」的問題，另一方面也要關心資訊分配是否平均的問題。

　　由於傳播科技的進步，傳播距離及空間的範圍也當然擴大。尤其現在電腦與電視螢幕也逐相結合，觀眾透過傳真計數與通訊衛星，經由通訊社、網路和智慧手機，可以訂購世界性任何地區的報紙和雜誌，並且用電子報或電子書的方式呈現。無論如何，由於交通及傳播科技，而縮短了人與人之間的地理時空上的距離，可以說是「天涯若比鄰」。

二、新趨勢

　　新聞事業的新趨勢，可以從下列幾點來探討：

　　1. 由於電腦或電子計算機的應用於大眾傳播，通訊衛星應用於新聞及圖片的傳送與播出，光學纖維與雷射技術的進展與應用，三者的互相配合，使大眾傳播事業完全改變。因此，設備日新、型式又新、內容求新乃是今日大眾傳播事業的第一個共同趨勢。

　　2. 求快求速是第二個趨勢。不論是文字、聲音、照片、圖畫經過微波的電路，尤其是用通訊衛星收播用的電線電波，已將傳播的時間縮短到近乎零。

　　3. 求確實、求內容豐富是第三趨勢。利用資訊科學的發展，使不同興趣、不同職業的人，有其需要的材料可看、可讀。重正確、重實際是新聞傳播工作者的必要條件。

　　4. 策略聯盟與多元化是第四個趨勢。有線電視與衛星合作已有多年，兩者皆適合採專業頻道的經營方式，如美國的 CNN、日本的 NHK1 與台灣的民視新聞，均是屬於新聞專業頻道。當衛星頻道結合地方電視台之後，地域的劃分已經模糊。另一方面，專業新聞網也可以長時間，甚至全天候播出，可以滿足收視方面「分眾」和不同時段的觀眾需求，以至於台灣和世界各地所發生的事件，都可以互通有無。這種策略聯盟，在經營而言，達到以最少經費來經營新聞頻道的益處。對觀眾而言，更增加了收看新聞的選擇，也為社會提供了更為多元化的新聞資訊服務。

　　5. 力求簡化與淨化是最後一個趨勢。讀者由於工作繁忙，閱報時間有限，因此其所需要的報紙是簡單、明白、乾淨與清楚。沒有長篇大論文字，更沒有風花雪月、黃色桃色的內容。

　　6. 求更加平等、更為便捷的互動平台，網際網路正好滿足了民眾這種基本需要。新聞媒體正在嘗試去適應網際網路時代，除了作商業網站和迎合性較強的個別案例之外，放低姿態，放棄趾高氣揚的習氣，可以切合人們對言論自由和發言權的渴望。如果新聞媒體能更好的適應網路這種環境，當然對它的發展是有積極作用的。它的設立初衷就是為了影響社會，不能有效的影響社會，也就失去了繼續存在的理由。

新聞事業新趨勢

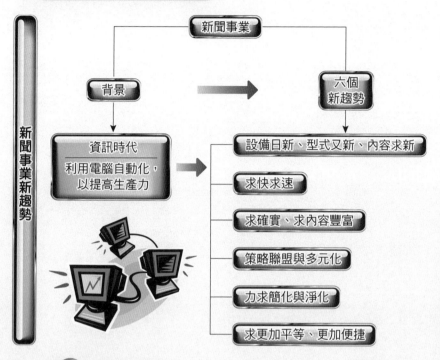

新聞事業新趨勢

新聞事業

背景 → 六個新趨勢

資訊時代
利用電腦自動化，以提高生產力

設備日新、型式又新、內容求新

求快求速

求確實、求內容豐富

策略聯盟與多元化

力求簡化與淨化

求更加平等、更加便捷

知識補充站

成立「數位媒體發展中心」

配合行政院推動數位匯流政策，並協助我國媒體產業應用新興科技，轉型為數位化、高值化與國際化的數位媒體服務產業，經濟部於2012年4月27日舉辦「經濟部數位媒體發展中心啟動暨揭牌儀式」。根據經濟部的規劃，2012年「數位媒體發展中心」將以數位科技結合傳統媒體產業為主軸，除擴大彙整各部會相關職掌與分工外，也將邀集產官學研等代表組成跨部會指導小組。2013年起，「數位媒體發展中心」則將由文化部逐步接手後續產業輔導及政策推動事宜，期能於2015年達成提升核心產值（包含數位遊戲、電腦動畫、數位出版典藏、數位學習及數位影音）成長3倍、關聯產值（包含行動應用、網路服務及內容軟體）成長2倍的發展目標。

第 7 章

新聞傳播媒體

● ●章節體系架構 ▼

Unit **7-1**
新聞傳播媒體的種類

圖解新聞學

一、報紙

1. 綜合報：即各類新聞都報導的報紙，具有政治版、社會版、財經版、生活版、兩岸版、影劇版、消費版、體育版、地方版及論壇版等各種版面。目前發行量較大的綜合報包括聯合報、中國時報、自由時報及蘋果日報。

2. 專業報：報紙報導的新聞偏向某一種類型，例如以報導財經新聞為主的經濟日報及工商時報，讀者以產業界人士為大宗。

二、雜誌

台灣新聞性及政論性雜誌，隨著幾乎每年或隔年就有全國性或地方性的選舉，因而蓬勃發展。後也因經濟發展，故許多財經、企管雜誌也因應而生。

三、廣播

台灣廣播電台多達 150 家以上，分為調頻（FM）與調幅（AM），以及公營與民營電台，公營電台幾乎每小時就有新聞播出。

四、電視

1. 無線電視台：無線電視台包括台視、中視、華視、民視及公視，此類電視台一天只有在晨間、中午、晚間及夜間線等幾個固定時段播報新聞，新聞時段較少，新聞受政府管制較嚴格。

2. 有線電視新聞台：台灣有多家 24 小時播報新聞的有線電視新聞台，例如 TVBS、年代、東森、中天、民視、三立、非凡等，中午及晚間新聞為其主要新聞時段，但其他時間仍會播報新聞或以談話性節目來討論新聞話題。新聞重播率高。

3. 有線電視系統台地方新聞：地方有線系統台也有自製的新聞節目，例如桃園的有線電視系統台——北桃園公司及北健公司，會在特定時段播報新聞，新聞內容以桃園地方及社區新聞為主。

五、網路

網路新聞是年輕人及上班族讀取新聞的主要媒介之一，包括：

1. 原生新聞媒體：有的網路媒體擁有自己的記者及編輯，網站上所呈現出來的新聞均是自家記者採訪得來的「原生新聞」，例如中央通訊社、今日新聞報（Now News）、自立晚報及鉅亨網等。

2. 實體電視或報紙網路版：許多報紙另外擁有自己的新聞網站，而網站上的新聞大多取自於自家電視新聞或報紙記者所採訪的新聞，少部分會引用上述中央社等原生新聞媒體的網路新聞，如聯合報系的「聯合新聞網」、中國時報系的「中時電子報」、自由時報的「自由電子報」及蘋果的「蘋果電子報」，同樣地，電視新聞媒體擴充其網站內容，與報紙新聞媒體相抗衡。

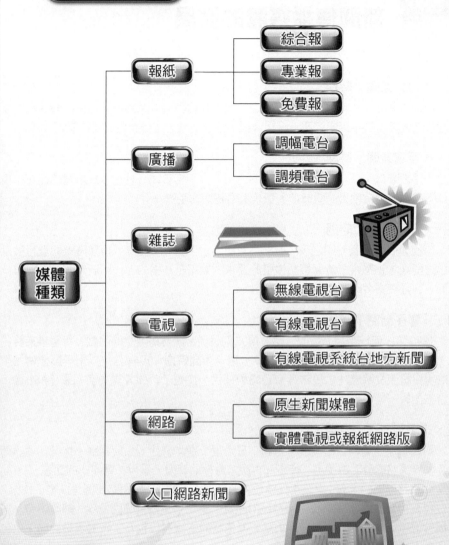

媒體的種類

```
                                    ┌─ 綜合報
                        報紙 ────────┼─ 專業報
                                    └─ 免費報

                        廣播 ────────┬─ 調幅電台
                                    └─ 調頻電台

                        雜誌
媒體
種類 ──┤                            ┌─ 無線電視台
                        電視 ────────┼─ 有線電視台
                                    └─ 有線電視系統台地方新聞

                        網路 ────────┬─ 原生新聞媒體
                                    └─ 實體電視或報紙網路版

                        入口網路新聞
```

Knowledge 知識補充站

入口網站新聞

　　雖然許多讀者習慣上雅虎奇摩、番薯藤、hinet、新浪、pchome及msn這類入口網站讀新聞，但它們本身其實並無記者產製新聞，其所呈現出來的新聞，都是轉載自上述的原生新聞網站或實體報紙網路版。

Unit 7-2
新聞傳播媒體的發展

圖解新聞學

依照新聞演進的過程，通常我們可以將新聞分為下列五個時期：

一、「口述新聞」時期

「口述新聞」係產生於無法追溯之時代，大約與人類原始群居生活同時存在。原始時代之人類，文字尚未發明，一切傳播，都靠口傳，這是新聞傳播的原始形式。

二、「手寫新聞」時期

「手寫新聞」係產生於印刷術發明之後。「手寫新聞」具有今日新聞之性質，漢代以降的邸報與古羅馬的新聞信，都是手寫時期的產物。

三、「印刷新聞」時期

印刷術及活字版發明之後，新聞事業即奠定了發展的基礎，傳播時效和發行數量都迅速提高，正符合了新聞事業擴張的要求。以報紙為主的近代印刷新聞，亦稱傳統新聞，它是在文字印刷的條件下產生的。

四、「電子新聞」時期

1895 年，無線電技術發明，電波傳訊克服了新聞傳播時空的困難，新聞事業終於在 1920 年美國 KDKA 電台開播後，步入電子新聞時期。1944 年，以電子影像傳遞影像的黑白電視發明成功。1953 年彩色電視問世，使電子新聞兼具文字、聲音和影像，結合三位於一體，更為多采多姿。

五、「網路新聞」時期

新聞事業隨著科技的發展，可謂一日千里、進步神速，由於電腦、電纜、通訊衛星及網際網路的發明與應用，使新聞再啟革命性的轉變，呈現一番嶄新的面貌。

1. 網路新聞的定義：網路新聞應包含三個層面：第一，指網路新聞是以電子技術、數位技術及 ICP/IP 協議為特徵所發送的訊息。第二，網路新聞應是經「網際網路」的傳播管道所流通的訊息。第三，網路新聞傳播的主體不只包含了新聞專業機構，也包含了私人經營的網站所發布的訊息。

2. 網路新聞的發展：美國學者 Larry Pryor 在 2002 年描述了網路新聞的三次浪潮，第一次浪潮始於 1982 年，一直延續到 1992 年才結束。它以好幾個試驗性網站做為開端，但結果還是失敗的。第二次浪潮始於 1993 年，新聞組織開始加入網路行列。第三次浪潮進入無線寬頻時代，它為大量資訊和用戶特定需求之間架起了一座橋梁。

綜上所論，我們知道：人類新聞事業演進的過程，是從「口述新聞」時期至「手寫新聞」時期，進入「印刷新聞」時期，再躍入「電子新聞」時期，今日再藉助電腦科技及網際網路的發展，進入「網路新聞」時期。

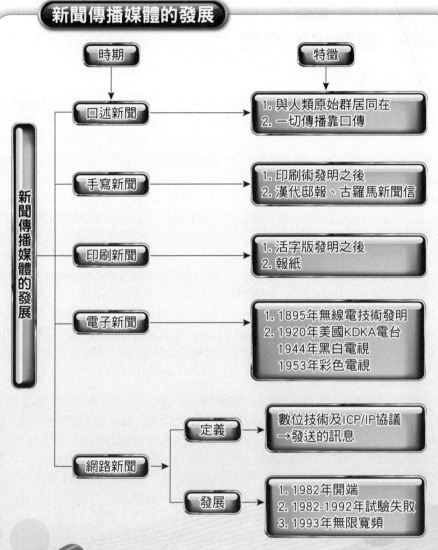

新聞傳播媒體的發展

時期 → **特徵**

新聞傳播媒體的發展

- **口述新聞**
  1. 與人類原始群居同在
  2. 一切傳播靠口傳

- **手寫新聞**
  1. 印刷術發明之後
  2. 漢代邸報、古羅馬新聞信

- **印刷新聞**
  1. 活字版發明之後
  2. 報紙

- **電子新聞**
  1. 1895年無線電技術發明
  2. 1920年美國KDKA電台
     1944年黑白電視
     1953年彩色電視

- **網路新聞**
  - **定義** → 數位技術及ICP/IP協議 →發送的訊息
  - **發展**
    1. 1982年開端
    2. 1982-1992年試驗失敗
    3. 1993年無限寬頻

101

知識補充站

跨媒體（mega-media）

　　傳統媒體與網路媒體正向一種「跨媒體」的融合方向發展。跨媒體又譯「大媒體」，是由美國人凱文・曼尼（Kevin Maney）提出的觀念，用以描述傳媒領域全面競爭的態勢，及傳媒業、電信業、網路業被統合為一種全新產業──大媒體。對新聞傳播來講，跨媒體意味著報紙、廣播、電視和網站的採編業務全面整合，資源共用，集中處理，然後透過不同的管道和平台，傳給受眾──讀者、聽眾、觀眾、網友和各類數位終端機用戶。

Unit **7-3**
部落格的發展

一、Blog 的由來

　　網際網路形成之後，加速 BBS 系統上「個人版」（Blog/Blog writer/Blogger）的傳播的形式和態勢。部落格（大陸譯作「博客」或「網誌」等），是由「網（Web）加上「日誌」（log）」而拼成一字（web-log, Blog）。「log」原是指電腦運作時，所產生的記錄檔，所以「Web-log」應該稱為「網路記錄檔」。至於「網上日誌」（Online Diary）所記所貼的，多為生活瑣事，它是 log 的一種，但範圍較窄。20 世紀 90 年代末葉，「網際網路上路（internet start-up）」氣氛熱熾，投資者在想，史有前例：18、19 世紀的報紙，1850 年代的線纜（cable），1920 年代的電台和 1950 年代的電視——誰先掌控最早期科技，誰就能穩居制高點。眼看商業利益快要控制網路生殺大權了，以致一位英國科技研究者雲斯頓（Brian Winston），在 1998 年悲觀地說：「資訊高速公路會自我變身成為資訊收費道路。」不過，當時網際網路研究不足，商人倉促間盲目投資，砸大錢，但卻忽略了在一窩蜂之下搞網路的，實在太多人了，以致成了泡影，當初身懷網金夢的人，損失金錢，丟了飯碗；所幸，經過了這一輪的起伏之後，許多網站站長雖然消失了，可是卻因禍得福，留下網路的「公開使用性」特點，廣為世人知悉。故從 1998 年開始，藉著網路熱的餘勢，weblog 的數目開始慢慢攀升起來。

二、Weblog

　　1998 年，美國白宮柯林頓總統的「拉鍊門」（zipper gate）」事件，令 Blog 出盡風頭。例如：一位聲名並不怎樣的自由身「記者」杜魯奇（Matt Drudge），自己架設網站，每天寫些謠言或瑣聞。他的「報導」標準是：80％正確就可以了。1 月 17 日，杜魯奇透過他個人網頁（online newsletter），根據《新聞週刊（Newsweek）》其時正在蒐集、查證，但未敢報導的資料，搶先《新聞週刊》，大膽掀出柯林頓與白宮女見習生的性醜聞事件，使得傳統媒介隨而急起大肆報導，轟動全球。1999 年一位網路使用者馬浩斯（Peter Merholz）把「Weblog」，讀成「weblog」，這樣一來，「weblog」聽起來像極了「WeBlog」（我們的「Blog」），之後，就流行「Blog」（部落格）這個簡稱。

三、Pitas.com

　　1997 年的 7 月，Blog 的第一個軟體——"Pitas.Com"，終於由美國「派華」（Pyra）實驗室推出！它的特色是開放式軟體平台（open source），故易於使用，能令一般不會製作網際網路的人，都毫不困難地把圖文和聲像貼在 Blog 上，公諸於世，並有即時網上回應功能，能作開放式雙向溝通，網路公民人人可以公開發表自己的「日誌（online journal）」，人人可以成為自己的「記者」——利用免費的 "Pitas.Com" 所提供的網路空間，使用者不再需要重複上傳的動作，只需透過瀏覽器，在編輯模式裡修改內容，按下儲存鍵，Pitas 的程序便會替使用者產生網頁。繼「拉鍊門」事件之後，陸續發生令人感到 Blog 力量強大的事件！

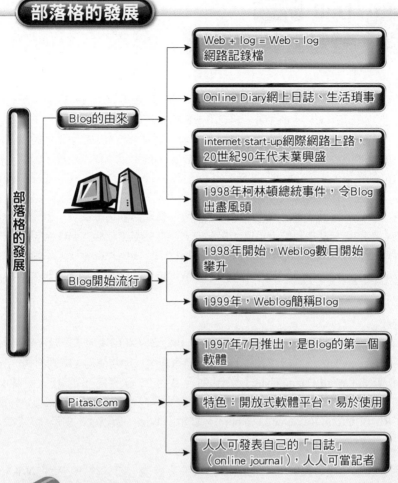

部落格的發展

部落格的發展

- Blog的由來
  - Web + log = Web - log
    網路記錄檔
  - Online Diary網上日誌、生活瑣事
  - internet start-up網際網路上路，
    20世紀90年代末葉興盛
  - 1998年柯林頓總統事件，令Blog
    出盡風頭
- Blog開始流行
  - 1998年開始，Weblog數目開始
    攀升
  - 1999年，Weblog簡稱Blog
- Pitas.Com
  - 1997年7月推出，是Blog的第一個
    軟體
  - 特色：開放式軟體平台，易於使用
  - 人人可發表自己的「日誌」
    （online journal），人人可當記者

 Knowledge ## 知識補充站

YouTube網站

YouTube是與Blog息息相關的網站之一，成立於2005年2月，由查德‧賀利（Chad Hurley）、美籍華人陳士駿（Steve Chen）、賈德‧卡林姆（Jawed Karim）三名前PayPal雇員創辦。早期只是該網站創辦人想要設計一個平台，讓好朋友可以透過這個平台來分享一些有趣的影片檔案，後來開放給網友使用，一傳十，十傳百，使得愈來愈多人開始注意並使用者此一平台；使用者不僅可以在此網站上瀏覽到各式各樣的影音資料，甚至可以將自己的作品或是拍攝的檔案上傳至該網站與大家分享。也因為該網站廣受好評，屢屢創下流量的紀錄，至2006年底被Google高價收購而成為旗下的部門之一。2010年5月，根據報導指出，YouTube一天有超過20億部影片的觀賞，並被形容為「超過美國三大電視頻道於黃金時段，觀看總人數的一倍左右」。

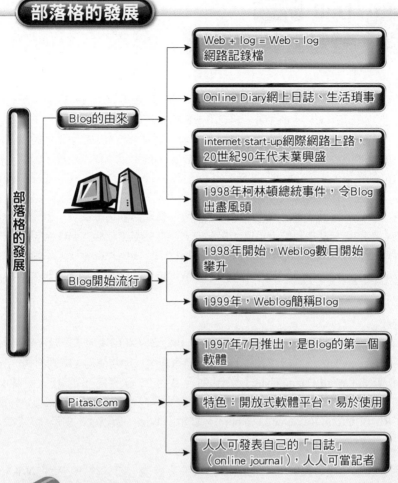

第七章 新聞傳播媒體

103

Unit 7-4
維基社論網經緯

圖解新聞學

一、定義

　　維基社論（Wikitorial）的始作俑者，是美國《洛杉磯時報（Los Angeles Times）》，它在 2005 年 6 月間，刊登了一篇伊拉克戰爭的社論，題目是「打仗及其影響」（War and Consequences）。在社論方塊下面有一小啟，聲言歡迎讀者在網路上修改。因是網路活動，用的是「維基百科（Wikipedia）」一樣的軟體，因此，行家稱此種做法是維基社論，"Wiki" 是夏威夷人語 "wee kee wee kee"，有「快點，快點（be quick）」之意，中文有譯為：圍紀、快紀和維客等等，它是一種超文本系統，是一總網頁應用軟體，這種軟體容許使用者增加內容（像網路論壇一樣），也允許任何人編輯其內容；它也是某些社群進行協（接）力式寫作的作業軟體；wiki 系統屬於一種人類知識的網路系統（/Wikipedia org）。"torial" 是 "adver/torial"（評論的縮寫），把 "Wiki" 與 "advertorial" 兩字合併成為 "Wikitorial"，真是神來之筆，隱含了「網頁（內容）」迅速變動（流布）之意。

二、緣起

　　有關 Wiki 軟體起源說法不一，有人說是 1972 年，美國卡內基美隆大學（Carnegie Melon University）的一群研究人員，已經「有實無名」地在使用。電腦程式（pattern）作家金寧咸（Ward Cunningham）於 1995 年 3 月 25 日所寫出的第一個 Wiki Wiki Web，則是被公認為第一個首創的 Wiki。因為金寧咸當初是使用 Unix 系統，而該系統的 URL（Uniform Resource Locators）只顯示出 Wiki，所以就「由是而之然之」。

三、發展

　　因為《洛杉磯時報》的 Wikitorial 遭人惡意破壞，所以很快它就把 Wikitorial 取消了，替而「代之」的是「維基媒體基金會」（The Wikimedia Foundation, Inc.）」，發展出「維基新聞（Wikinews）」網站，給自願者（volunteer）編輯網頁上新聞（wikimedia.org,wikinews.org）；不過這樣的嘗試，誠如《洛杉磯時報》主編馬天尼斯（A. Martinez）所說，只是可能「觸發意見報導（opinion journalism）的衍展」，反映參與者對「新聞」事件的意見。部落客可以隨意把自己所見所感，貼在 Blog 上，令新聞媒介傳統上的可靠性產生信用危機；何況，未受過訓練的部落客，其實無法取代記者工作。不過，金寧咸在設計 wiki 時，也早已看出此點，所以，他極力指出「信任是 Wiki 的核心（Trust is at the core of wiki）」；部落格的「標貼」，也該是一種訊源，可以將之考慮為新聞的「前導報導」，另外，讀者雪亮的眼睛，就是最好的事實稽查員（fact checker），因此任何形式的新聞呈現，似乎都不必操心，因為它「攤在陽光下」，逃不了眾目睽睽！

　　事實上，我們看待新聞的標準，將不再是接近真相與否，而是新聞能否盡可能地讓所有人直接參與公共事務，這包含對公共事務的理解、表達意見、作出判斷，並達成暫時的結論。

維基社論網經緯

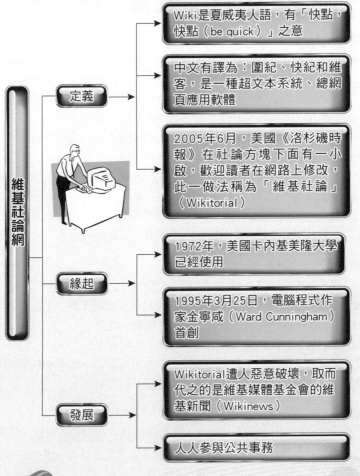

維基社論網

定義
- Wiki是夏威夷人語，有「快點，快點（be quick）」之意
- 中文有譯為：圍紀、快紀和維客，是一種超文本系統、總網頁應用軟體
- 2005年6月，美國《洛杉磯時報》在社論方塊下面有一小啟，歡迎讀者在網路上修改，此一做法稱為「維基社論」（Wikitorial）

緣起
- 1972年，美國卡內基美隆大學已經使用
- 1995年3月25日，電腦程式作家金寧咸（Ward Cunningham）首創

發展
- Wikitorial遭人惡意破壞，取而代之的是維基媒體基金會的維基新聞（Wikinews）
- 人人參與公共事務

105

知識補充站

維基網的特徵

　　維基網的創始人是吉米・威爾斯（Jimmy Wales）和拉裡・桑格（Larry Sanger）。截至到2012年5月，維基網上用英語的文章已經超過了360萬篇。於是，維基網就顛覆了哲人——國王專家的統治。沒有一篇文章是由受委託的專家撰寫的，決定文章的取捨和受命的，是體現在其中的知識，而不是靠官方的專家身分。

　　因此，維基網有一個重要特徵，就是每一個網頁或條詞的編輯工作的全部歷史都可以調閱，這也就是說，任何讀者/編輯都可以在螢幕上調閱改變、增添、刪除全部歷史，一切變化，無論大小，都可以再現。

Unit **7-5**
新聞傳播媒體的性質

一、印刷媒體的特性

1. 報紙是視覺媒體：報紙是通過印刷在平面紙張上的文字、圖片、色彩、版面設計等符號傳達訊息，是利用視覺供人閱讀的，因此沒有時間和空間的限制。

2. 持久與重複性：由於暴露可以一再重複，讀者可以自行調節其接觸速度，可以一讀再讀，甚至保存，一次再一次地接觸，增加印象的累積。

3. 報紙的選擇性強：讀者居於主動地位，可以根據自己的喜好、環境、情況的允許，自行暴露或迴避，或自由地接近所選擇內容來閱讀。

4. 可做較有深度的報導與分析：某些事件的探討研究需要更深入時，就可以文字表達。

5. 威性聲望高：中國與西方不同，因中國自古一向尊重文字、崇尚閱讀，印成文字可保存永久，使人印象深刻，給予當事人的聲望，相當有幫助。

二、廣播新聞媒介的特性

1. 無遠弗屆：無線電使廣播能達到報紙、電視所不能達到的地方。

2. 個人化媒體：從過去全家一同欣賞，到成為個人娛樂媒體，尤其索尼（Sony）「隨身聽」問世之後，廣播成為滿足現代人心靈所需的媒體。

3. 廣播的機動性大，對新聞的播出時效較新，說服力也較大。

4. 不受空間限制，可一心多用：用眼睛工作者，可以同時收聽，不受工作限制。

5. 對象普遍：知識水準較低者，或無法閱讀者，也能接受。

三、電視新聞媒介的特性

1. 強度參與感：電視比廣播更能產生參與感，更接近面對面的傳播。

2. 畫面最重要：以電視新聞來講，畫面是最重要的構成要素，畫面好不好看、新聞場景是否豐富，是一條新聞好壞的重要評判標準之一。

3. 訴求力最大：最接近面對面的個人傳播，易受到親身影響。

4. 予人參與現場的感覺：電視兼具視覺與聽覺功能，「百聞不如一見」、「眼見為實」都是電視可以做到的。因此，它的現場感強，形象真實，可信度高。

5. 給人權威感：由於具有現場感，故對電視報導較具信心，使電視新聞具權威感。

四、網路新聞媒介的特性

1. 版面不受限：網路報的興起，並不需要將報紙本送達閱聽眾手上，而是想要瀏覽新聞的人上網直接點選即可。然而，網路即時新聞必須隨時更新，如果有正在發生或有後續發展的新聞，更是經常得鋪上最新發展的新聞稿。

2. 截稿急迫：網路新聞隨發隨登，故截稿時間急迫。

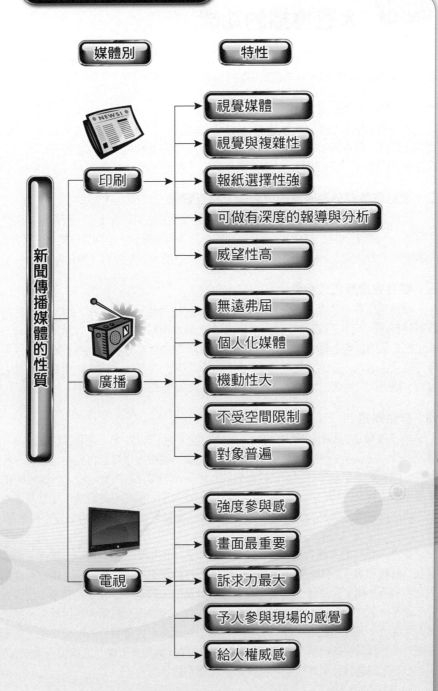

新聞傳播媒體的性質

媒體別　　　　特性

印刷
- 視覺媒體
- 視覺與複雜性
- 報紙選擇性強
- 可做有深度的報導與分析
- 威望性高

廣播
- 無遠弗屆
- 個人化媒體
- 機動性大
- 不受空間限制
- 對象普遍

電視
- 強度參與感
- 畫面最重要
- 訴求力最大
- 予人參與現場的感覺
- 給人權威感

新聞傳播媒體的性質

Unit **7-6**
大眾傳播的功能

　　第二次世界大戰剛剛結束的時候，美國傳播學者拉斯威爾（Harold Lasswell）提出關於大眾傳播媒介幾項主要功能的觀點：

一、對環境進行監測

　　所有的大眾媒介都有一個基本的功能，那就是外面發生了重大的變故，如果這個變故涉及到自己負責傳播的領域，涉及到自己的受眾利益和興趣，那麼就要即時刊登，向自己的受眾報告。沒有報告，或者報告不即時，就是失職。

二、使社會各部分為適應環境而建立相互關係

　　大眾媒介即時發出訊息，目的絕不是火上澆油，加劇社會衝突，而是幫助人們及時了解情況，獲得新的訊息以後，調整自己和外部世界的關係，小到家庭關係、朋友關係、人事關係，大到個人、團體與整個社會的關係。這是大眾媒介的一個社會功能。

三、使社會遺產代代相傳

　　這也是所有大眾媒介都擁有的一個功能，往往是無意識的功能。因為當大眾媒介每日每時在播出、刊登新聞的時候，把所生存的社會環境的文化基因繼承下來，同時，可能也把文化的創新記錄下來。各國媒體的文化特徵為什麼會有很大的差別？原因是大眾媒介總是生活在一定的文化氛圍中，人們會無時無刻使得社會的文化遺產，透過人們的發表、播出代代相傳。當然這種代代先傳是一種揚棄式的接受和傳播。

四、提供娛樂

　　前三種顯示的是比較嚴肅的大眾媒介功能。到了 1958 年，賴特（Charles Wright）補充一條：提供娛樂。當大家接受前三者的時候，如果大眾媒介再相應地提供一些娛樂內容，能夠使接受者帶有一種比較輕鬆的心情。大眾媒介的娛樂功能之所以能夠在 1958 年提出來，就是因為二次大戰後，全球整體上進入了一個和平的時期，儘管局部地區戰爭不斷。這種情形下，人們在緊張的工作之餘，需要適當的娛樂，得到修整和放鬆。

　　當然，賴特的具體表述與拉斯威爾有所不同，他把第二種功能——溝通、協調功能稱為「解釋和規定」的功能，第三種功能改用社會學名詞「社會化」，與拉斯威爾的切入角度有所不同。大眾媒介過去也具有娛樂的功能，但是不斷發生的戰爭，使得人們把它忽略了。前三條是基本的，如果前三條不存在，大眾媒介只單純提供娛樂，那它就不是大眾媒介，而是遊戲機，性質有點不一樣了。因而，大眾媒介的娛樂功能，需要建立在履行前三種職能的前提下。這一大眾媒介的功能，各種大眾媒介的具體表現差異很大，現在已經成為當代大眾傳播媒介發展的強大發展動力之一。

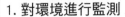
大眾傳播的功能

1. 對環境進行監測

2. 使社會各部分為適應環境而建立相互關係

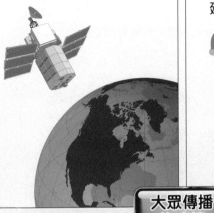

大眾傳播的功能

3. 使社會遺產代代相傳

4. 提供娛樂

知識補充站

大眾傳播的反功能——「麻醉功能」

　　這是一種對大眾媒介功能的批判性比喻。大眾媒介以龐雜的訊息，占有了大眾有限的休閒時間，導致人們疏遠很多傳統的社會關係；大眾媒介以豐富多彩的內容，虛幻地滿足了公眾，他們從積極參與事件，轉變為消極地認識事件，降低和削弱了人們的行動能力，即「麻醉功能」。大眾媒介對現存社會制度，基本上是維護和宣揚的，大眾媒介持續不斷地傳播，使公眾失去辨別力，並且不假思索地順從現狀。大眾媒介為爭取更多的受眾，自覺降低文化進入門檻，高層的文化作品為適應大眾媒介的傳播，都不得不屈尊俯就。

Unit 7-7
新聞媒體與新聞實踐

從新聞媒體的每日新聞報導，與閱聽人的日常生活發生密切關係，一方面代表新聞的實踐，另一方面也突顯新聞對個人與社會的影響與控制。

一、人人都是守門人

一則消息在事件發生之後，能夠經過報紙、電視、廣播、網路等大眾傳播媒介，傳播到千千萬萬的閱聽眾，並不容易。不管是傳統的報紙等三大媒介，或是近年來勢洶洶的網路媒體，都有一定的處理過程，這些處理過程因為媒介的不同，而有所差異，但基本上是大同小異。一般來說，有幾個步驟：

1. 事件之發生
2. 事件之發現
3. 消息之採訪報導
4. 選擇新聞和編製新聞
5. 排印或播報新聞
6. 傳遞新聞到目的地
7. 閱聽人對新聞的接受、理解或使用

此概念源自李溫（Kurt Lewin）的研究，是關於家庭購買的決定，其決定是根據公正的原則或守門人本身，如同資訊或貨物被允許進入管道中，此觀念懷特（White, 1950）運用到美國非都會社區報紙電訊編輯的研究。在決定拋棄某些資訊項目時，被視為是有價值的守門運動。這些負責層層關卡和繁複過程的媒體從業人員，就是新聞學上的守門人。貝斯（Bass, 1969）在守門理論修正時，提出一種簡單但重要的現存模式，他認為最重要的守門工作，發生在新聞組織中。第一階段發生於當新聞採訪記者將未加工新聞——事件、演講和記者會，變成新聞或事項，第二階段則發生在新聞處理者修正和合併各項消息成為完成的產品——報紙或廣播新聞——傳達給公眾。

二、媒體的組織架構

傳播媒體是專業人員的龐複科層組織，儘管傳播工作者各有各的背景和喜怒哀樂，傳播組織卻也一樣的非常科層化。美國學者坦斯多（Jeremy Tunstall）把新聞部門分為新聞蒐集者和新聞處理者，不管如何，在新聞處理過程中，可以參與意見的人，都是守門人。媒體新聞室的科層組織愈複雜，處理過程也繁複。

三、媒體的意識型態

對於這種由傳播媒體形態帶來的「功能」，法蘭克福學派的哈伯馬斯（Juergen Habermas）最為擔心。這會造成傳播媒體性質發生變化，本來是人創造的一種東西，現在反過來控制了人，這在哲學上叫做「異化」。「異化」不是指異常變化，而是指人創造某些東西，這種東西後來反過來控制了人。哈伯馬斯認為，傳播媒體除了政治控制、意識型態控制以外，還有一種無形的控制，就是科技力量的控制。誰掌握了技術，在某些意義上，誰就對媒介的內容有所掌控，即統治的合理性。

新聞媒體與新聞實踐

人人都是守門人

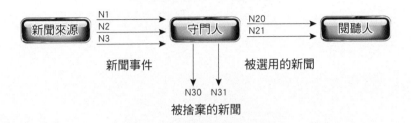

新聞來源　N1 N2 N3 →　守門人　N20 N21 →　閱聽人

新聞事件　　　　　　　　　被選用的新聞

N30　N31

被捨棄的新聞

媒體的組織架構

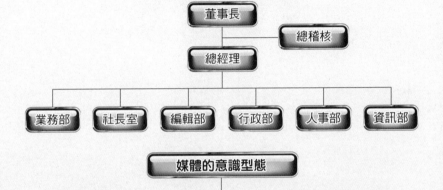

董事長

總稽核

總經理

業務部　社長室　編輯部　行政部　人事部　資訊部

媒體的意識型態

政治控制　科技力量控制　意識型態控制

111

Knowledge 知識補充站

媒體組織與新聞產製

媒體組織本身之意識型態或經營目標與方式，亦會影響新聞之產製，例如以政治立場來說，台灣目前部分媒體呈現藍綠對峙，若涉及政治新聞，可以明顯發現它們處理新聞的角度不同；此外，台灣媒體眾多，彼此市場定位也不太一樣，有的以經營年輕市場為主，有的走專業財經路線，有的則以綜合性媒體自居，這些媒體在遇到同一個新聞事件時，取材的角度必定各有所需，所產生出的新聞內容必然也會不同。要注意的是，不同定位的媒體會吸引到不同屬性之觀眾及讀者，所以，公關人員在與媒體打交道時，亦要先考慮清楚傳播目標族群屬性，再考慮要在哪些媒體上多下功夫。

第 **8** 章

新聞的處理（一）—新聞蒐集

●●●●●●●●●●●●●●●●●●●●●●●●●●●●● 章節體系架構 ▼

Unit 8-1
新聞的蒐集及其類型

一、新聞的蒐集

不論何種新聞媒介，新聞的來源不外乎由自己的報社或電台記者採訪。由於限於人力、物力、財力的緣故，各新聞媒體無法提供太多駐外記者，因此國際新聞就有賴外國通訊社的供應。

1. 新聞的蒐集來源：（1）通訊社；（2）資料室；（3）政府機關；（4）個人投稿；（5）從網路挖掘；（6）從廣告中發掘。

2. 新聞蒐集原則：有關新聞的蒐集可以目的性、計畫性、經濟性的原則蒐集，說明如下：（1）目的性：根據資料室的任務、資料的價值及讀者的需求而定。（2）計畫性：指有系統地選購資料、有計畫地蒐集資料及經常淘汰更新。

3. 經濟性：（1）兼顧供求關係。（2）了解現藏的資料情況。（3）與他報資料室合作。

二、新聞蒐集的類型

新聞記者有關新聞資料的蒐集，可以分為下列幾種類型：

1. 當地採訪：當地採訪，就是各報在當地所做的新聞採訪工作。各報主管當地所做新聞採訪工作的單位，在歐美稱為新聞室（News Room），其主持人稱為市聞主任（City editor）；在我國稱為採訪組，其主持人稱為採訪主任。

2. 外埠採訪：外埠採訪，多指本市以外之國內、外各地採訪而言。要採訪外埠新聞，自然得有記者在外埠，才能達到目的。一般來說，擔任外埠採訪的記者，可分為：特派記者、特約記者、駐在記者、特派員、交換記者。

3. 資料室：資料室是報社的後勤支援單位，它不採訪新聞，但卻為新聞解釋提供了無限的寶藏，它有如圖書館，但又與圖書館不同。它提供的材料包含新聞簡報的文字資料、照片、圖片……等資料，以供報社記者撰寫解釋性新聞時所參考。但有些報社仍停留在簡報業務。資料室的主要工作是資料之蒐集、管理與運用。

4. 讀者投稿：如果沒有受眾的話，新聞根本就不可能存在。許多受眾會突然闖入辦公室、打電話、投書、發送電子郵件或在公共事件中攔住記者提供新聞。有些受眾會告訴你有關個人的苦惱，有些受眾會描述極其複雜的糾紛。而其他一些受眾成員，則會提出優秀的報導。

5. 通訊社（News Agency；News Service）：通訊設有如一家新聞百貨商，專門將新聞販售給各種新聞媒體（包含報紙、電台等）。由於報社或其他媒介限於人力、物力、財力之故，因此無法囊括所有地區的新聞，所以必須仰賴通訊社來提供新聞。代表我國的通訊社是中央通訊社。

6. 資料供應社（Press Syndicate）：資料社也和報社聯合組織一樣，其目的在使一種昂貴的資料經由多家報紙採用，來減輕費用負擔。第一個現代資料供應社的成立是在 1833 年，由柏智爾所創辦，專門發布小說與家事材料。早期的資料供應社以供應小說為主，後來則以連環漫畫為主。

新聞的蒐集及其類型

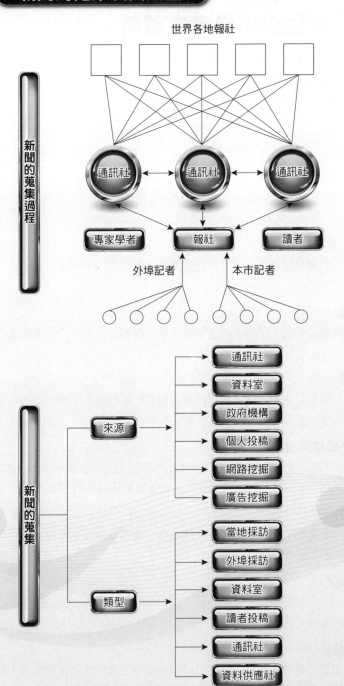

Unit 8-2
採訪前可參考之資料

由於資訊及印刷的發達，記者可以參考的刊物比以前增加，通常在新聞機構內，必有資料部或圖書室，它提供：

一、剪報

如果時間許可，記者一定要查看擬採訪題目的相關剪報，如果是記者想問而被問過的問題，便可節省時間，或另找角度重問，或同一問題有所遺漏，再於訪問中追加添補。

二、字典

字典辭彙類的語言工具書，不僅告訴你筆畫發音，同時也指陳用語的出處、典故、不同的用法。

三、百科全書

百科全書的資料特色，在於天文地理無所不包，比上列字典更具深度，而且查詢方便。

四、電話簿

除了提供電話號碼，還將各行各業的用戶以類別分，記者找到新聞線索時，十分有用。

五、名人錄

名人錄種類很多，對知名人物提供重要資料，幫助記者了解採訪對象，如果報館資料室的名人錄不全，可到大學或公立圖書館進一步查詢。

六、期刊各級政府出版物

百行各業的專門刊物，或學術組織出版，或新聞雜誌，記者如果採訪專門性新聞，如醫藥、科技等。除了平日注意時事動態，也要按時翻閱專門刊物。

七、各級政府的出版物

包括：行政院的出版、公告、立法院的每日議事報告，監察院及司法院的定期出版、函告等，都是記者的得力線索。

八、官方網站

各級政府、公民營機構、公司行號，甚至個人，多涉有官方或個人網站，記者可上網查詢各該機構或擬定採訪對象之相關基本資料，但要注意其正確性。

九、網際網路

透過在網際網路尋找資料，記者可以很快報導具權威性的新聞報導，從網際網路上的各種資料庫、數字和圖表，可加強新聞報導的正確性和深度。

採訪前可參考之資料

期刊

字典

百科全書

電話簿

名人錄

政府出版物

官方網站
網際網路

知識補充站

資料的分類

　　我們所蒐集的資料，可能只是一般的原始資料或經過篩選、總結而成的彙編資料，也可能是他人所寫的正式報告書，現實世界中，資料的種類與數量十分龐大，因此，有必要對資料進行分類。

　　資料的分類要注意合理性、邏輯性的「彼此獨立、互無遺漏」的MECE原則，這裡提供以下兩種不同分類的分類方式：

　　1.從企畫與行銷的角度（社會科學）進行分類：這是較常用的分類與方式，共分為五大類，每一類下都有兩個小類，合計十個小類，這套分類系統如下：（1）「次級」與「初級」資料；（2）「內部」與「外部」資料；（3）「次級」與「初級」資料」；（4）「數位」與「實體」資料；（5）「描述型」與「探索型」資料。

　　2.從資料的本質與型態的角度（一般科學）進行分類：依資料呈現的樣貌分為以下三類：（1）文字型資料；（2）數據型資料；（3）圖像型資料。

Unit 8-3
網路新聞資訊蒐集

圖解新聞學

一、尋求模式

根據 Hanse and Ward（1991）的新聞工作者基本資料尋求模式，記者的資訊來源取自人際管道與資料庫兩大部分，而人際管道又分為正式管道（如政府、組織團體）與非正式管道（如主題或朋友聊天），資料庫則包括實體資料庫（如剪報、書籍、期刊、報告）與電子資料（如電子布告欄、商用資料庫、學術資料庫、全球資訊網）。

成功的採訪，都離不開事先作周密細緻的準備工作，翻閱大量受訪者和採訪內容相關的背景，將有助於採訪的順利進行。過去，這些新聞工作都是透過本單位的資料室或公共圖書館來完成，面對龐大的資料查閱起來，既費時又費力。網路為記者查閱資料提供了最簡便快捷的方法。

網際網路被稱為世界最大的資料庫，它為全球網路使用者提供了便捷與大量資料查詢管道。

二、查詢工具

記者利用網路進行訊息檢索，主要依靠的工具包括：

1. WWW 搜尋工具：專門用於瀏覽、搜索 WWW 網頁之用。
2. Archie 文件搜索：專用於搜索 Anonymous FTP 文件使用之搜索工具。
3. Veronica：用來搜索 Gopher 數據庫相關文章。
4. BBS/News：利用關鍵字進行 BBS/News 文章的全文檢索。
5. 其他搜尋資源：如利用 E-mail Adress 進行資料查詢。

三、查詢方式

在 WWW 的查詢工具中，最主要的二種查訪方式：

1. 目錄型檢索查詢：目錄型檢索主要是專業人員在廣泛蒐集網路資源後，依主題加以分類整理，編制成可以依類別查詢的結構型目錄。這種檢索花費大量人力及時間，但提高了查詢的質與量，使檢索更具準確性。

2. 搜索引擎查詢：搜索引擎使用自動檢索的軟體來蒐集資訊，並建立起數據，以 Web 的形式提供用戶一個檢索的介面，供用戶輸入關鍵字、詞，或短語進行檢索。

搜索引擎是網上查詢資料最常使用的工具，它能幫助記者在網上主動搜索資訊，將這些資訊自動索引，並將索引內容自動儲存在可供用戶查詢的大量資料庫中。

網際網路可以幫助記者，透過電腦網路系統尋找所需要的背景資料，而新聞記者網路資料的來源主要來自三方面：

（1）從政府符合私營的網上資料庫、BBS 找資料；這些資料庫通常可以提供採訪前所需要的採訪人物、採訪主題的背景資料。

（2）從媒體機構內部的資料庫中，記者在外可以利用電腦連線尋找資料，而媒體資料庫均由記者從多處蒐集結合而成。

（3）記者利用電腦軟體分析統計數據與調查數據，以找出具體新聞價值的數據。

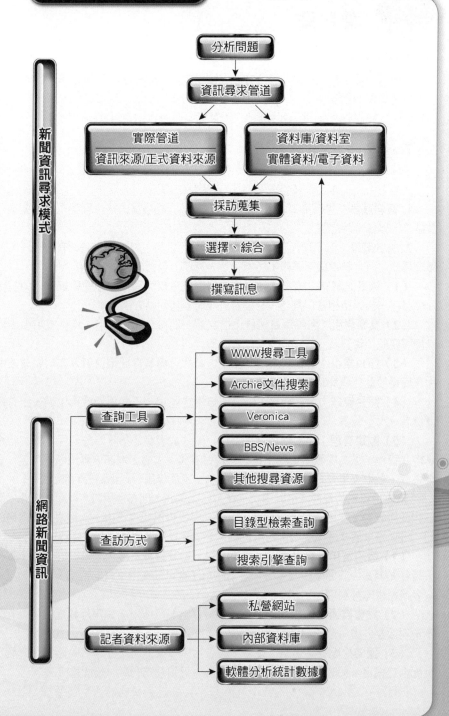

Unit 8-4
資料室

一、何謂資料室

　　新聞媒體除了有採訪單位外，亦設有資料室（Morgue），前者是第一線的外勤單位，後者則是後勤支援單位。新聞解釋（News interpretation）可以由記者自己來做，這就是以後我們要討論的「深度報導」的問題；也可以由資料室提供。

二、資料室的主要工作

　　任何較大的新聞媒體，都極重視資料室之設施與維持。一般資料室多設主任一人，副主任若干人，工作人員又若干人。其工作約分三部分：

　　1. 資料蒐集：包括蒐集報紙、期刊、書籍、人物履歷、照片等等。此項蒐集，多多益善，以備不時之需。

　　2. 有效管理：為了使所蒐集之材料成為有用之物，則於平日必須有效管理，否則難於需要之時，隨手取出運用。所謂有效之管理，包括下述各項工作：

　　（1）報紙之剪存：除本報外，再選擇若干重要而具代表性的報紙，一同剪輯，分類保存，於累積相當份量時，分別裝訂成冊，陳列備考。

　　（2）文章索引：各種報章雜誌上之文章，而有參考價值者，均做成索引卡片，以備需要此項資料時，查出參考。

　　（3）照片索引：各種報章或雜誌上之圖片，而有存記價值者，亦均做成索引卡片，備需要此項照片時，查出運用。

　　（4）照片管理：所有徵集、購得或自攝之照片，不論用過或未用過，而有保存價值者，均予分事、分人裝袋，按筆劃或字母次序保存備用。

　　（5）圖書管理：此項圖書管理工作，除一般書籍必須妥為分類保存外，各種工具書之管理，尤為報紙所重視。譬如：各種辭典（人名、地名、專門名詞等）、百科全書等，必須蒐集齊全，而且必須絕對控制，不能借出，以免需要時無法取用。

　　3. 運用資料的條件：上述兩項工作，如能做好，則在運用時，就可以按圖索驥，不費任何氣力。運用資料，當然不單單是一個找得出或找不出、找得快或找得慢的問題，這只是一個基本，要適當運用資料，至少要具備下述幾項基本條件：

　　（1）發現運用資料之情境：這要由採、編及資料室本身人員共同負責，資料室人員在知曉某一新聞事件發生時，必須悉心注意可以運用資料的情境，而主動提供予記者或編輯充分利用。

　　（2）融會貫通之敘述：若干資料，一查出即可運用，如照片等是；但有若干文字資料散在各處，必須加以歸納消化後，才能運用。

　　（3）適時之配合：資料之配合，必須適時。要適時之配合，除必須即時發現需要配合之情境，即時找出並寫成有關資料外，更須及時刊載，始能達成。

資料室

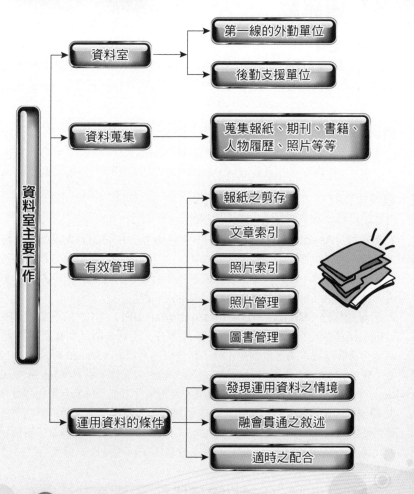

資料室主要工作

- 資料室
  - 第一線的外勤單位
  - 後勤支援單位
- 資料蒐集
  - 蒐集報紙、期刊、書籍、人物履歷、照片等等
- 有效管理
  - 報紙之剪存
  - 文章索引
  - 照片索引
  - 照片管理
  - 圖書管理
- 運用資料的條件
  - 發現運用資料之情境
  - 融會貫通之敘述
  - 適時之配合

知識補充站

資料室的作用

　　由於資料室所提供的解釋新聞的材料，當然不限於文字方面，人物照片、圖畫或地圖，也都是常用的方式。當有一位冷門人物突然出任某項要職時，你如能找出一張他的人頭照片來配合刊登，那一定會使這條新聞更為出色。再就是，當你報導某一新國家之成立，或戰鬥之進行，甚至於哪個地區發生地震、海嘯等情況時，就需要有地圖配合，不然的話，讀者是無法得到一個具體的概念的。這一切，都需要資料室來負責準備。

Unit 8-5
通訊社

一、通訊社的定義

圖解新聞學

通訊社（News Agency；News Service）乃專門從事採集、報導、傳播和供應新聞的事業，有如一家新聞百貨商，專門將新聞販售給各種新聞媒體（包含報紙、電台等）。

二、通訊社的起源

世界上最早的通訊社，是哈瓦斯（Charles Havas）在1835年於巴黎創辦的哈瓦斯（Havas）社。1940年經法國政府收買，加以改組成為後來的「法國新聞社」（AFP）。

三、國際通訊社

目前全世界共有五個國際性的大通訊社：

1. 美聯社（Associated Press; AP）：1848 年，由紐約的太陽報、論壇報、前鋒報、快報、詢問報和紀事商報等六家報紙，為了聯合採訪歐洲船隻帶來的新聞，而創辦了「港口新聞社」成為世界第一家由報業聯合組成的通訊社。1900 年，美聯社重新改組，在紐約成立，現成為世界最具規模的通訊社。

2. 合眾國際社（United Press International; UPI）：1897年，斯克利普斯（E. W. Scripps）因不滿美國通訊事業遭美聯社獨占，而組成斯克利普斯通訊社。1907年，斯克利普斯收買了東部兩個通訊社，合併成為合眾社（United Press）。1909年，赫斯特（W. R. Hearst）為了自己報業的生存，也創立國際新聞社（International News Services）。1985年，國際社財務遇到困難，因此與合眾社合併為合眾國際社。

3. 路透社（Reuters）：1851 年，由德籍猶太人路透氏在倫敦創辦路透社。1859年，因為使用電報報導法奧戰爭而一炮而紅。1865 年，以咖啡罐裝當日新聞，報導林肯被刺而轟動一時。1926 年、1941 年兩次改組，使路透社成立遠東分社，並獨霸英國新聞事業達 60 年之久。

4. 法新社（Agency France Press; AFP）：其前身為哈瓦斯通訊社，是以報導股市新聞而起家的。1940 年，被德國占領併入。1944 年，法國政府將其收復，改組成立法新社。1957 年，改組為自治團體並由政府補助 70%的經費，由法國新聞事業共同合作，以非營利方式經營。

5. 里塔社（Russion Information Telegraph Agency; RITA）：其前身為塔斯社（TASS）。1922 年，由俄羅斯總統葉爾欽下令，將塔斯社及半官方的諾佛斯蒂新聞社合併為「俄羅斯新聞電訊社」，簡稱里塔社。

四、我國主要通訊社

我國規模最大的中央社，已成為一個國際新聞的總匯，它在 19 個國外單位的五十多位記者，分布在整個自由世界的重要地點。除中央社外，目前在我國尚有大大小小共 260 家通訊社。

通訊社

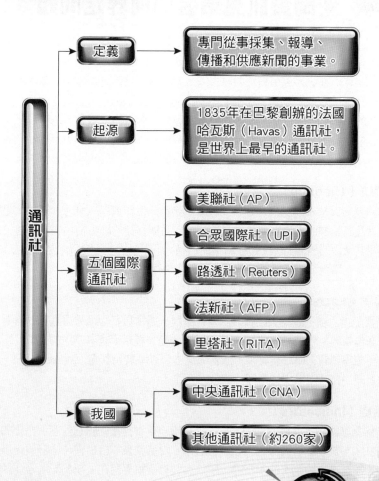

通訊社

- 定義 → 專門從事採集、報導、傳播和供應新聞的事業。

- 起源 → 1835年在巴黎創辦的法國哈瓦斯（Havas）通訊社，是世界上最早的通訊社。

- 五個國際通訊社
  - 美聯社（AP）
  - 合眾國際社（UPI）
  - 路透社（Reuters）
  - 法新社（AFP）
  - 里塔社（RITA）

- 我國
  - 中央通訊社（CNA）
  - 其他通訊社（約260家）

知識補充站

西方通訊社所遭遇的難題

1. 新聞流通的不平衡遭到開發中國家的抨擊。

2.「資訊較廣較平衡的自由流通」政策，經聯合國教科文組織（UNESCO）採納取代了「自由流通」（Free Flow）原則，使通訊社在國際新聞流通的控制及資源使用上，較以往更受限制。

3. 新聞記者獲得新聞更困難，並受到壓力和迫害。

4. 外界對通訊社的運作缺乏認識。

Unit 8-6
新聞資訊蒐集者如何界定問題

圖解新聞學

　　新聞工作者日常任務重點之一，就是蒐集新聞內容素材。觀察新聞資訊蒐集第一層次是資訊蒐集者如何「界定問題」，亦即如何「發於中」？

　　新聞工作者在動手蒐集資料問題之際，即已經在心智空間建立工作表徵。

　　事件形成的想像或意念，統稱為表徵（Representation）。表徵是一組內在的知識結構：新聞的「新」，可以是「不久之前剛剛發生」的事物或觀念，也可以是「雖非最近發生、但未曾大多數人知曉」的事物或觀念。進一步分析，表徵包括理論（Theories）、事實（Facts）與指標（Indicators）以及關聯（Relevance）等四個部分。

一、理論（Theories）

　　理論是新聞故事的結構、框架或藍圖，是新聞工作者用以發想、尋找、組織或驗證新聞事實及其指標的基礎。理論也是新聞工作者觀察到的社會情境變化，對於這些變化的軌跡及其意涵的總體認識。這裡所指的理論，不僅包括「新聞事件是否存在」的理論，也包括「某些事實或指標是否能夠證明新聞事件存在」的想法。

二、事實（Facts）

　　事實是指「現在或過去的具體狀態或歷程，通常具有可以驗證真偽的特質」；事實也是想像框架的論證（Arguments）。新聞報導是一種以事實為基礎的文本，新聞工作者界定資訊蒐集問題之時，也必須考量新聞文本「以事實為基礎」（Fact-based）的特質。事實是新聞工作者腦海中故事理論的組成元件。

三、指標（Indicators）

　　指標是證明事實存在的憑據，可以用來指涉事實存在的訊息內容，指標的呈現方式可以是文字、數字或者圖像，例如旅客名單、財務報表、自白書、檢警偵訊筆錄或立法院公報。換言之，因為有若干指標，所以人們相信事實存在。新聞記者若要鋪陳事實，就是提出論據和指標以取信讀者。

四、關聯（Relevance）

　　「關聯」是新聞工作者對於理論、事實與指標之間構連程度的體察或感知。於是我們可以說，界定資訊蒐集問題，即在表達理論、事實與指標的元素及其關係的範疇與規則，以便為即將發動的搜尋策略指路。新聞工作者在界定問題階段的主要任務，就是從理論出發、推演可能的新聞事實、發展即將使用的指標。因此，理論、事實和指標之間便發展出辯證（Dialectic）關係。

124

新聞資訊蒐集者如何界定問題

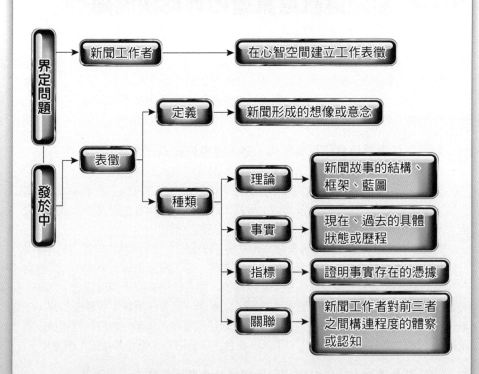

知識補給站

新聞工作者界定問題的歷程

　　新聞工作者往往先察覺一些事實或指標（如右圖 A 點所示），將這些線索加以分類之後，建構新聞事件的理論脈絡（如圖 B 點所示），當然有些理論，可能未及想像或被記者棄置（如 X 點）。

　　記者根據此一理論釐出一群相對應的事實，進行測試（如 A 點和 C 點），然後尋找並選擇與理論相符的事實。在此過程中，新聞工作者「已知」部分事實，但有些事實則是「應知而未知」（如虛線所指各點所示）；還有一些事實，並非當下可以眼見，因此必須透過若干指標，方能確認事實存在（如 D, E）。

（資料來源：陳百齡教授）

Unit **8-7**
新聞資訊蒐集者如何解決問題

　　觀察新聞資訊蒐集第二層次是資訊蒐集者如何「解決問題」，亦即如何「形於外」？

　　新聞工作者在問題解決階段的主要工作，是因應資訊生態特性、制訂資訊蒐集方針、調和限制與助力、發現並評估理論、事實和指標之間的關係。這些策略都是立基於新聞機構特性、展現於外的一系列選擇與取捨過程。

一、新聞工作者解決資訊蒐集問題，必須因應資訊來源與管道的特性

　　新聞工作者每天和各種資訊來源打交道。記者或以人為資訊源、或以「人造物」（Cognitive artifacts）為源，但大多數則是兩者的組合。以政府為主要來源的公共資訊為例，資訊源通常就由「人」與「物」組成；許多政府資訊放在圖書館或資料庫裡，但是記者有時也要透過承辦人或館員，才能有效接近資訊。

　　因此，新聞工作者面對眾多資訊來源管道，縱使弱水三千，精力時間也極其有限，只能取其精要。新聞工作者為解決資訊蒐集問題，必須發展出經營模式；亦即針對不同特性的資訊環境，定期加以監控；並視時機，接近使用特定來源或管道。例如：記者通常晨起閱報、看電視或瀏覽網路新聞，以尋求一般資訊更新；而專題剪報、工作輔佐單（Job-aids）或資料庫檢索等，則是針對任務需要，依照主題特性與機會成本，以組合使用各種不同來源、管道和工具，並在出現疏漏時，進行修補或危機處理。

二、資訊蒐集工作必須維持策略與機構特性之間的平衡

　　新聞工作者在解決問題的過程當中，必須保持策略和機構特性之間的對話。當下機構的若干特性，例如文體、常規或閱聽人等。其中「文體」（Genre）是重要機構特性，因此所取得的資料內容，必須可讓閱聽人建立事實印象；機構有守門常規，資料內容必須具備一定形式要件；必須蒐集多重面向資料，以面對不同群組的閱聽人。

　　這些來自不同面向的機構特性因素，機構情境與新聞工作者的布局或企劃，形成推力／拉力，最後促成解決問題的行動，往往是各種力道折衝的結果。例如：記者有時會刻意在資料中置入一些無關宏旨的小錯，以便同時符合常規要求下，保護其消息來源或取得管道，其意即在試圖諸多限制之中謀取平衡。

　　綜上所述，「新聞資料蒐集」必須透過行動思考（Thinking in action）來完成。新聞工作者在行動過程中，發現特定工作領域的「已知」和「未知」資訊之間有落差，於是開始框定資訊落差產生的背景和問題，然後找出處方，也就是相對於問題的解決策略清單，然後以此策略清單做為綱領，尋求建立細節、付諸資訊檢索行動。在諸項行動中，新聞工作者不斷從情境中一面尋求回饋，並一面視檢索結果回應表徵的程度，調整假設和策略。這種一面行動、一面思考的模式不斷反覆循環，直到資訊飽和程度和時間達到平衡。

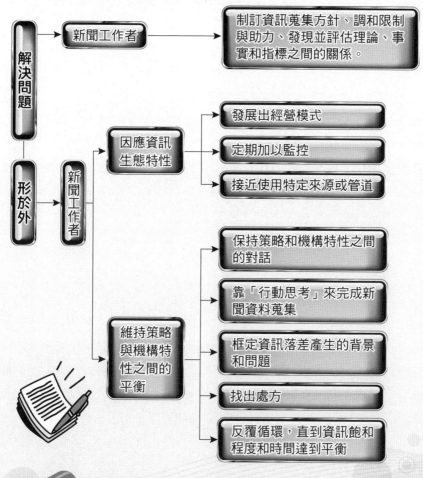

新聞資訊蒐集者如何解決問題

解決問題 → 新聞工作者 → 制訂資訊蒐集方針、調和限制與助力、發現並評估理論、事實和指標之間的關係。

形於外 → 新聞工作者

因應資訊生態特性
→ 發展出經營模式
→ 定期加以監控
→ 接近使用特定來源或管道

維持策略與機構特性之間的平衡
→ 保持策略和機構特性之間的對話
→ 靠「行動思考」來完成新聞資料蒐集
→ 框定資訊落差產生的背景和問題
→ 找出處方
→ 反覆循環,直到資訊飽和程度和時間達到平衡

知識補充站

新聞資料蒐集的心路歷程

「新聞資料蒐集」是新聞工作者基於內在表徵、運用語言機制搜尋將未知化為的外在表徵,俾能尋找到與社會真實相關的訊息。當新聞工作者受到組織交付工作任務,面對新聞事件,通常會在其心智空間內發展出關於社會真實的一組內在表徵,新聞工作者以這些內在表徵為基礎,透過各種社會和物質資源,和相關的符號系統互動,以蒐集、辨識、選擇與取捨各種已經存在的符號資源。

第 **9** 章

新聞的處理（二）—採訪

●●●●●●●●●●●●●●●●●●●●●●●●●●●● 章節體系架構 ▼

Unit 9-1
記者與消息來源互動關係

一、何謂消息來源？

1. 定義與範圍：凡消息提供者就是消息來源，其範圍包括政府單位、社會團體、知名人士、新聞之友—發言人、其他媒介、新聞事件有關人員、記者會、新聞感，甚或從廣告、啟事中發掘。其次，還可分為傳統性與非傳統性消息來源：傳統性消息來源包括：負責採訪的路線、公關人員、公共檔案。非傳統性消息來原則包括：精準新聞（資料庫）、少數團體或恐怖份子。

2. 條件：消息來源通常要具備下列條件，記者才會去採訪：（1）動機：消息來源若無不良動機，記者才會去採訪。（2）權力：消息來源若無權力，記者較不會去採訪。（3）是否能提供適當的資訊。（4）地理上／社會上的接近性。記者過度依賴上層階級提供消息來源，會導致大眾以上層階級的眼光來看事件；充斥權威與菁英的聲音，也鞏固了上層階級的權威與合法性，忽視弱勢團體的聲音。

二、記者與消息來源互動關係

記者與消息來源互動關係的研究，Gieber & Johnson 是最早建立記者與消息來源互動模式的學者，兩位學者曾依雙方在職業角色上的互動與交往方式，區分為對立、共生、同化三種類型（Gieber & Johnson, 1961）。

1. 對立關係：對立關係可謂各自獨立，兩者對新聞價值的認知不同，彼此處於對立抗衡的狀態。根據民主報業理論的主張以及媒介第四權的發揮，媒介與社會統治機構應該維持對立的關係，記者需扮演監督政府、挑戰政府決策的角色。因此，記者在採訪過程中，應仔細推敲消息來源的行為與言語，避免被消息來源所建構的表面真實所矇蔽。

2. 共生關係：第二種關係是共生或稱為利益合作，記者和消息來源為了彼此的利益相互合作，以完成其傳播角色或公關功能。從實務運作的角度來看，記者與消息來源之間存在著利益合作關係，雖然記者與消息來源的參考架構不同，消息來源仍希望能用勸服或社交的方式「同化」記者，將記者納入它們的參考架構，而記者則希望與消息來源保持距離，維護獨立自主的角色。

3. 同化關係：第三種關係則是同化，即兩者中有一方被對方同化，兩者的參考架構已經完全合而為一，不再各自獨立，雙方的角色認知及價值已無差別。同化關係的產生，緣於記者為了獲取新聞資訊，經常主動與消息來源培養私人關係，透過雙方互相幫助及合作，使得兩者關係愈趨密切。久而久之，記者的參考架構、工作方式及個人的認知都受到了消息來源期望的影響；長期互動的結果，使得記者不願意批評消息來源，而為了獲取更多的資訊，記者會認同消息來源的利益，接納它所說的一切並忠實的報導，價值觀幾乎已被消息來源所同化。

記者與消息來源互動關係

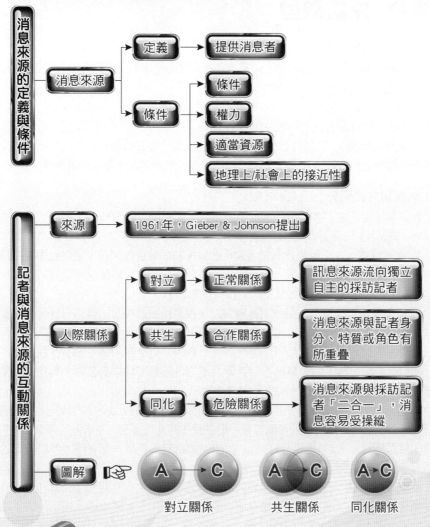

消息來源的定義與條件

消息來源
- 定義 → 提供消息者
- 條件
  - 條件
  - 權力
  - 適當資源
  - 地理上/社會上的接近性

記者與消息來源的互動關係

來源 → 1961年，Gieber & Johnson提出

人際關係
- 對立 → 正常關係 → 訊息來源流向獨立自主的採訪記者
- 共生 → 合作關係 → 消息來源與記者身分、特質或角色有所重疊
- 同化 → 危險關係 → 消息來源與採訪記者「二合一」，消息容易受操縱

圖解 ☞

A → C 對立關係　　A C 共生關係　　A·C 同化關係

知識補充站

新聞眼線

　　許多新聞事件的發生，最初只是一些不完全的支架，或是拼湊不全的影子，記者要在最短的時間掌握新聞的全貌，非在日常注意布下新聞眼線不為功。任何一個不起眼的地方，都可能是日後挖掘新聞的礦藏所在。布線的對象，當然以「人」為中心，從院、部長、局長要員，至司機、趴車小弟、大樓警衛、社區保全、總機、接待員、醫院護士，都是獲取新聞資料的重要線索。

Unit **9-2**
採訪類型

一、以事件性質來分

1. 事實採訪：不管何種事件，只要是多數人關心的事項，就有報導的必要。例如：財政部擬幫民眾試算個人所得稅的辦法等。

2. 意見與原因的採訪：新聞事件發生的原因為何？例如：一家製造爆竹的工廠為何那麼多年沒被發現直到不幸發生爆炸為止？

3. 人物的採訪：人物採訪是屬「專訪」的類型，也是透過特寫方式呈現。新聞較偏靜態，筆法上較為軟性。進行人物專訪前，宜先做好規劃，確立寫作角度。

二、以採訪方式來分

新聞採訪的方法很多，最基本的幾種是：直面採訪、視覺採訪、書面訪問、體驗式採訪、電話採訪、網際網路上採訪，其中又以直面採訪和視覺採訪為最基本的基本。

1. 直面採訪：直面採訪是指記者直接面對採訪對象進行採訪，或稱面對面採訪。其特點是，記者通過口頭提問，用一問一答的形式，了解客觀情況，蒐集新聞素材。這是最早出現、也是現在用得最多的一種採訪方式。

2. 視覺採訪：什麼是視覺採訪？簡言之，就是用眼睛採訪。雖然有時候，視覺採訪往往和直面採訪同步進行，比如在採訪時，不僅用口問，而且用眼看。然而，視覺採訪乃獨立進行，隨時隨地都可以觀察周圍的事物。更重要的是，記者在採訪時，要善於把自己的眼、耳、口、鼻、舌、身等人體的各個感官都調動起來，為採訪服務。在這些感官中，在大腦支配下，眼和口最重要。

3. 書面訪問：書面採訪是指記者在同採訪對象不能面對面交談的情況下，通過書面提問的形式進行採訪，得到書面答覆。用書面採訪進行採訪，要掌握三個環節：（1）要說出採訪意圖；（2）要設計好問題；（3）要給對方答覆一個期限，並給對方的答覆以回饋，寫信向對方的支持表示感謝。

4. 體驗式採訪：體驗式採訪是指記者參與報導者的生產實踐和工作實踐，親身體驗他們勞動的酸甜苦辣，並在體驗中進一步採訪。例如：參與報導「礦工」的生活；或化裝並應徵上班為「KTV 陪客女郎」。

5. 電話採訪：記者通過電話這種現代化通信工具，同採訪對象對話，了解情況，採訪新聞，叫電話採訪，為講求效率，爭取時間，甚有「三方通話」的新科技，這種採訪方式，打破時空限制，尤其在重大、緊急與突發事件發生時，電話採訪是最佳解決方案之一。

6. 網際網路上採訪：為何與如何在網際網路上採訪呢？首先是要了解最新訊息。其次是拓展消息來源。第三是運用網路進行調查。第四是透過電子郵件和網路聊天工具進行採訪。第五是蒐集背景資料。第六是同謠言鬥爭。記者上網採訪，不但要具備識別謠言的能力，並能用輿論力量揭穿謠言，因此事前的查證工作，至為重要。

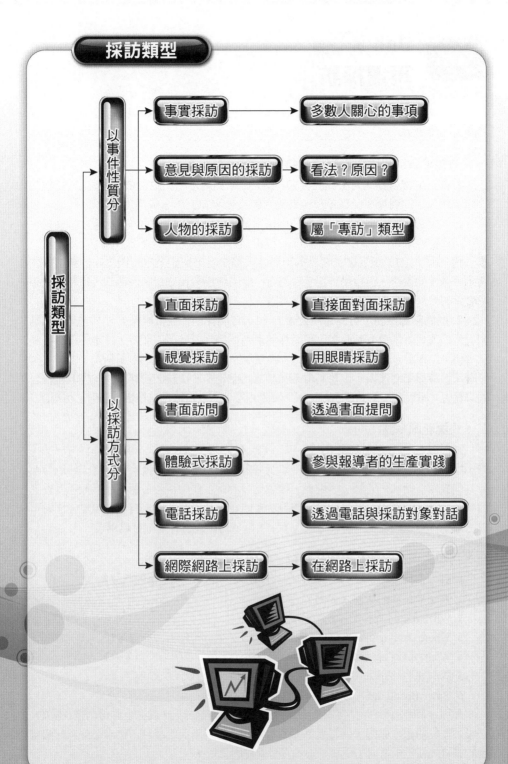

Unit 9-3
現場採訪

圖解新聞學

　　新聞來源以場面分類，有靜態與動態之別。何謂靜態、動態採訪？記者在現場採訪時，如何追求六何？

一、新聞來源以場面分：靜態、動態新聞採訪

　　1. 靜態新聞採訪，可分為三大類：（1）例行採訪：這種採訪皆有固定的路線和管道，所採訪的對象、公私單位、機構大都也會發布公告，或提供新聞稿。（2）企畫採訪：企劃採訪，不僅是靜態採訪可採用，並常以「專題」的形式出現；即使是突發新聞和動態新聞，也常採企畫採訪。例如：遇有空難事件，媒體即指揮各路線記者，依任務分配。（3）記者會：常見的記者會大都由官方與企業單位所舉辦，新聞人物遇到爭議性的議題，也會舉行記者會進行。記者會屬於預知的、靜態的，但在電視事業發達的台灣，重大記者會常會全程轉播。

　　2. 動態新聞採訪，可分為兩大類：（1）電話採訪：在截稿壓力下，尤其是遇到突發新聞或較為敏感的新聞時，電話採訪最為便捷。對於記者而言，這是一種「不滿意，但可以接受」的採訪方式。（2）偽裝跟蹤採訪：這裡的偽裝跟蹤新聞，並非「狗仔隊」跟蹤和緊纏名人，揭發其隱私和緋聞，而是對於複雜的新聞事件，尤其是在公共事務上，發現有不尋常或蹊蹺之處，蒐集相關資料，繼續循線挖掘，直到真相揭露。

二、現場新聞採訪

　　一般說來，任何新聞都有現場，有「看」的現場，有「聽」的現場，也有去「拿」的現場。「拿」的現場，最為簡單，如記者會，只要你去拿，就會有人將印好的聲明或其他文件交給你。「聽」的現場，如政見發表會，要你親自去聽，才能知道其經過種種。「看」的現場，則要你親自去看，才能看見其實際狀況。有一種現場，同時可以「看」，可以「聽」，而又可以「拿」，這就可以說是一種綜合現場了。

三、何謂六何？記者在現場採訪時，如何追求六何？

　　所謂「六何」，是從英文五 W 與一 H 而來，如以一人受傷的新聞為例，則：

1. Who was hurt?（何人受傷？）
2. When did it happen?（在何時受傷？）
3. Where did it happen?（在何地受傷？）
4. What sort of an accident was it?（何等事件？）
5. Why did it happen?（何故發生事件？）
6. How after all did it happen?（如何發生此事？）

　　然而，有時這「六何」不一定就能在新聞發生的這一天，就完全弄得清楚，譬如：一場大火災的起火原因，但當天不易斷定，就是過了十天半個月，也未必會有一個肯定的答覆，甚至永遠成了疑案，根本沒有大白的日子。

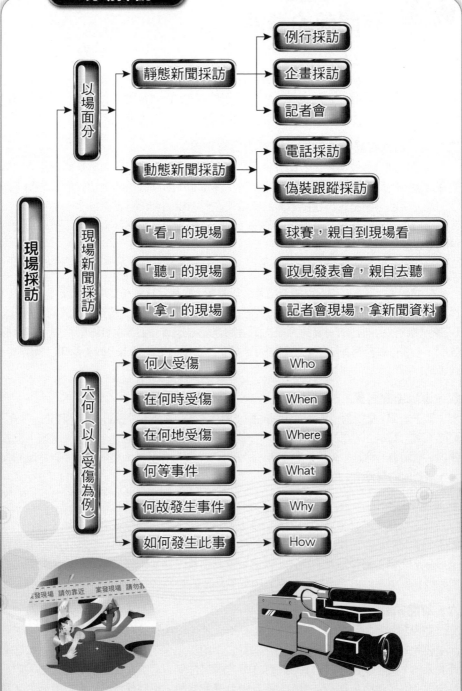

現場採訪

以場面分
- 靜態新聞採訪
  - 例行採訪
  - 企畫採訪
  - 記者會
- 動態新聞採訪
  - 電話採訪
  - 偽裝跟蹤採訪

現場新聞採訪
- 「看」的現場 → 球賽,親自到現場看
- 「聽」的現場 → 政見發表會,親自去聽
- 「拿」的現場 → 記者會現場,拿新聞資料

六何（以人受傷為例）
- 何人受傷 → Who
- 在何時受傷 → When
- 在何地受傷 → Where
- 何等事件 → What
- 何故發生事件 → Why
- 如何發生此事 → How

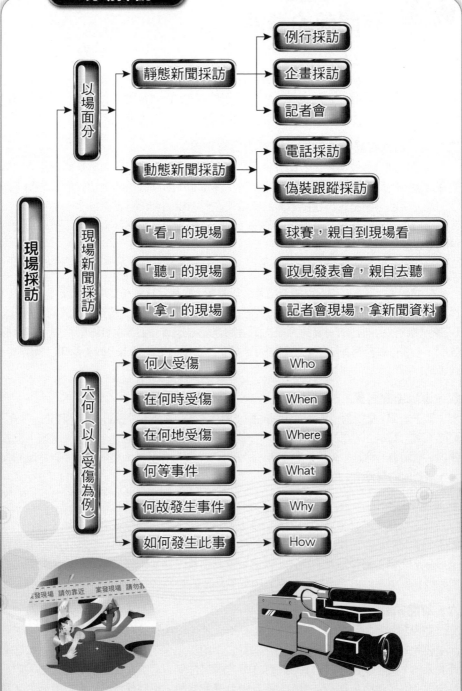

Unit 9-4
訪問前的準備

圖解新聞學

一、新聞線索的獲得

　　新聞採訪，不能盲目亂闖。否則你就無論在多少天之內，都闖不到任何新聞。即使是不可預知的新聞，如車禍或其他事件之類，也可以透過事先的布置，而及早傳送到你面前，再由你去親自採訪。這種事先的布置，就是所謂的「新聞線索」。

二、注意日常布線（注意採訪路線的日常布置）

　　許多新聞事件的發生，最初只是一些不完全的支架，或是拼湊不全的影子，記者要在最短的時間掌握新聞的全貌，非在日常注意布下新聞眼線不為功。任何一個不起眼的地方，都可能是日後挖掘新聞的礦藏所在。布線的對象，當然以「人」為中心，從院、部長、局長要員，至司機、茶房、總機、接待員、醫院護士，都是獲取新聞資料的重要線索。

三、登記新聞行事曆

　　公開或可以預知的新聞，需要隨時予以登記，如某月日將在某地進行某項活動等，採訪主任要登記，有關路線的記者更要登記。採訪主任的登記，是為了便於同仁查考，也為了便於他對同仁的督導與考核；記者的登記則是為了工作上實際的需要。這兩種登記，一個可以稱為採訪組的「新聞行事曆」，一個則是記者自己的「新聞行事曆」，兩者缺一不可。

四、確認新聞對象

　　若干新聞，是要選定誰是該新聞的採訪對象之後，才能下手採訪。要選定誰是對象，可能不難。基本上，認識訪問對象，主要是要先知道其年齡、個性、學歷、經歷、社會關係、活動場所等等，如果他有著作，最好也要先對該作品做大概的了解，以免臨時失言，觸犯他的禁忌。

五、攜帶周全的工具

　　筆之於記者，猶槍之於戰士。一枝筆一本冊子，是記者最基本的工具。另外，我們要視訪問的場合需要，決定應攜帶的物品，譬如需要拍照的場合就得背照相機，更不可忘了充電；需要錄音的所在，就攜帶錄音器具，其他附屬品如電源線、麥克風、鎂光燈、乾電池，也常是粗心大意的記者容易忘記的。

六、有關知識

　　在採訪某項新聞之前，則對於某項新聞中之有關事件，不能完全懵懂無知。首先，你所要問的問題必須切中要害，不然的話，你的對象也正好藉機與你敷衍，使你訪了等於未訪，談了等於沒談。其次，你所要求解答之點，必須真正需要解答，如果他認真給你回答，然而你卻茫無所知，那你這位受訪對象，也許就會從心底對你產生一種輕蔑之心。

訪問前的準備

1. 新聞線索的獲得

立法院

內政委員會
外交委員會
經濟委員會

2. 注意日常布線
（注意採訪路線的日常布置）

6. 有關知識

剪報資料

3. 登記新聞行事曆

2012年4月

5. 攜帶周全的工具
（筆、小冊子、
數位相機）

4. 確認新聞對象

知識補充站

剛出道記者採訪ABC

　　剛出道的記者，總認為訪問對象接受訪問，是他給予記者的恩惠，因此，不自覺的，訪問時就採取了「低姿勢」，事實上，大可不必有如此心理；記者進行訪問，應該是職業上的一種權利，只要這項訪問對國家、社會及讀者有利，記者應該可以挺起胸膛，要求要訪者接受問答，只是：1.對於將訪問的新聞之有關知識，不可全然無知。2.被訪問者的背景，至少有個基本了解，進而掌握問題的權威性。3.事先能充分了解，方能問出較有深度的問題。

Unit 9-5
採訪的進行

一、實際訪問

　　採訪的工作至為複雜，訪問的方式也不一。有的新聞正面採訪即可，有的卻非側面打聽不可。有的新聞可從不同的角度詳加以報導與分析，有的新聞又不便正面報導，只能旁敲側擊顯示。走訪的對象，有的是熟人，有的是陌生人。實際上，記者的採訪對象常令人意想不到。

　　因為訪問的藝術是基於以促進對方發言為原則，故如何去除對方的心理武裝使其發言，是記者要解決的最大的問題。

二、採訪的技巧

　　一般常用的技巧有：

　　1. 先說來意和訪問的重點，必要時，不妨把所有要問的問題寫在一張紙上，給對方參考，使對方有充裕的時間，做全盤性的準備及思考，使他心理坦然一點，不受一問一答的拘束。

　　2. 建立彼此的信心，一方面記者應對問題了解透徹，知道所要問的問題是什麼，並把訪問的要點準備好，建立記者自己的信心。

　　3. 注意儀容與採訪對象、場合的配合，並與採訪的對象打成一片，成為一個共同的團體，使對方產生同體感。

　　4. 訪問進行中不必有答必錄，以免引起對方的敏感。

　　5. 問題的發問技巧

　　（1）問題不能太大而不著邊際，使對方無從回答。

　　（2）問題也不能太小或沒有彈性，使對方一句話就答完，少有申論的餘地。

　　（3）問題有重點，而且有意義，不要問一個人人都能預先知道的答案。

　　（4）問題要新鮮，如是老問題，要稍微改變一下措詞，才能引起對方的興趣，
　　　　　而問題最好是對方所主管或與對方的專長有關。

　　（5）避免問及對方的私生活。

　　（6）問題要深入，刺激對方的修養、學識、內涵。

　　（7）問題要具體，切勿空泛、抽象，範圍勿廣，使被訪者無從作答。

　　6. 採用進取方法：以自信誠懇為準則，技巧貴在靈活以「欲取先予」的方式，予人一種「對你本題和題外之事已知道很多」的印象。

　　7. 勿輕易給受訪者承諾。

　　8. 當消息不夠成熟，或消息來源者本身身分並沒有資格發言時，不該將其來源者透露。

　　新聞記者除了將訪問內容寫成新聞稿外，應該將這次訪問的成敗與得失，加以檢討，因為唯有經過不斷的自我分析和自我評估之後，才能累積經驗，做為下一次改良的採訪技巧的參考。

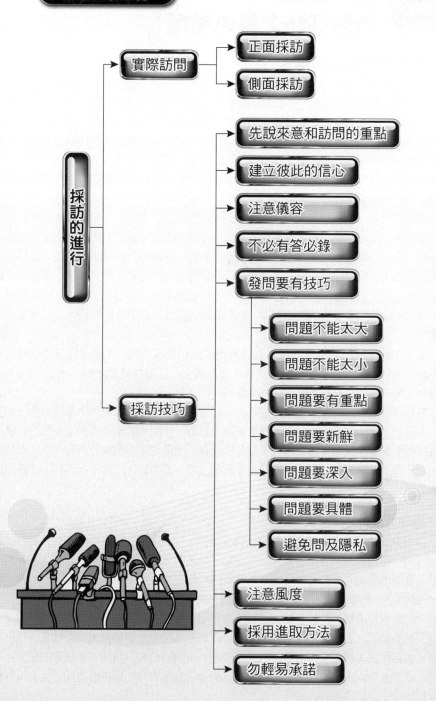

採訪的進行

採訪的進行
- 實際訪問
  - 正面採訪
  - 側面採訪
- 採訪技巧
  - 先說來意和訪問的重點
  - 建立彼此的信心
  - 注意儀容
  - 不必有答必錄
  - 發問要有技巧
    - 問題不能太大
    - 問題不能太小
    - 問題要有重點
    - 問題要新鮮
    - 問題要深入
    - 問題要具體
    - 避免問及隱私
  - 注意風度
  - 採用進取方法
  - 勿輕易承諾

Unit 9-6
新聞採訪之策略問題

一、新聞採訪策略問題的緣起

　　採訪所需要的策略，有時也很難把握，實際上，採訪不是一件容易的事情，剛出道的人，往往會不知如何是好，只好跟著識途老馬走。有的人認為，採訪沒有一定的策略，它最好是依據情況而定，至少有很多記者認為在進行採訪時之前，須先熟悉所有可以擁有的機會和外在的限制，在考慮時間、金錢等等因素，選擇最合適的採訪報導方式，最後才能靈活的運用，隨機應變。譬如有的受訪對象，存著「好官我自為之」的心理，對記者老是採取敬而遠之的態度，或以各種手法推卸責任，如非採取鍥而不捨或臨時應變的策略，簡直拿他沒有辦法。

　　譬如美國第一次總統記者會，是在第六任總統亞當斯舉行的，但他並非出於心甘情願，那一次，他正在華府波多麥克河裡游泳，有位叫安妮‧羅耶爾的記者出現，令他大吃一驚。那位記者坐在他的衣服上，發誓寸步不移，除非獲得總統訪問一次。當時那條河的水很涼，不能再多待，亞當斯總統最後只好答應他的要求。有一類人，深信對於好新聞的爭取要當仁不讓，因為最難的新聞是不會輕易到手。另有一派人，認為採訪工作應採取一貫性及全盤性的策略較佳，他們認為這是比較負責任的做法，也是專業表現的精神。

　　譬如 1963 年的 11 月 22 日，甘迺迪總統於達拉斯被刺死，美國繼任總統詹森指定聯邦最高法院院長華倫組成華倫委員會，進行調查。該委員會於 1964 年提出報告，在報告中，對新聞記者的表現給予言詞譴責。

　　華倫報告說：在總統被刺去世之後，不幸混亂情勢的形成，新聞事業要負極大的責任。報告中又說：本委員會認為，奧斯華被人槍殺，應由新聞事業與未能有效地控制法律秩序的警察當局擔負全責，因此該委員會認為，應儘速制定報業行為的信條，有效管制所有新聞事業的記者，顯然為當前最受歡迎之事，亦可以因「達拉斯事件」而獲得寶貴的教訓。

二、應發展出新聞採訪策略嗎？

　　在相關採訪策略中，有人認為應依情況而定，也有人認為採訪策略應有一貫性，或許發展出一種備有應用方法的新聞採訪策略，但是若實際去做又是另一回事。沒有哪一種狀況全部都完美，而且沒有什麼事先安排的工作定則，在所有的情況中都行的通，為了這個理由，有些新聞人員把工作定則一股腦兒丟掉，並便宜行事，這可能又不太對了。有能力的記者和編輯，被認為知道怎樣處理策略上或倫理上的難題，但是這些問題是否要依不同的情況，去採取比較深思熟慮的不同策略？或是凡事皆採用一貫性和一般性的標準，做為反應的根據？當這類似的問題被認為值得辯論和討論時，大部分的記者可以相信，他們多多少少已經內化了這些職業上的價值觀和能力，這些價值觀和能力可以幫助他們解決任何能發生的難題。

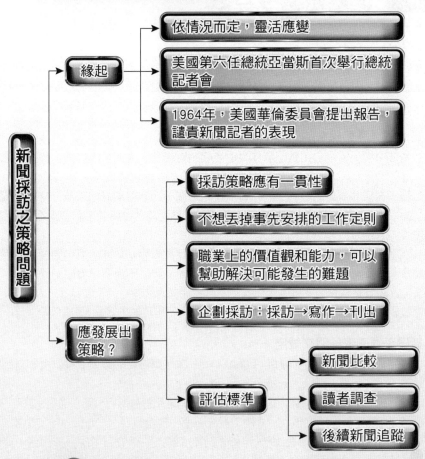

新聞採訪之策略問題

- **緣起**
  - 依情況而定，靈活應變
  - 美國第六任總統亞當斯首次舉行總統記者會
  - 1964年，美國華倫委員會提出報告，譴責新聞記者的表現

- **應發展出策略？**
  - 採訪策略應有一貫性
  - 不想丟掉事先安排的工作定則
  - 職業上的價值觀和能力，可以幫助解決可能發生的難題
  - 企劃採訪：採訪→寫作→刊出
  - 評估標準
    - 新聞比較
    - 讀者調查
    - 後續新聞追蹤

知識補充站

新聞採訪策略

　　根據J.C. Merrill教授觀點：新聞採訪策略應隨事件而適時調整。Merrill認為，新聞的採訪策略應該要隨不同的特定事件而有所調整，有時記者曾答應受訪者要保護消息來源而在報導上匿名，有時卻沒有必要。若事件攸關道德倫理，我們就得彈性使用新聞策略，因為記者得必須去設想到新聞刊出後所造成的後果。所以記者在必要時刻是否應該說謊保護消息來源？有時是相當棘手的問題，但記者確實有時不得不這麼做。那麼，記者是否應該在刊播前給受訪者看新聞稿？答案是，新聞事件必須要依據不同的事件而產生不同的處理模式。再者，記者最主要的目標就是要證明所報導的東西是正確的，所有好的記者應該是要知道這些，彈性地使用策略是必要的。

Unit 9-7
新聞來源之保密

圖解新聞學

一、前言

　　新聞來源保密一直是新聞工作者爭取的新聞自由之一，而新聞來源是記者職業中最主要的關鍵，因為記者的職業生命繫於採訪新聞。記者為了與他的新聞來源保持接觸，在可能的範圍內應該盡力守密責任，以獲得供給者的信任，才能得到充分合作。

二、新聞來源需要保密的原因

　　1. 新聞來源保密的自由是記者本身的義務，對新聞來源而言，也是一種道德上的義務，這是世界上共通的職業道德，也是新聞自由的一個重要環節。

　　2. 記者對新聞來源所負的另一項責任就是守信，因有些消息的來源，常對記者吩咐：「僅供參考，請勿發表」，或者只允許有限度的發表，這時候，記者應遵守諾言，不能失信。

　　3. 記者對新聞來源要掌握其確實性，新聞的確實無誤是新聞的第一要義，此不僅對一般讀者而言，對消息供應者，尤為不易的原則。記者不僅要忠實的記錄新聞，尤其應該忠實的記錄意見，不可本末倒置，不可歪曲原意。

　　上述要點，都是媒體及新聞記者爭取新聞自由不可疏忽的課題。

三、新聞來源守密的明文規定

　　1. 聯合國國際報業道德規約第 3 條：「……在法律許可的最大限度以內，新聞記者，對於新聞之來源，可以代守秘密，而不宣洩。」

　　2. 中華民國報業道德規範（1974 年 9 月 1 日新聞評選會通過）第 2 條第 9 款：「新聞來源應守秘密，為記者之權利。『請勿發表』或『暫緩發表』之新聞，應守協議。」

　　3. 美國記者道德規律，在 1973 年修正前第 5 條：「新聞記者應保守機密，亦不許在法庭或其他司法機關與調查機關之前，說出秘密消息來源，即使他已轉到其他報刊工作，亦不得公開其與雇主共同保守之秘密。」1973 年修正後「道德」項第 5 條：「新聞記者確認，保護新聞來源的秘密是記者應守的道德。」

　　4. 日本報業信條第 6 項：「……公眾之消息來源以及據以判斷事件與問題之基礎，悉以報紙為主。新聞專業之社會性質與新聞記者之特殊社會地位，即因此種特性之確保，至為重要……」

　　5. 實例：當時《新新聞》週刊報導副總統呂秀蓮致電給該刊高層主管，並透過多位媒體人散播前總統陳水扁與總統府內某位女性秘書交往的緋聞，在國內政壇掀起軒然大波；呂前副總統得知後，除嚴詞否認外，並控告《新新聞》毀謗。但《新新聞》表示其有消息來源可供舉證，但為保護消息來源，不能將相關證人曝光，並要求法官以傳喚秘密證人方式，召開秘密偵查庭。此一事件使新聞來源保密的問題再度受到討論與重視。

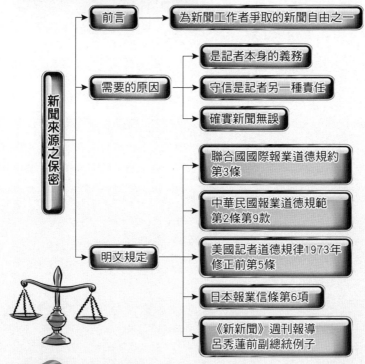

新聞來源之保密

- 前言 → 為新聞工作者爭取的新聞自由之一

- 需要的原因
  - 是記者本身的義務
  - 守信是記者另一種責任
  - 確實新聞無誤

- 明文規定
  - 聯合國國際報業道德規約第3條
  - 中華民國報業道德規範第2條第9款
  - 美國記者道德規律1973年修正前第5條
  - 日本報業信條第6項
  - 《新新聞》週刊報導呂秀蓮前副總統例子

知識補充站

新聞來源保密之法律條文

在我國，對於新聞來源之保密，也沒有一明確之法律條文，然而在《民事訴訟法》第307條規定：「證人有下列各款情形之一者，得拒絕證言：一、二、三（省略）……四、證人就其職務上或業務尚有秘密義務之事項受訊問者」得拒絕證言，但同法第310條規定：「拒絕證言之當否，由受訴法院於訊問到場之當事人後裁定之。」同法第311條：「證人不陳名拒絕之原因、事實而拒絕證言，或以拒絕為不當之裁定已確定而仍拒絕證言者，法院得以裁定新台幣三萬元以下罰鍰。前項裁定，得逕抗告；抗告中應停止執行。」在立法精神上，仍然對新聞來源之保密多所限制。另一方面，《刑事訴訟法》第182條規定：「證人為醫師、藥師、助產士、宗教師、律師、辯護人、會計師或其業務上佐理人，或曾擔任此等職務之人，就其職務所知悉有關他人秘密之事項受訊問者，除經本人允許外，得拒絕證言。」這一項規定雖然只限定於證人，但從新聞工作者的立場來看，新聞記者也可以說是證人。不過，上述保障只限於民事案件，倘若遷涉到刑事案件，該法律上，新聞記者並不包括在內，足見我國新聞界對享有新聞來源保密的充分自由，尚待努力爭取。

第 10 章

新聞的處理（三）—寫作

Unit 10-1
新聞報導與寫作

一、寫作有如烹飪

採訪猶如到市場去採購，寫作便是將採購回來的食品，加以烹調，成為色香味俱全的菜餚──新聞、特寫、花絮，或專訪等等。

雖然在新聞原理上，採訪與寫作性質不同，所以學者們往往把他們分開探討，實際上，採訪與寫作是任何成功的記者一連串的工作步驟，不是嗎？在市場採購，就應想到要烹調什麼菜。

成功的記者，固有賴於廣泛的接觸，深入的發掘，與蒐集到具有新聞價值的素材，但新聞寫作技巧的良窳，也與整個新聞報導的命運攸關，這也是我們不能不認識的，做事是要講求效果。當記者採訪到消息或蒐集到資料之後，不可以不分青紅皂白、拉拉雜雜的寫下來。他必須先在腦筋中形成完整的新聞概念，考慮到一些新聞的要素、報導的方式，及其所具有的社會意義，然後再根據新聞寫作的規律，坐下來撰寫新聞。或許，媒介所產生的新聞並不一定是隨機所發生的事情，它是新聞機構所做的決定而產生的，許多這類決定或在事項發生以前即做好的，有一些是像在截稿時間以後所發生的，再也不是新聞了，什麼要報導，什麼不報導，不全是記者在新聞現場決定的，而是新聞媒介內的行政人員所做的構想，他們選擇新聞、追查新聞、並布署新聞。他們運用記者和編輯，決定新聞蒐集所要用的時間和開支有多少，他們分配新聞的篇幅，他們在做這些決定時，必須考慮到組織的政策和條件，組織必須要能應付得起環境的挑戰，而繼續的生存下去。諸如此類因素都會影響新聞的形式，尤其是電視新聞，所以新聞應該被視為三種因素的產品：事件、記者對這些事件的了解，以及新聞組織的需要。

二、網路寫作

報紙記者和電視記者的採訪方式不同，網路記者則是必須自己做好採訪和資訊的蒐集工作，報紙記者傾向於尋找文字資訊，電視記者要尋找與文字搭配的畫面和聲音。網路新聞記者則必須在不同的要素間取得合作：尋找與文字相配合的影像和聲音，同時要有與畫面配合的文字互動。不論是文字、照片、圖表、聲音、畫面，只要有助於新聞的產製，都應該隨時隨地的蒐集並加以整理，使其成為有用的資訊，以便日後運用。

當然，傳統的寫作規則，也適用於網路寫作，尤其是利用生動的文字，依賴有饒富意義的動詞，和有動感的名詞，會有助於作者和網路讀者的互動。在新聞寫作中，記者與編輯常用到這種方法。同時在文章中，注入聲音或圖像，以便和網上的其他內容進行區分。試著以活潑輕快的風格或態度來寫作，利用網上對話風格，也是可以參考的方法，因為這是網路受眾易於接受的寫作風格。

然而，大多數網路新聞網站的寫作水準參差不齊，這些往往是快節奏的新聞採集，與無經驗的記者造成的。

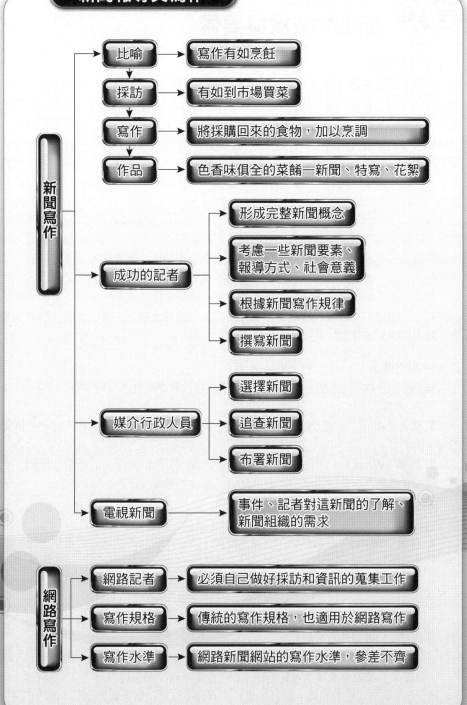

新聞報導與寫作

新聞寫作
- 比喻 → 寫作有如烹飪
- 採訪 → 有如到市場買菜
- 寫作 → 將採購回來的食物，加以烹調
- 作品 → 色香味俱全的菜餚—新聞、特寫、花絮

- 成功的記者
  - 形成完整新聞概念
  - 考慮一些新聞要素、報導方式、社會意義
  - 根據新聞寫作規律
  - 撰寫新聞

- 媒介行政人員
  - 選擇新聞
  - 追查新聞
  - 布署新聞

- 電視新聞 → 事件、記者對這新聞的了解、新聞組織的需求

網路寫作
- 網路記者 → 必須自己做好採訪和資訊的蒐集工作
- 寫作規格 → 傳統的寫作規格，也適用於網路寫作
- 寫作水準 → 網路新聞網站的寫作水準，參差不齊

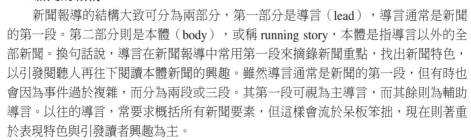

Unit 10-2
新聞的結構與要素

一、新聞的結構

新聞報導的結構大致可分為兩部分，第一部分是導言（lead），導言通常是新聞的第一段。第二部分則是本體（body），或稱 running story，本體是指導言以外的全部新聞。換句話說，導言在新聞報導中常用第一段來摘錄新聞重點，找出新聞特色，以引發閱聽人再往下閱讀本體新聞的興趣。雖然導言通常是新聞的第一段，但有時也會因為事件過於複雜，而分為兩段或三段。其第一段可視為主導言，而其餘則為輔助導言。以往的導言，常要求概括所有新聞要素，但這樣會流於呆板笨拙，現在則著重於表現特色與引發讀者興趣為主。

哥倫比亞大學新聞研究院教授約翰‧賀亨柏（John Hohenberg）曾說：「新聞的結構，深深受到四個因素的影響。它們是：新聞本身的形態、刊登的時間與空間，以及寫作者的技巧。由於變化很多，寫作的方法不一，結構也就有形形色色的差別。」他並指出，最古老、最方便、最有用的新聞結構是倒置的金字塔型式，又稱倒金字塔式。倒金字塔式的結構是否為這類報導唯一的結構呢？顯然不是，有很多傳播事業新進認為，此種型式不合時代的要求，而且造成文字的枯燥貧乏，毫不足取。然而，倒金字塔式結構卻有其力於不敗之地的價值。

二、新聞的要素

新聞不論其大小、長短，分析起來，其所包含的要素，包含下列六個「六何」（又稱「五 W 一 H」。

1. 何人（Who）：就是新聞事件的主體，有時是指一個人，有時也可能是一個團體、一個組織。

2. 何事（What）：就是行為的主體所做的或所發生的事件，而所謂「新聞」，嚴格講起來就是「事件的報導」。它是構成新聞最主要的因素之一。

3. 何地（Where）：就是事件發生的地點。一件新聞標明在何處發生，可能會影響閱聽人判斷它是否與他自己有關（即指接近性）。

4. 何時（When）：就是事件的發生時間，如一件新聞標明在何時發生，很明顯地會產生時宜性。

5. 何故（Why）：就是事件發生的原因。在調查性報導中，事件的原因占著較為重要的地位。

6. 如何（How）：就是事件發生的經過，在解釋性新聞或深度報導中，除何故之外，事件發展的經過也非常重要。

一則簡單的新聞，包含上述「六何」（五 W 一 H），複雜的新聞，也是包含「六何」，只是某一項的情況較為複雜而已。在「六何」中，通常以「何人」、「何事」、「何地」、「何時」最為重要。但是如果一則新聞不只是在做客觀性而已，則「何故」及「如何」，無疑地，會受到較大的重視。

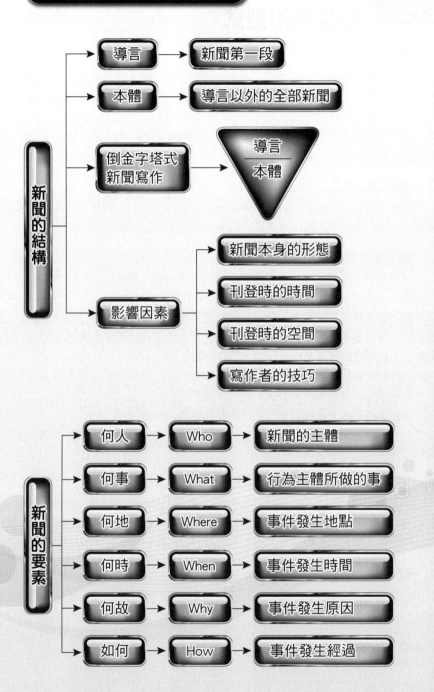

Unit 10-3
新聞寫作型式

一、倒金字塔式

所謂「倒金字塔式」的結構，就是把新聞情節的精華放在最前面，次要的放在後面，再次要的放在最後面，形成一個倒述的結構，其形式有如金字塔倒立，因以名故。而與倒金字塔式相關的，是六何因素。記者必須要將六何置於新聞的第一段（導言），讓閱聽人得到解答，再依次將它們依重要性的等級組織起來，逐次排列，便是新聞的本體和結尾。

二、正金字塔式

正金字塔式（Upright Pyramid Pattern）的寫作方式，是將故事中最重要或最有趣的部分，放在最後，這樣，讀者必須把全文讀完，才能了解全部的情況。

三、倒正金字塔折衷式

這是將倒金字塔式和正金字塔式二者合而為一的一種寫作方式，又可稱為「鐘漏式結構」。這種寫作方式，由美國新聞學者克拉克（R.P. Clark）所大力提倡的寫作方式，通用於各種災難、公共會議、法庭審判等新聞。這種方式的寫作，是先有一個導言，把故事中最重要或最有趣的部分說出之後，然後再以時間先後為序（不以重要性為序），從頭說到高潮為止。因此，其特色為：

1. 先展示新聞的重要性。
2. 記者在下半部利用紀事體來交待來龍去脈。
3. 重要消息在下半部重複，因此給閱聽人消化機會。
4. 在結構上免去頭重腳輕的毛病，可抓住閱聽人的注意力。如果不想繼續閱讀，隨時可停下來而不會遺漏新聞。

四、平鋪直敘式

平鋪直述式的寫作，也是一種古老的方式。當新聞的內容中，有各類事實，而各類事實的價值又不相上下，或新聞中所敘述的事情，根本就沒所謂的高潮時，那也只好採用這種平鋪直述的方式。這種文字組織方式前後一致，像一個長方形的格式。

五、記事性的結構

以時間為排列新聞的依據，即在導言時，先交代新聞大要後，正文再依主題的時序，一一加以敘述。

六、多項式結構

在一則新聞之內，其所涉及的主題不只一項，除導言敘述重點外，其他各段均作相等處理，如法律通過的新聞，除了交代何項法律通過外，通常亦會將法條列出。

新聞寫作型式

倒金字塔式

導言
──
本文

平鋪直敘式

開端

結尾

正金字塔式

開端

最高潮

記事性的結構

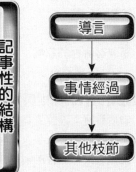

導言

事情經過

其他枝節

倒正金字塔折衷式

高潮

以發展
時間先後
順序為寫作
敘述依據

多項式結構

導言
＋
第一項
＋
第二項
＋
第三項
＋
第四項

Unit 10-4
新聞報導客觀性問題

一、新聞客觀性的起源

1. 社會條件：教育日漸普及，因此要求報紙的陳述必須合乎客觀性，而非有所偏頗。此外，此時的報紙也漸漸開始不受政黨控制。

2. 通訊社興起：因 1830 年代後，美聯社興起，因為要提供新聞給不同政治立場的報紙，報導必須客觀，會員才樂於採用。

3. 報人的自省：報人開始重視閱聽人的利益，強調報紙內容應以閱聽人為重。

4. 大眾化報紙的出現：一旦大眾化報紙出現後，為求取最大的銷售量，因此開始要求報紙內容應客觀，不受控制。

二、新聞客觀性的意義

1. 客觀的意義：客觀，是指公開地或相互主觀地可以觀察或查證，尤其是利用科學方法可測得的事實。

2. 新聞客觀性的意義：對新聞界而言，所謂客觀性報導，是一種以公正、超然及不含成見的態度來報導新聞的意思。

三、實踐客觀性的原則與方法

1. 忠於事實：因為意見屬於主觀陳述，而事實則屬客觀陳述，若欲達到客觀性，則應摒棄主觀性的意見陳述，而將事實和意見分離。

2. 正確性與可靠性的消息來源：為達客觀性，首先應運用「檔案式報導」方式，以便使記者得以將可以看到的、有實際證據支持的，而且又是經過「被認可」或「可被驗證性」的事實，傳輸給閱聽人。其次，才是真實性及資訊性。

3. 平衡處理資訊：記者應以一種可對閱聽人提供充分消息的方式，給雙方一個答辯的機會，努力作到公平和平衡原則，也就是公平原則的確立。

4. 明確的使用引號：使用引號表示引號內的言詞，的確是某人所說過的話，而非記者憑空捏造出來的，或記者個人的意見。

5. 去除偏見：由於偏見報導不但將事實扭曲，更偏離了諸如正確、客觀和平衡之類的價值，所以，為達客觀性，在報導時，記者應避免會帶給讀者偏見的情緒性語言，應多採用中性語言。

6. 完整性：為達到新聞報導的完整性，最好的辦法就是提出適當證據。若記者能在新聞報導中提出適當的證據，一方面可以顯示新聞的可靠性，亦可表示記者並非空穴來風，隨意偏袒一方的立場。

四、對新聞客觀性的批評

1. 記者無法徹底做到查證的工作。 2. 記者本身已有預設立場。

3. 使用引號只是卸除責任的方法。 4. 客觀性無背景分析及解釋，故難以滿足讀者。

由上可知，客觀的標準非常難做到，最多，我們只能做到接近客觀性。

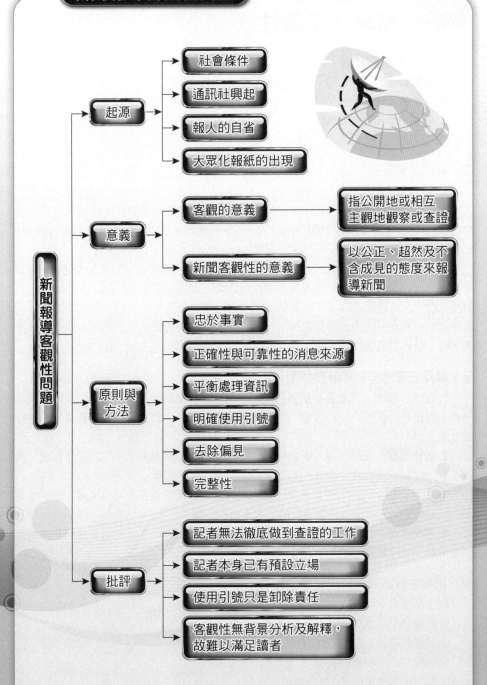

Unit 10-5
新聞之正確性

一、新聞正確性的意義

1. 事實的正確：即新聞內容中所報導的事實必須正確無誤。

2. 文章的正確：包含文字使用的正確和文法表達的正確。

3. 新聞價值衡量的正確：即編輯與記者在衡量一則新聞時，必須有正確的取捨，不可有聞必錄。

二、新聞如何正確表達？

1. 真實：真實是事物之真實情況。由於人類之感官，常受外在（自然環境）與內在（生理與心理狀況）種種因素之影響，其對事物之理會，未必完全真切，故欲求事物之真實情況，談何容易！因此，寫作時，不僅要做到注意錯字與文章不通順的地方，更須注意用字是否恰當，否則若誇大事實，便易造成謬誤。

2. 完備：「完備」包括空間上的完備與時間上的完備兩項。空間上的完備，是對事物之多面性的注意。譬如報導兩人相毆的新聞，本是相毆，但如你之說甲毆乙而不提及乙毆甲，則甲毆乙的事件雖然是真的，但亦不能視為完全正確。你必須將兩人互毆的情形，完全寫出來，才算報導了一條完備而正確的新聞。這不過是一個舉例，世間事物，較此者更複雜者，所在多有，不但是兩面，可能是三面以上之多面。

三、違反正確性原則的新聞類型

1. 謠言、風聞、閒話及小道消息：這些均不屬新聞範圍，它不但會造成當事人的傷害，也會帶給媒體不良的信譽。因此碰到此類「新聞」時，記者應特別審慎，並仔細查證。

2. 炒作新聞：最易成為「亂寫新聞」（Fabricating News）。所謂的炒作新聞，就是把事件內容加以剪裁、炒作、起鬨或扭曲之後的新聞報導。

3. 押寶新聞：所謂的押寶新聞，是指未查證，只根據事件的可能預測，來胡亂猜測所寫的新聞報導，最易在選舉新聞及人事更動新聞中出現。

4. 尋奇新聞：所謂的尋奇新聞，是指對怪力亂神未經科學證明的事件，在未經求證的情況下，任意加以報導的新聞。

四、記者在採訪時應如何避免錯誤？

1. 不斷查證。

2. 考慮消息來源本身是否可靠？

3. 有自我辨識正去性的能力。

4. 能配合分析解釋的報導。

5. 要合乎新聞倫理。

6. 多充實知識。

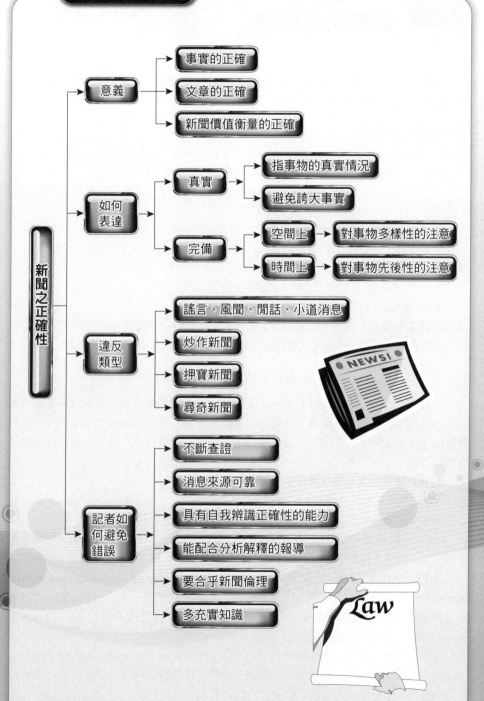

155

新聞之正確性

意義
- 事實的正確
- 文章的正確
- 新聞價值衡量的正確

如何表達
- 真實
  - 指事物的真實情況
  - 避免誇大事實
- 完備
  - 空間上 → 對事物多樣性的注意
  - 時間上 → 對事物先後性的注意

違反類型
- 謠言、風聞、閒話、小道消息
- 炒作新聞
- 押寶新聞
- 尋奇新聞

記者如何避免錯誤
- 不斷查證
- 消息來源可靠
- 具有自我辨識正確性的能力
- 能配合分析解釋的報導
- 要合乎新聞倫理
- 多充實知識

Unit 10-6
新聞之可讀性

圖解新聞學

156

一、可讀性

可讀性（readibility）是指新聞適用於閱讀的程度，要使此新聞在讀者有限的時間內，能夠迅速地被讀者理解到其意義，要做到「人人愛讀、人人能懂」的境界。

二、可讀性的公式

1. 艮寧公式：艮寧公式（Robert Gunning's Formula）的標準在於：

（1）句子的形成：即單句或複句等。句子愈單純，可讀性愈高。

（2）迷霧係數（Fog Index）：即字彙之抽象與艱澀程度而言。迷霧係數愈高，其可讀性愈低。

（3）人情味成分：新聞中含人情味，其可讀性愈高。

2. 德爾與崔爾公式：德爾與崔爾公式（Edgar Dale and Jeanne S. Chall Formula）的標準是：

（1）句子的長短：句子愈短，可讀性愈高。

（2）字彙的難易：字彙愈容易，其可讀性愈高。

3. 佛來錫公式：佛來錫（Rudolf Flesch）是所有研究新聞可讀性的學者中最著名的，也是最有成就的一位。佛氏的公式經過多次的演變，其最初的公式著重：

（1）句子的長短。

（2）字彙的難易。

（3）人稱關係（Personal Reference）的運用。所謂人稱關係，就是以已知形容未知。如單說某人的名字，讀者沒有觀念，但若於說某人時，除說出他是某人時，也附帶說出他是某人的子女、朋友、某校的學生、某機關的職員等，讀者就會獲得較清楚程度的了解。

4. 佛氏還有四項有關可讀性的公式

（1）字的平均長度（The length of average word）：以音節為計算標準，即計算每百字的音節多寡，以測量其可讀性如何。平均音節愈少，其可讀性愈高。

（2）句的平均長度（The length of average sentence）：這是把一段新聞中的全部字數，用句數除，得數即為每句的平均長度，得數愈大，其可讀性愈低。

（3）含有人情味字彙的百分比（The percentage of words that have human-interest）：這要計算名字，專指人（People）的個人代名詞、個人（Person）本身，以及所有具有陰陽性字彙的數量。在一百個字裡面含有這種「個人字」（Personal words）愈多，其可讀性愈高。

（4）含有人情味句數的百分比（The percentage of sentences that have human-interest）：這要計算所有對讀者發出疑問、命令、或請求的句子，與所有對一個或許多讀者發言，並將發言內容放入引號之內的句子。

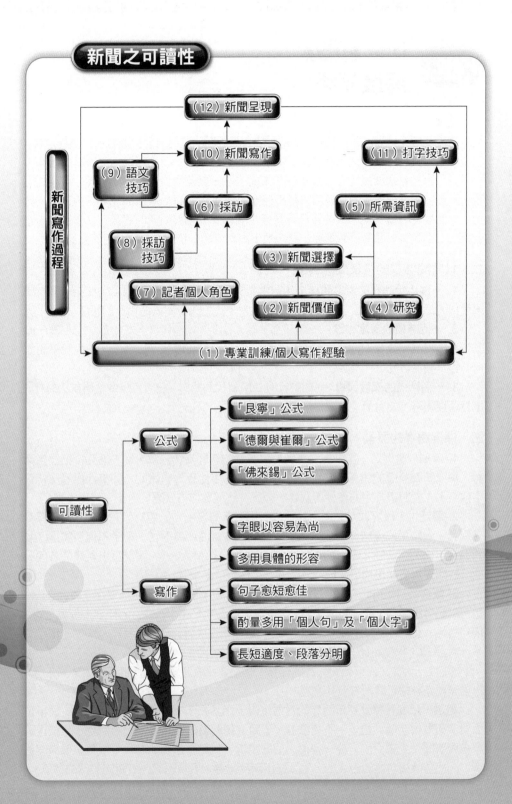

新聞之可讀性

（12）新聞呈現

（10）新聞寫作

（11）打字技巧

（9）語文技巧

新聞寫作過程

（6）採訪

（5）所需資訊

（8）採訪技巧

（3）新聞選擇

（7）記者個人角色

（2）新聞價值

（4）研究

（1）專業訓練/個人寫作經驗

可讀性

公式

「良寧」公式

「德爾與崔爾」公式

「佛來錫」公式

寫作

字眼以容易為尚

多用具體的形容

句子愈短愈佳

酌量多用「個人句」及「個人字」

長短適度、段落分明

Unit 10-7
深度報導

圖解新聞學

一、定義

深度報導（Depth Reporting）不只限於背景說明，它尚有分析的責任，也就是說，它得深入事實，以決定意義何在。若與解釋性報導相較，深度報導則更著重於新聞事件內涵，因為它還要讓讀者了解事件的來龍去脈，以及對民眾具備的意義、可能的影響、應該如何因應等。記得美國一位專欄作家朱蒙德（Roscoe Dimmond）說過的一句話：「深度報導就是使昨天的新聞背景發生關聯，以獲得明天的意義。」換言之，它要對於一則具有新聞價值的事件，做多種不同角度的分析，以呈現價值與意涵。

二、以時間區分的三種深度報導

1. 一種比較短暫的深度報導：如同生命有涯，報導有其時間限度，此指一個時間限度內的深度報導，換言之，對記者而言，它是比一天新聞壽命稍長的報導。

2. 一個時期的深度報導：一年四季，春夏秋冬，記者可就各該季節或時期裡，視其情勢的發展，蒐集有關資料，寫成一篇或數篇深度報導，予以發表，如颱風來襲如何防止土石流再生。

3. 一個時代的深度報導：一個時代有一個時代的問題，記者可以就他所處的時代，進行深度報導，如台灣「教改」問題。

三、深度報導的原則

1. 深刻：像剝筍一樣，記者應善於將複雜的新聞事件分解，從表層逐步拓展到深層，探究新聞深層的訊息及其意義。然後，將此事件置於整體的新聞事件與歷史背景中觀察，才能洞察其中的奧妙與關聯。因此，此種寫作方式屬於「深入淺出」型。

2. 廣泛：一般專訪是，當一件重大突出的新聞發生，記者為了充實其內容，探究其影響，向關係或權威人士加以訪問。對於深度新聞報導而言，則是不但要將這些訪問題材，擴及到閱聽人身邊的事情，更要採取多種角度方式，廣泛呈現新聞的各個層面，故如同「機關槍掃射」般地求其範圍「廣泛」。

3. 整合：深度新聞報導的方式與解釋性新聞報導方式一樣，可以寫在主新聞裡面，也可以配合主新聞（純粹新聞報導），單獨去做深度報導，從整合的角度去呈現全貌。換句話說，就是將解釋性新聞報導、調查性新聞報導或者評論性報導等，綜合運用。

4. 延續：很多新聞，不是報導一次就結束了，而是有其延續性。閱聽人很想知道「然後呢？」因此，深度新聞報導的任務，就是要採取連續性的追蹤報導或系列報導，以便呈現完整的新聞面貌及其意義。

總之，深度報導受到新聞界的普遍重視，究其原因，主要來自新聞競爭。最早是面對廣播電視新聞「搶走」不少讀者，導致一種創新的編採走向因應而生。報紙也算準電視新聞受到畫面「一分一秒消失」的限制，且沒有足夠的時段，很難表現深度報導，因此在傳播功能的競逐中，報紙運用深度報導，展現超越一般新聞報導的特色。

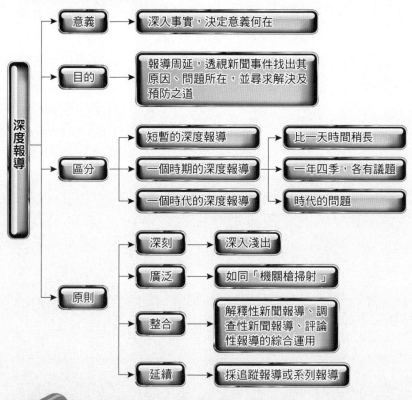

深度報導

- 意義 → 深入事實，決定意義何在

- 目的 → 報導周延，透視新聞事件找出其原因、問題所在，並尋求解決及預防之道

- 區分
  - 短暫的深度報導 → 比一天時間稍長
  - 一個時期的深度報導 → 一年四季，各有議題
  - 一個時代的深度報導 → 時代的問題

- 原則
  - 深刻 → 深入淺出
  - 廣泛 → 如同「機關槍掃射」
  - 整合 → 解釋性新聞報導、調查性新聞報導、評論性報導的綜合運用
  - 延續 → 採追蹤報導或系列報導

知識補充站

深度報導與解釋性報導

1. 深度報導（Depth Reporting 或In-depth Report）之目的

　　深度報導目的，不僅要告知事實，而且要「更全面地告知公眾關於一些重要問題或新聞發展的報導」，它要求「記者們憑藉深厚的採訪技巧，和從哪兒能獲得正確消息、如何弄準確每個人所代表的角色判斷能力，利用日常報導的工具，進行深度報導。這樣的報導通常更尖銳，要在一個更長時期內，作更多採訪，讀更多的檔案。」尤其對於人力精簡的廣播電台而言，更是如此。

2. 深度報導與「解釋性報導」（Interpretative Reporting)之比較

　　所謂「解釋性報導」，是指把新聞事實和產生適時的環境相聯繫，把報導重點從事實本身，轉向產生適時的前因後果、來龍去脈，從「What」主導轉向以「Why」指導。其特點包括：（1）「What」退居次要地位，原因和影響占主導。（2）大量運用並依賴揭示性的背景資料。「深度報導」不是一種具體的文體，而是一種報導方式。這裡要特別注意有關分析和評論的區別。

第 **11** 章

新聞的處理（四）—編輯

Unit 11-1
編輯

一、編輯的定義

編輯，簡單的說，編輯就是語文和非語文資訊的整理工作。就新聞事業來說，有報紙、期刊的編輯，又有廣播電視及網路新聞的編輯等。

二、新聞編輯的主要工作

新聞編輯主要的工作，是將記者、主筆的稿件，予以整理、歸類，再妥善安排在新聞版面或頻道上，以便於閱聽人看到或聽到他們想看到或聽到的新聞。

新聞編輯的主要工作：

1. 新聞的取得與歸類。　2. 新聞的選擇與判斷。
3. 改稿或改寫。　　　　4. 新聞標題的製作。
5. 圖片編輯。　　　　　6. 版面安排（組版）。

三、新聞編輯的責任

1. 提供資訊：這點仍然是新聞傳播最主要的目的。要在最短的時間內，將最新的消息傳達給社會上的大多數人。

2. 作為預警：擔任瞭望人的角色。尤其在民主社會，大眾傳播提供國民應該知道的事情，並及早做準備。

3. 解釋新聞：雖然新聞報導強調客觀，但是很多時候，僅報導事實仍不足以提供讀者足夠的資訊。解釋新聞的來龍去脈、形成的背景因素，以及可能的影響等乃屬必要。

4. 教育民眾：有些編輯認為「解釋新聞」其實已經達到教育的目的，也有些編輯認為「教育」不是傳播的主要目的，只是它的副功能。

5. 領導社會：編輯如何取捨新聞，如何製作標題，如何決定版面 …… 等，這些工作，直接決定民眾接受何種傳播內容，也影響到他們的觀念與態度。

6. 勸服的角色：「勸服」的角色跟領導的功能相似。但是「領導」僅指出一個方向，「勸服」則更積極一點。編輯們在評論版採取辯論、分析、討論點，藉此達到勸服或改變讀者立場的目的。

7. 提供意見交流的園地：一份編輯得當的報紙，必須提供不同意見的人充分討論的機會。報紙即使有它的立場，編輯也有責任開放言論場地，讓持不同意見的人也有說話的機會。

8. 激勵的作用：一個好的編輯，懂得如何利用新聞報導積極光明的故事，作為激勵民心、提高社會道德的教材。許多編輯忽略到這個新聞報導對於激勵民心、匡正風氣的作用，甚至認為不應該刻意去創造這種目的。激勵民心並沒有歪曲新聞報導的公正客觀性，只是更加善加利用而已。

9. 娛樂的功能：報紙版面上加一些政治卡通、幽默小品，固然能達到娛樂的目的，但是選擇人情趣味性的新聞刊登出來，也同樣可達到娛樂的歡笑目的。這是編輯們可以輕易做到的。

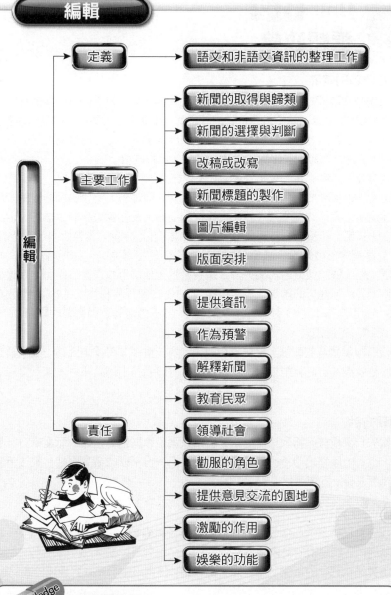

```
編輯
├─ 定義 ──── 語文和非語文資訊的整理工作
│
├─ 主要工作 ──┬─ 新聞的取得與歸類
│            ├─ 新聞的選擇與判斷
│            ├─ 改稿或改寫
│            ├─ 新聞標題的製作
│            ├─ 圖片編輯
│            └─ 版面安排
│
└─ 責任 ──────┬─ 提供資訊
             ├─ 作為預警
             ├─ 解釋新聞
             ├─ 教育民眾
             ├─ 領導社會
             ├─ 勸服的角色
             ├─ 提供意見交流的園地
             ├─ 激勵的作用
             └─ 娛樂的功能
```

Knowledge

知識補充站

　　就報紙編輯而言，他（她）的工作就是把許多新聞稿及其他相關稿件，經過編輯的選擇、整理、製題組版、校對等製作過程，把它們編成一張報紙進行的一系列工作。至於擔任新興媒體的網路編輯，則也一樣要先了解語言，通曉文字及其力量。此外，經營網站若想要成功，編輯必須能隨時運用一套完整、多樣的技能，包括一些科技技能。

Unit **11-2**
編輯政策

圖解新聞學

一、編輯政策的定義

1. 所謂編輯政策是指一張報紙在編輯上的指導原則，也是編輯人員衡量新聞的標準。例如：美加報紙都有營業計畫，營業計畫就是根據其宗旨所訂定的具體實施方案。報紙的宗旨，是對外宣布的立場與方針，有如施政綱要。這些施政綱要就落實在營業計畫當中。因此，報紙的立場與方針即是它的「編輯政策」。

2. 從營運的角度來看，報社的營業計畫是它具體化的「編輯政策」。營業計畫中，除了規定各項人事制度、預算、業務管理、財務管理之外，對於報紙的言論方針、版面的分配規劃、發行的主要讀者對象、編採的要點，及社會服務的目標等，也必須有詳細完整的規定。而報紙的新聞採訪與編輯政策，也必須配合營業計畫，方能訂立。

3. 從言論的角度來看，編輯政策是採編工作的指導原則，即指導採編人員如何站在報紙立場，依循報紙的言論方針，達到報紙對外揭示的宗旨，從而建立起報紙本身的風格。因此，健全的編輯政策應包括：（1）國家民族利益；（2）社會教育的功能；（3）公正無私；（4）追求事實與真理；（5）讀者興趣與需要的調和；（6）公益為重；（7）主持正義。

4. 沒有編輯政策的報紙，絕難獲得成功，為什麼呢？主要是因為一個報紙必須有其特定的讀者群，才會有銷售的主要對象，進而形成基本的訂閱戶，以支持報紙的生存與發展。

二、編輯方針

編輯方針是根據編輯政策而擬定，編輯政策是原則性的指導，而編輯方針是具體的執行，也是一個報紙的特色。總編輯負責決定一份報紙的最高原則、裁決新聞，及指導編輯部人員及工作考核。

三、編輯的任務

如何落實編輯政策與編輯方針，需要靠記者與編輯分工合作，相輔相成，以《聯合報》為例，對於編輯的要求如下：

1. 選擇適合刊登的新聞。在取捨剪裁之間，挑選出讀者感到興趣或需要的題材。

2. 製作傳神的簡明活潑生動的標題，把每一則新聞稿的主題，分別「表達」在有限的版面上。

3. 版面「櫥窗化」。構成一大幅充滿美感，看起來很「賞心悅目」的版面，吸引讀者注意，進而詳讀新聞內容。

4. 富有社會責任，「身臨中流」，適時反映民意，突出信息，並引起大眾共鳴。

尤其網路興起之後，網路新聞編輯的角色，日形重要，他既是網路新聞的編輯者、發布者，也是網上新聞的守門人。新聞網路除了要有正確的新聞價值取向，更需要制訂、實施一整套嚴格的選稿標準和合理的管理機制。

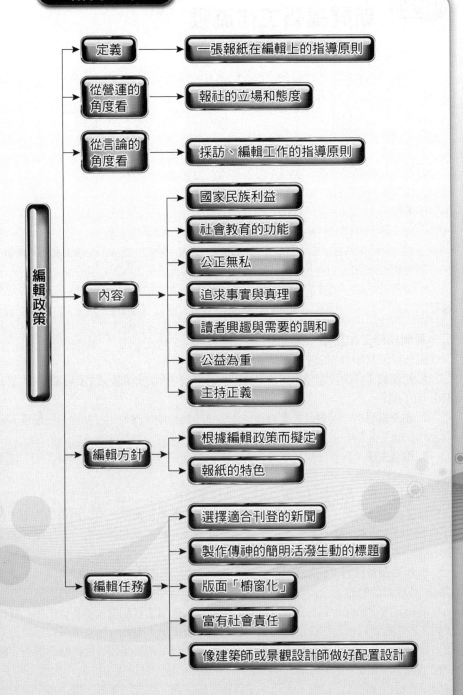

編輯政策

- 定義 → 一張報紙在編輯上的指導原則
- 從營運的角度看 → 報社的立場和態度
- 從言論的角度看 → 採訪、編輯工作的指導原則
- 內容
  - 國家民族利益
  - 社會教育的功能
  - 公正無私
  - 追求事實與真理
  - 讀者興趣與需要的調和
  - 公益為重
  - 主持正義
- 編輯方針
  - 根據編輯政策而擬定
  - 報紙的特色
- 編輯任務
  - 選擇適合刊登的新聞
  - 製作傳神的簡明活潑生動的標題
  - 版面「櫥窗化」
  - 富有社會責任
  - 像建築師或景觀設計師做好配置設計

Unit 11-3
新聞編輯工作流程

一、新聞編輯工作分配

圖解新聞學

　　我國報紙的編輯部，因各報的政策與成員的多寡不同，工作分組的情形也略有差異，不過大致說來，編輯部的分工有下列八組：

1. 資料組—資料圖書的蒐集、剪輯、整理、分類、編目等等。
2. 翻譯組—翻譯外電。
3. 通訊組—國內、外記者、地方記者採訪的指導和通訊稿件的整理。
4. 電訊組—收取外電、國內外記者專電、電報收譯、和機件管理等等。
5. 校對組—校對長—校對。
6. 編輯組
   （1）副刊編輯室—副刊主編—各種週刊、專刊和副刊主編。
   （2）新聞編輯室—國內外要聞版、國際、文教、社會、體育、經濟及地方新聞版。
7. 採訪組—主任（副主任）指導記者採訪新聞。
8. 編輯行政組—負責編輯部行政事務，如收發文件、稿件、給付稿費、工作考勤等等。

二、新聞編輯工作程序

　　報紙製作，有一定的過程，從工作系統可知其梗概。

　　1. 總編輯：負責決定一份報紙的最高指導原則、裁決新聞，及指導編輯部人員及工作考核等等。

　　2. 副總編輯：一個報社通常有兩位或多達十幾位副總編輯，協助總編輯處理其所指定的日常生活工作，或擔任第一分稿人。

　　3. 編輯主任：負責分稿（第二分稿人），整理或改寫重要稿件，聯繫各版，或與其他單位主管協調。

　　4. 各版編輯：各版有一主編，編輯、助理編輯若干位；主編的工作是核稿、改稿、製作標題、設計版面、拼版、校大樣等等，並指揮編輯和編輯助理。編輯的主要工作有初步閱稿、改稿，或改寫，並與助理編輯處理次要和不重要的新聞，作小題、算字數、協助拼版、初校，和其他一些臨時性的工作；

　　5. 校對長和校對：校對長負責調配校對工作同仁，複校和閱看大樣、清樣，並考核每一位校對的能力。

　　現在記者可把採訪到的新聞或資料直接輸入視覺展示終端機，並在螢光幕上直接校對。然後按個鈕，直接輸送給編輯，自己則保留一份。編輯台也設電腦排印組合系統，編輯可在系統輸入上的輸入機上做排字輸入和校正兩項工作，而在輸出機上，將經校正過的磁碟上文字，用指令（或程式），排出小樣，供排版機拼版，或加以儲存，以備日後提取。拼版完成後，就可以透過攝影排字機，製成金屬版，轉送到平版印刷機上印報。

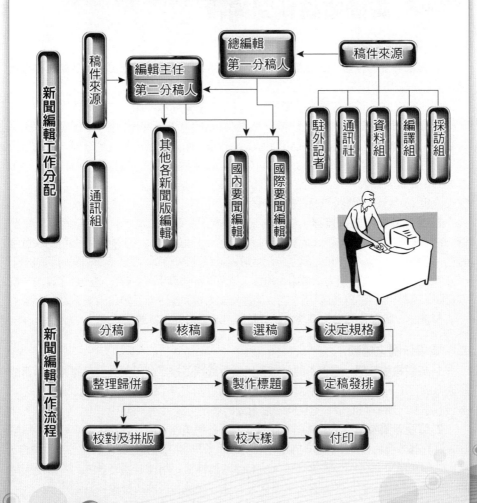

新聞編輯工作流程

新聞編輯工作分配

稿件來源 → 編輯主任 第二分稿人

總編輯 第一分稿人 ← 稿件來源

稿件來源

通訊組

其他各新聞版編輯

國內要聞編輯

國際要聞編輯

駐外記者　通訊社　資料組　編譯組　採訪組

新聞編輯工作流程

分稿 → 核稿 → 選稿 → 決定規格

整理歸併 → 製作標題 → 定稿發排

校對及拼版 → 校大樣 → 付印

知識補充站

編輯的工作內容

　　陳順孝教授將編輯的工作內容，歸納為參與新聞決策、新聞取捨與安排、原稿處理、標題製作、圖片處理、版面設計、組版、調節稿量和應變等幾項。同時，也發現了編輯工作的兩個特質：第一是在高度時間壓力下的「快」：平均每3.75分鐘要處理一則577字的稿件。第二是「多變」：新聞事件瞬息萬變、新聞布局頻頻異動，編輯也必須隨時以最快速度因應變化，不斷調整他的新聞安排和版面設計圖，而且不能因為應變而延遲交版時間。

Unit 11-4
廣播電視新聞編輯

一、廣播新聞之編輯

1. 廣播新聞的種類：廣播新聞的種類有直述新聞（或稱報新聞）、評論、現場轉播、訪聞、新聞座談等等。

廣播的直述新聞受時間的限制，故一般新聞都是簡單明瞭，它播報的次數多，但新聞量有限（每次五至十五分鐘不等，依電台而定），其新聞選擇要特別注意適時性、影響性、趣味性，以及知識性。新聞編輯大部分都先依其發生的地域分類，如地方新聞、國內新聞、國際新聞及氣象時間、體育新聞等等項目。其編輯原則有四：（1）重要的新聞放在前面；（2）同一性質或同一題目的新聞放在一起；（3）互相矛盾的放在一起；（4）互相對照的放在一起。

2. 廣播新聞的編採流程：廣播的直述新聞因受時間限制，一般新聞都是簡單明瞭。它播報的次數多，但新聞量有限（每次五至十分鐘不等），新聞選擇要特別注意適時性、影響性、及趣味性和知識性。記者撰寫新聞稿時，由於每則新聞播報時間約一至一分半鐘，導言撰寫必須力求清晰、迅速、明確、節省時間，長度約在一百字以內。整則新聞的字數也約在三至四百字左右。廣播新聞力求簡潔，而且議題儘量不要太複雜。

換言之，記者所撰寫的導言，必須是可以讓編輯製作提要所使用。

二、電視新聞之編輯

1. 何謂電視新聞：電視新聞是指利用電視這項傳播媒介或工具，來達到傳播新聞給觀眾的目的，事實上與我們從報紙、雜誌、通訊社和廣播新聞中所得到的新聞本身，並沒有差異，所不同的是，呈現同一個新聞的表現方式大不相同。

2. 電視新聞編輯：電視新聞的編輯，要將各種稿件、影片、錄影帶、照片、幻燈片，及其他各種資料，做適當的配合，首先要計算時間，計算播出時段中，扣除廣告、新聞片頭和氣象報告……等等之後，所剩餘的純粹播報新聞時間有多少，才據以安排新聞的條數和各條的長度。其次，將計算新聞的條數和長度所得資料分別列舉出來，逐項附在各條新聞上，然後再將國內新聞、地方新聞，以及國際新聞，各依其次內容性質分類，並依其重要性排列起來，列出順序單，說明各條長度和總長度。

編輯中，每一則新聞與各種稿件、影片、錄影帶、照片、幻燈片，以及其他資料的不同配合，通常都是由製作人來決定，再交由工作人員去處理。並將配合的方式在稿件上分別註上符號，在某一句話時要播出影片，則註上「F」符號，要用錄影帶，註上「VCR」，用反射卡，註明「T」……依此類推，不同的符號，註記在適當的句子旁，做為播出的參考。

3. 製作人審查稿子：大約在播出前半小時進行，以決定新聞的取捨和播出順序。進行時，先將陸續來到的文字稿予以調整，並遵照前述計時工作時所列出的順序單在編輯台上排列好，以便於製作人迅速審查。文稿順序決定後，立刻按其順序決定影部及配合資料的順序播出，交由工作人員連接起來，以備播出使用。

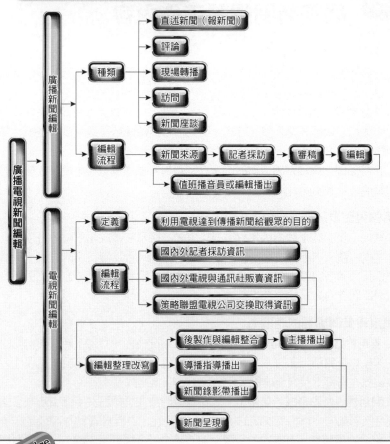

知識補充站

電視新聞的六種格式

　　全世界的電視台，在新聞製播的制度設計上，大抵不脫編輯制、製作人制，或二者並行。西方國家之電視台絕大多數採取製作人制，台灣電視台則大多係雙軌並行，重點經營之時段配置有製作人，尤其是具有高知名度主播之時段，而一般新聞時段多採編輯制。一般而言，電視新聞有六種格式：1.DRY（乾稿），沒有畫面，只有主播播報的文字稿。 2.BS（before sound），通常是稿頭（沒畫面）＋NS稿（有畫面）。 3. SO（sound on），只有事件當人、關係人或其他消息來源的聲音。 4. SOT（sound on tape），這種新聞格式最完整，包括記者的過音稿子、現場聲等，通常這種格式新聞是用於重要性高的新聞，也包括分析、評論等。 5. SBNS，這種格式的文字稿有稿頭＋NS文稿，畫面則有SB和NS兩種。這種格式是用於有後續發展的重大事件，新聞搶時間，搶重點談話。 6. MTV精彩畫面，加上音樂的配樂，常用於片尾，稿頭可有可無。

Unit **11-5**
網路新聞編輯工作內容

一、加強稿件整合解讀新聞

　　整合的涵義是，透過某一個主題，編輯將相關的稿件合在一起，以便讀者可以全面地、深入地了解新聞事件及其影響。

　　1. 專題報導、整合內容：網路編輯可將空間上與時間上相關聯的稿件綜合使用，以集中做專題，或延續做系列的方式，使稿件的群體優勢得到有效的發揮，對於重大的新聞題材，也可以進行多層次、多角度的報導。

　　2. 搜尋新聞、整理歸納：網路的資料經過檢索蒐集還不夠，最好能經過網路編輯的歸納整理，讀者才能有效運用。

二、增強與受眾新聞互動性

　　「雙向」至少有下列兩種運用方式：首先，受眾在接收訊息時，可以有更多的自主權，其次，讀者與編輯之間，或讀者與讀者之間，可以有更多的交流。包括：1. 用電子郵件接收讀者回饋，此方式可以收到很多來自讀者的意見。2. 對於重要的新聞事件，用網路問卷的方式，調查讀者對這一事件的意見與想法。

三、應展現新聞編輯的企圖心

　　1. 善用網路時間與空間優勢：網路在提供新聞方面，打破了時間與空間的界線，不需如傳統報紙報眉上印有某年某月某日某個版；更有的新聞基於其重要性，往往會被網路編輯在網頁上存幾天或更久。

　　2. 利用網頁特點形成「氣勢」：網路編輯應該注意標題文字能引起讀者閱讀興趣的重要性及新動向，以提高標題的生動性、準確性，並恰當體現內容的重要程度。

　　3. 配合新聞特性、有層次的鋪陳：網站是由很多網頁組成的。一般新聞網站都會在網頁上設立「重要新聞」一樣，給予重要新聞在第一時間被閱讀的特權。

　　4.稿件形成套裝優勢，表達編輯的企圖：編輯可在網頁上進行新聞稿件整合，除挖掘其內在聯繫，增加稿件的吸引力，並伸展新聞的空間，造成版面上的氣勢。

　　5.精選讀者來稿，形成言論特色：為了吸引更多的網友來網站瀏覽，編輯應刊登正、反兩面的讀者意見，這樣不僅可以照顧到更多的讀者，更可以引起廣泛的思索與討論。

四、有效提高新聞資訊的質與量

　　1. 為新聞提供更多的背景資料：除可配合新聞，同時彙集相關新聞外，更可以利用「超連結」的功能，對文章出現的一些關鍵字，建立與有關訊息的聯繫。

　　2. 建立具有自己特色的資料庫：將新聞做成資料庫，並提供線上資料庫的檢索功能，除可完整保存與查詢自己的所有資訊外，也可方便讀者的使用與新聞資訊的搜索。

五、強化圖像與其他多媒體工具

　　1. 善用圖像表現。　2. 將多媒體呈現做有機結合。

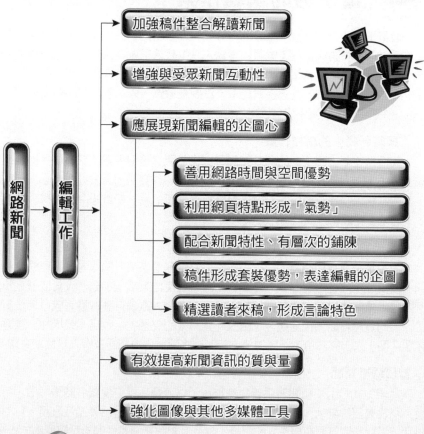

網路新聞編輯工作內容

網路新聞 → 編輯工作 →
- 加強稿件整合解讀新聞
- 增強與受眾新聞互動性
- 應展現新聞編輯的企圖心
  - 善用網路時間與空間優勢
  - 利用網頁特點形成「氣勢」
  - 配合新聞特性、有層次的鋪陳
  - 稿件形成套裝優勢，表達編輯的企圖
  - 精選讀者來稿，形成言論特色
- 有效提高新聞資訊的質與量
- 強化圖像與其他多媒體工具

知識補充站

網路編輯自主性高

　　網路編輯的角色說來自主性很高，但相對來說，卻也處處顯得綁手綁腳，在公司裡，需要更多的折衝與協調，以尋求與其他部門合作的融洽，讓一個企劃案能平順的推展，否則，就必須由上到下，一手包辦，事倍功半了。目前的網際網路發展，仍停留在技術層面，因此需要大量的網路製作技術人員，網路編輯在這個時間點，可說是搶手貨。但長遠來說，在網路成為生活的一部分，經營網路的模式確定，以及網路生態與秩序被確定後，網路經營與管理人才才是主流。因為唯有經營與管理者從成本、獲利各方面加以考量，才能為公司帶來更多的利潤。因此，網路編輯發展的遠景，應由技術面逐漸轉化為經營與管理面。

Unit 11-6
電子報的編輯作業

一般電子報的新聞呈現，大致尚可分為：即時新聞、最新焦點、各版當日新聞、新聞專輯、新聞評論與當日新聞照片集錦。以中時電子報為例，其組織架構由總編輯負責，目前設立多位全職記者，負責政治社會類新聞，及負責財經產業新聞。電子報新聞中心的編輯台編制，在總編輯之下，設副總編輯一人、新聞中心總監一人、副總監一人、主編數人。其編輯作業如下：

一、「即時新聞」的編輯作業

中國時報報系供稿中心的即時新聞發出後，便直接進入電子報系統主機，並自動轉成 HTML 檔，標題（含時間）自動刊出於電子報首頁，而全文則自動進入即時新聞區，並依照類別歸類。過程完全由電腦自動化處理，電子報新聞中心編輯人員不須手控，不過電子報編輯人員仍隨時監控。

二、「最新焦點區」的編輯作業

由主編輪班負責即時新聞，以及監看、監聽其他媒體新聞報導，處理成最新焦點新聞。編輯工作內容方面，雖然作業介面已有視窗作業環境，編輯人員僅須在新聞價值與處理上做判斷即可，至於網頁製作部分，完全由電腦自動轉檔完成，但是新聞編輯工作中的選擇新聞、挑選照片（由圖片資料中心支援）、改寫（或增加）標題、挑選標題字型、大小與顏色、新聞加值、新聞排序等，均由相關技術人員協助完成。

三、當日報紙新聞

其呈現方式乃引用相關報系新聞彙整後予以分類，以方便讀者閱讀參考。新聞呈現時，均沒有照片輔助，僅於下方做提供相關新聞與相關網站等加值服務，目的在於提供閱讀者對該則新聞有較深入的認識，以及有對該新聞事件歷史脈絡回顧的機會。

四、「新聞專題」編輯作業

新聞專區企畫書經總編輯同意後，必須開始協調以下工作：

1. 版面製作：由數位技術中心協助製作版面（有時是提案編輯自行製作，有時是由執行主編支援）。

2. 轉檔程式撰寫：由技術中心程式設計師撰寫轉檔程式。

3. 上傳作業：與系統部門人員協調，上傳作業中的新聞專輯區的新增檔案，以及防火牆外主機的空間。

上述工作，平均需要一週左右（視編輯內容而定）完成。完成後，負責的提案編輯必須開始將新聞資料依照企畫內容歸類、轉檔、製作網頁、建立連結，最後將所有網面組合，完成完整的新聞專輯站。完成後，經測試無誤，始可刊出後，由總編輯決定是否在中時電子報首頁上方刊頭處，加上連結圖示。

4. 新聞評論：與「最新焦點」一樣，內容來源也是由報系供稿中心規劃人員輪值表，撰寫人員由資深記者或主筆擔任。評論內容是專門提供電子報使用。

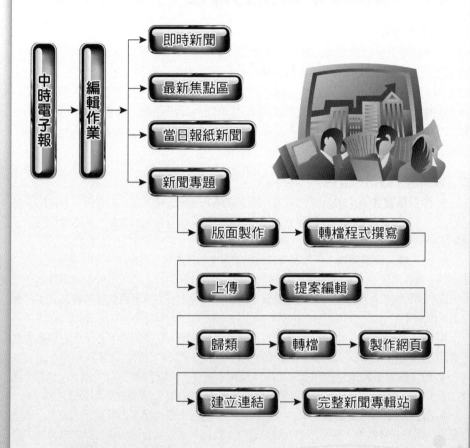

電子報的編輯作業

中時電子報 → 編輯作業 → 即時新聞

最新焦點區

當日報紙新聞

新聞專題

版面製作 → 轉檔程式撰寫

上傳 → 提案編輯

歸類 → 轉檔 → 製作網頁

建立連結 → 完整新聞專輯站

知識補充站

電子報編輯作業的多樣性

　　在網路電子報中，網路編輯可成為新聞產製流程中的一員。凡從事實際撰寫工作的編輯，可發揮報社中主筆的角色，將資料蒐集做成網頁的編輯，可扮演編輯的角色，從事新聞與資料蒐集撰寫工作的編輯，也可從事網路記者的工作，將外電翻譯成為新聞稿的編輯，可擔任編譯的工作，而從事版面設計與圖片影像處理的編輯，則是美編。

Unit **11-7**
編輯改正錯誤的責任

一、新聞錯誤報導

　　台灣媒體對於錯誤報導，至今仍然很少主動更正，除了來自香港的《蘋果日報》每日刊出「錯誤與批評」的新聞更正欄，絕大多數媒體仍以「動態平衡更正」理由，拒絕處理錯誤報導的更正或道歉。雖然知錯能改是個好現象，但是新聞更正的情況愈多，媒體的公信力和形象必會受到影響，而錯誤新聞所造成的社會影響更是難以想像，因此避免新聞錯誤的發生是非常重要的。這個責任，記者與編輯均須負責。一個是事前的積極防範，另一個是事後的改正措施。

二、編輯改正錯誤的責任

　　1. 改正事實錯誤：防止誇大渲染、過分強調，確保新聞內容公正客觀。編輯的主要任務之一，就是確保新聞的客觀與公正性。如果發現文章有偏袒的現象，則應暫停刊出，或要求補充反方的資料。

　　2. 改正個人評論錯誤：新聞報導純粹就事實報導，不宜加入記者之個人意見或評論。若文稿中有此類文字，編輯必須將之刪除。另外，就是新聞稿中不可出現批評與誹謗性文字，這些都不屬於新聞報導的範圍。編輯如果認為報導中有些言論可能被解釋為誹謗，則必須予以刪除。

　　3. 改正遺漏錯誤：防止漏記事實而不加查證和補充。在事實的引述時，必須查證其真實性，不可人云亦云。還有切記在新聞稿中，對於某項細節沒有交代清楚。

　　4. 改正語意不夠清楚的錯誤。例如：使用「死亡」代替「仙遊」；「窮人」代替「低收入者」。總之編輯的責任是把複雜的名詞改成通俗的白話文，要避免使用裝飾性的字句。

　　5. 改正故意誤導的錯誤：有些文章的作者，利用含糊的措詞誤導或迷惑讀者。這些企圖通常都是在很微妙，甚至不知不覺間進行。例如有些人將自己的暴力行為描述為「自衛性的攻擊」，諸如此類的無意義雙關語，無論是記者或是編輯，都要小心不被別人誤導。

　　6. 改正人名、地點、頭銜、日期及時間的可能錯誤：要反覆查證新聞人物的名字，如果編輯不甚確定名字是否正確，必須再三查證，尤其碰到同音異義字時更要小心，切不可張冠李戴，也不可在第一段出現「王 x 明」，第二段變成「王 x 名」。新聞人物的名字必須從頭到尾一致。

　　7. 改正版面錯誤：第一為題與文內容不相符合，第二種錯誤情況常發生在分稿原則上。第三種常見錯誤，在標題處理上，即對於新聞的要素——人、事、時、地、物等的標注有錯誤。再來，照片說明指示的錯誤。

　　8. 改正意義錯誤：防止提供消息者與刊登後有異。

　　9. 改正各種錯誤：將人名或機關名稱弄錯。

　　10. 改正數字錯誤。

　　11. 改正別字。

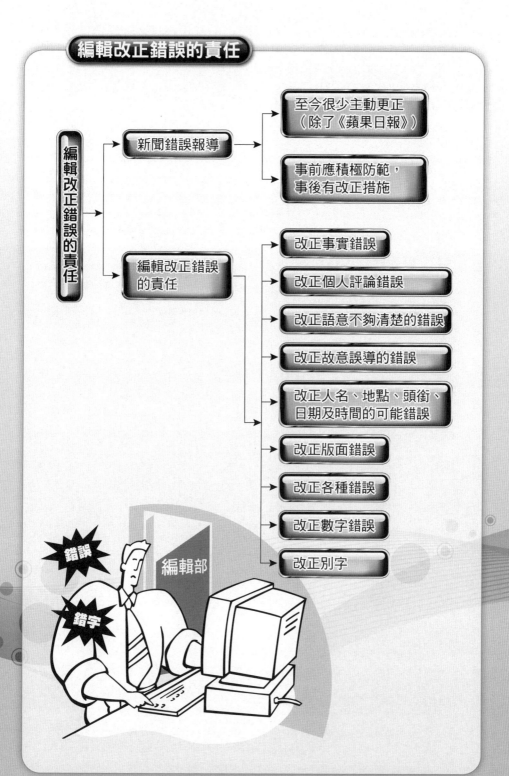

編輯改正錯誤的責任

編輯改正錯誤的責任

新聞錯誤報導

- 至今很少主動更正（除了《蘋果日報》）
- 事前應積極防範，事後有改正措施

編輯改正錯誤的責任

- 改正事實錯誤
- 改正個人評論錯誤
- 改正語意不夠清楚的錯誤
- 改正故意誤導的錯誤
- 改正人名、地點、頭銜、日期及時間的可能錯誤
- 改正版面錯誤
- 改正各種錯誤
- 改正數字錯誤
- 改正別字

錯誤

錯字

編輯部

第 12 章

新聞受眾

Unit 12-1
新聞受眾觀

傳播過程中必不可缺少的因素是傳播者、傳播內容、傳播媒介和傳播受眾。受眾的傳播理論，都是圍繞這些要素進行的。下面的受眾觀觀點，代表了不同時期學者和媒體對受眾的認識和理解。

一、大眾社會理論的受眾觀

大眾社會也稱「群群社會」，是大眾媒介和大眾文化作用下形成的群眾性的社會。大眾的特徵被陳述為組織鬆散；成員之間缺少直接接觸；人員流動頻繁，不受團體力量的約束；甚至有學者描述所謂「大眾」是無定形的過往人群，他們彼此之間，缺乏任何有效的聯繫，是孤立的、原子式的人群聚合體。

二、受眾是社會群眾

大眾社會理論認為受眾是分散的、無組織的、被動的、沒有抵抗能力的人群，這種觀點也促成了在大眾傳播學效果研究的早期研究「子彈理論」或「魔彈論」的出現。受眾的具體特徵可以從兩類指標分析得出，一是人口統計角度，包括性別、年齡、籍貫、職業、收入和學歷等要素；一是社會學的角度，包括家庭、單位、團體、政治傾向、經濟階層和文化歸屬等。

三、受眾是市場

以營利為目的私營大眾傳播媒體的出現，是這種觀點的基礎。在市場經濟的社會裡，受眾等於市場的消費者，他們的媒體接觸行為，其實是購買媒體的產品。這一理論在 20 世紀 80 年代比較流行，學術界將這種觀點稱為「市場導向新聞」。簡單地說，媒體提供的訊息就是商品，媒體組織和傳播者就是賣方，受眾就是訊息商品的購買者。

四、受眾是消費者

在商業體制下，媒介等同於企業，執行利潤最大化原則。對於媒介，一如對於企業，商場消費者至上永不顛滅的原理，滿足受眾或閱聽人的需求、捍衛受眾權利與滿足消費者需求、保障消費者權益，在本質上，沒有兩樣。而其根本目的，在於透過消費者爭取廣告，獲取最終的利潤。

五、受眾是公民

這是國營或公共媒介的受眾觀。公民，在現代社會，不僅是一個法律上的術語，更是現代政治的產物，是基於維護個人權利和人民主權原則的現代憲政體系中的核心概念。把公民權概念引入媒介受眾觀（無論是自覺，還是不自覺），把受眾看做公民，以維護公民權，做為媒介責任和營運基礎，是現代民主政治發展和市場內在運作機制，在媒介觀上的折射和反映。

新聞受眾觀

大眾特徵

- 組織鬆散
- 成員缺少直接接觸
- 人員流動頻繁
- 無形的過往人群

社會群眾

股市交易

消費者

受眾是……

選舉投票

投票箱

179

知識補充站

受眾的特點

　　新聞媒介與其他傳播方式（如人際傳播、組織傳播等）相比較，它的受眾表現出某些獨有的特徵。包括下面三個方面：1. 廣泛性：所有社會成員都是新聞媒介現實或潛在的受眾群，無論種族、性別、年齡、職業，這時他們都只有一個共同的身分──新聞媒介的受眾。2. 混雜性：他們同時存在著許多明顯的個體差異，如身分、地位的懸殊、貧富的差別、文化教育程度、價值觀不同等，可謂千差萬別。這種混雜必然相應造成他們各自的興趣愛好和訊息需求的豐富、多樣。3. 隱蔽性：在總體上，受眾對於新聞媒介來說，是不見面的，是一種籠統的、隱蔽的存在。

Unit 12-2
受眾是新聞媒介積極的參與者

受眾是個特定的傳播學意義上的概念，它由原始的演講的聽眾、戲劇的觀眾一詞演化而來，在傳播學上，泛指媒介訊息的接受者。在大眾傳播領域裡，受眾指的是大眾傳播媒介訊息的接受者，其中最主要的是指三大新聞媒介，即報紙的讀者、廣播的聽眾和電視的觀眾。

過去有相當一段時間，人們把新媒介的運作僅僅看成是它的主持人和記者、編輯的工作而已，對受眾的認識不足。最具代表性的理論，是 20 世紀 30 年代盛行的「子彈理論」或「魔彈論」——把受眾看作是被動的接受者，只是無條件地接受大眾媒介提供的任何訊息和宣傳。如今，隨著媒介的多樣化和媒介的競爭白熱化，以及傳播學研究的深入，發現受眾並不是消極被動的接受者，相反地，他們是積極的參與者，甚至可以說，是整個新聞傳播活動最活躍的決定因素。

受眾對於新聞媒介有哪些決定性的影響呢？主要表現在四個方面：

1. 決定著新聞內容的取捨：從表面上看，新聞媒介內容的取捨，是由媒介的負責人，由記者、編輯決定。但從長遠看，從整體看，新聞媒介的內容最後取捨權，卻屬於受眾。任何訊息的發布，必須從滿足受眾實際需要出發，任何宣傳同樣必須從顧及受眾所能接受的實際程度出發，否則就真的成了「對牛彈琴」。

2. 決定著新聞媒介的風格定位：翻開不同城市的報紙，可以發現各有其鮮明的不同風格，這種風格的定位，看似報人長年累月探索、實踐的結晶，而實際上，正是報人根據他們不同區域所在地的讀者心理和閱讀習慣，所做成的經驗總結。讀者的文化底蘊，決定了報紙的風格。

3. 決定著新聞媒介變革的方向和進程：不停的變革是新聞媒介的一個特點，無論報紙的版面安排、專欄設置，還是電台、電視台的節目更換，可以說，一年一個樣，三年大變樣。變革的依據何在？歸根究底，在於新聞媒介不斷追逐受眾的新需求。是受眾迫使新聞媒介不斷變更，並按照受眾的需要進行變革。

4. 受眾是傳媒財富之源，傳媒權力之源：追求利潤是傳媒的基本宗旨和終極目標。從表面上看，廣告是媒體（除公共媒體外）主要收入來源。然而，廣告客戶願意付出大筆廣告費用，並不意在媒體本身，而在於媒體所擁有受眾。所以，對於媒體來說，誰擁有受眾，誰就擁有廣告，誰擁有廣告，誰就擁有利潤。媒體獲有利潤的全部秘密就在於：他向廣告客戶出售受眾——賣出受眾、收入廣告。對於報紙來說，它的秘密在於兩次出售——向讀者出售報紙，然後向廣告商出售讀者。除了付費有線電視，一般無線廣播電台、電視台都是免費向聽眾、觀眾播出各類節目，他們的收入就是依靠廣告。而廣告收費的依據，就是無線電臺、電視台的聽眾和觀眾的收聽率、收視率。換句話說，是廣告商代替聽眾或觀眾，付了這筆收聽費用或收視費用。

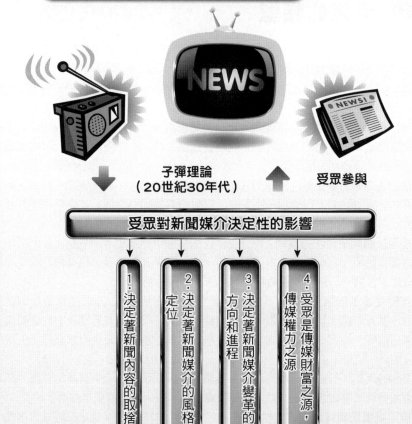

知識補充站

「使用與滿足」理論

　　Baran and Davis(2003)指出，在晚近有關閱聽眾研究，起源於20世紀40年代的「使用與滿足」理論，是研究者必參考採用之途徑。使用與滿足理論是一個心理學的傳播觀點，強調閱聽人的媒介使用和選擇，它把媒介直接效果的機械式觀點，轉移到去了解人們如何使用媒介。根據使用與滿足理論的觀點來看，閱聽人會持續選用並且接觸傳播媒介與內容的行為，事實上是具有功利性(Utility)與選擇性(Selectivity)的。也就是說，閱聽人受某些誘導或特殊動機而「主動地」選用某一媒介（內容）的傾向更加明顯。它是指受眾對於大眾傳播中，與受眾現實生存所需要與追求的物質目標或物件，直接相關的那部分資訊的需要。例如：隨著禽流感的蔓延，相關地區受眾對於當地有關報導的需求，就是現實需要。

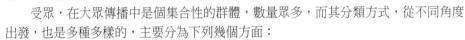

Unit 12-3
受眾的類型

　　新聞媒介若要做到深入了解受眾，準確定位，僅僅把握它的總體特徵是遠遠不夠的，還必須將受眾群體做更細緻的分類研究。

　　受眾，在大眾傳播中是個集合性的群體，數量眾多，而其分類方式，從不同角度出發，也是多種多樣的，主要分為下列幾個方面：

　　1. 按照接觸的媒介類別：也簡單地劃分為報紙讀者、廣播聽眾、電視觀眾。不過這三種受眾並非截然分開的，也有很可能是彼此交叉的，同一受眾個體，可能既是報紙讀者，同時又是聽眾、觀眾。

　　2. 按照人口統計學原理：受眾群體內部可以按照性別、年齡、職業、地區、教育程度等再劃分成不同的人口變項。不同的人口變項有其相似特性，在受眾總體的共同興趣和共同訊息需求之外，會形成特殊的興趣和特殊訊息需求。

　　3. 按照接觸新聞媒體的頻率：可分為穩定受眾和不穩定受眾。凡是比較習慣地、固定地接觸和使用一定媒介的受眾。對任何一家新聞媒介的受眾，稱為穩定受眾。反之，沒有固定習慣，只是偶爾接觸媒介的，稱為不穩定受眾。

　　4. 按照受眾不同訊息需求：可分為一般受眾和特殊受眾。一般受眾是指剔除年齡、性別、教育程度、職業、地區等方面的特性變異和相應興趣區別，對於新聞媒介的各種傳播內容，抱有一致的共同需求。這些受眾興趣廣泛，訊息需求旺盛，但目的不是十分明確，訊息需求的指向性比較模糊。特殊受眾與之相反，是基於年齡、性別、職業等方面的差異，形成不同的興趣，對某類或某幾類訊息，產生興趣和相應的訊息需求。這類受眾興趣比較專一，對媒介的接觸目的明確，訊息需求指向鮮明。

　　5. 按照接觸新聞媒介的確定性：分為現實受眾和潛在受眾。凡是已經確實接觸、使用新聞媒介的受眾，稱為現實受眾。凡是具備正常的媒介接觸能力，但還沒有接觸、使用媒介的受眾稱為潛在受眾，即其具備成為媒介受眾可能性。

　　6. 按照新聞媒介明確的傳播對象：可分為核心受眾和邊緣受眾。新聞媒介在總體上，對全體社會開放。全體社會成員，均可做為其爭取的受眾對象。但實際上，各個單獨的媒體和媒體上設置的各類節目，都有著不同的傳播內容和性格。這些內容和風格，是針對並滿足某些相對比較固定、明確的傳播對象。這部分受眾就是媒介體和媒介特定節目核心受眾。它是媒體需要穩定和竭力爭取的最重要對象，也是媒體的生命線。媒體內容、選擇、節目設置、風格定位等都較多地以核心受眾為考慮的出發點，進行籌劃、設計和編排。在核心受眾之外的，稱為邊緣受眾。他們當然不是媒體及其節目確定的傳播對象，但由於某種特殊原因，也有可能對這類傳播內容抱有一定的興趣。

受眾的類型

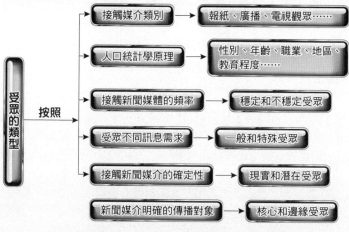

受眾的類型　按照
- 接觸媒介類別 → 報紙、廣播、電視觀眾……
- 人口統計學原理 → 性別、年齡、職業、地區、教育程度……
- 接觸新聞媒體的頻率 → 穩定和不穩定受眾
- 受眾不同訊息需求 → 一般和特殊受眾
- 接觸新聞媒介的確定性 → 現實和潛在受眾
- 新聞媒介明確的傳播對象 → 核心和邊緣受眾

知識補充站

新媒介有新受眾？

　　從1959年卡茨（Katz）在傳播學史上首次提出了「使用與滿足研究」（the Uses and Gratifications approach)的概念，標誌著傳播學研究路徑由「勸服效果研究」轉向「使用的受眾研究」，到進入21世紀的「網路時代」，源於網際網路和萬維網的發展和擴散，特別是這些數位元媒介帶來的交互性，「使用與滿足」理論的研究興趣出現了第二次復興，對此，湯瑪斯‧魯傑羅（Thomas Ruggiero）認為：「在每個新的大眾傳播媒介的初期，使用與滿足總能提供一種最前沿的研究方法。」他提出了以電腦為仲介的「提供了大量傳播行為集合」的大眾傳播的三個特性：交互性（Interactivity）、分眾化（Demassification）、非同步性（Asynchroneity）。鄧尼斯‧麥奎爾（Denis McQuail）對上述觀點持質疑態度，他追問：「新媒介有新受眾？」，他認為：即使在傳播管道大大增加的今天，大量的傳播機器仍然準備開足馬力，將大眾受眾最大化；技術發展所提供的潛能，更多地表現在拓展而不是取代舊的「受眾行為」模式方面。

Unit 12-4
閱聽人的媒介素養

想要提升民眾尤其是青少年的媒介素養，我們應從技術、藝術與道德三方面著手：

一、在技術面上要求真

從印刷時代的報紙到電子時代的廣播、電視，再到今天的網路、數位時代的各種新媒體，媒介形態的更新變換，始終是以科技不斷發展為前提的。隨著訊息時代的來臨，人們開始更為頻繁地使用媒介。然而，就在愈來愈多的人掌握媒介操作技術的同時，也意味著人們更容易利用這些技術來發布、製造虛假訊息以干擾和破壞傳播活動。因此，從實用主義的角度出發，媒介素養教育的第一個目標，就是要教會人們在訊息的洪流中去偽存真。而這要求受眾必須在加深對媒介技術的認知和了解的基礎上，增強自己的分析、判斷能力，從而杜絕虛假訊息的傳播。

二、在藝術面上要求美

雖說媒介傳播是以技術為基礎，但是所傳播的媒介內容，卻往往是藝術的結晶。我們所接觸問題，常常以影音、圖像等形式出現，如電視劇、電影和音樂文件……它們經過專人的編輯、加工之後，被搬上螢幕或者上傳到網路。於是在隨後的傳播過程中，我們透過電視機、錄音機、電腦所看到和聽到的便不再是一連串零散單調，且不明所以的訊息符號，而是一個個經過精心組織和建構的，包含著製作者特殊創造力及想像力的訊息文本。比如：具體到某部電影或電視劇，我們相應地需要了解的，就包括畫面的「蒙太奇」剪輯方式、圖像與聲音的搭配藝術，以及導演的敘事手法等等。惟其如此，人們才能更好地欣賞和利用這些訊息，才能在大量的訊息中發現美，挖掘藝術的閃光點，進而得心應手地接受，或創作屬於自己的美的藝術。當然，這也成了提升受眾媒介素養的第二目標。

三、在道德面上要求善

訊息的傳播實際上是一個意義傳播的過程，人們在掌握了技術與藝術層面的認知能力之後，對於媒介傳播的理解，便可上升至意識型態的層面。在傳播過程中，我們在接受訊息的同時，也在進行意義的理解與自我建構。那些傳遞到我們腦海中的意義，以及隱含於其中的價值觀，會慢慢沈澱下來，成為我們評判事物和看待人的參考與指標。對於正值人生觀、價值觀形成的關鍵時期的青少年群體而言，媒介素養教育的最終指向，在於能夠使其在接受訊息內容之後，從中吸取營養和有意的成分，建構自身正確的價值觀體系，進而培養健全人格。

總之，媒介素養教育的最終標的，就是教會人們從撲天蓋地的媒介訊息中挖掘真、發現美、選擇善，而這也呼應了從技術、藝術、道德三方面出發，對媒介素養進行的全新解讀。更重要的是，在訊息傳播領域內，對「真」、「善」、「美」的終極追求，不僅是媒體素養教育運動的出發點和落腳點，同時也是提升受眾媒介素養的最佳途徑。

閱聽人的媒介素養

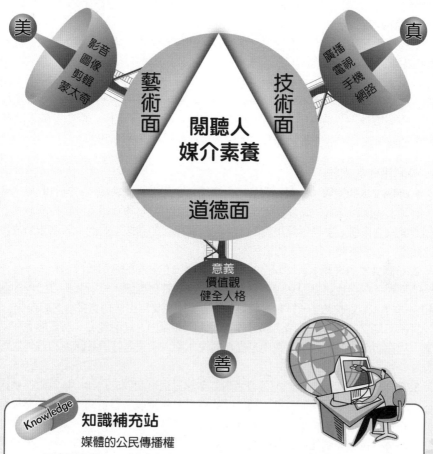

美

影音
圖像
剪輯
蒙太奇

藝術面

技術面

廣播
電視
手機
網路

真

閱聽人
媒介素養

道德面

意義
價值觀
健全人格

善

Knowledge 知識補充站

媒體的公民傳播權

　　根據教育部2002年公布之「媒體素養教育政策白皮書」中指出，公民有六種基本的傳播權利：知的權利、傳布消息的權利、討論時政的權利、保護個人隱私的權利、個人積極地接近與使用媒體的社會權利，以及接受媒體素養教育的權利。由於公民的傳播權乃是基本人權的一部分，現代大眾媒體影響民主社會極深，身為現代公民就必須了解媒體、並且接近使用媒體(access to media)，才能彰顯媒體服務社會公共事務的角色。從以上的觀察我們主張，進入數位資訊時代的當務之急就是培養每個公民成為耳聰目明的收訊者，能對媒體深入了解，不再消極地接收媒體資訊，更可積極地「解毒」與「解讀」媒體、「接近使用」媒體，藉由「媒體素養教育」的「新素養」培育過程，成為主動的媒體公民——有能力加入資訊生產、善用媒體並進行公共監督。

Unit 12-5
新聞接收的過程

圖解新聞學

一、新聞接收行為

　　新聞接收行為是過程性的活動，主要是一種接觸媒介、閱讀視聽、感知理解和評價新聞文本的精神活動。

　　從形式上說，新聞接收是接收主體的一種媒介接觸行為，是接收者與一定新聞媒介發生實際的相互作用的過程。從內容上說，新聞接收是接受實體與新聞文本的對話過程、交流過程。接收新聞是在一定經驗、知識、智力、心理、環境支配下的精神活動。同時，又是接收主體選擇性接觸、選擇性理解、選擇性記憶。

二、新聞接收的過程

　　1. 新聞文本的接收：新聞接收的第一環節，是透過購買報紙、打開收音機、電視機、登錄網際網路等接收新聞文本，並透過新聞文本接收新聞訊息。在物理形式上，不同新聞媒介形態，需要不同接收方式；在新聞訊息的獲取形式上，印刷新聞依賴於新聞閱讀，電子新聞、網路新聞依賴於視聽。

　　2. 新聞文本的理解：新聞訊息的接收與理解，在實際的新聞接收活動中，是一個統一的過程。在接收訊息的基礎上，對文本訊息的整體理解，是新聞接收過程的關鍵環節，對於所有文本來說，只有在理解過程中，才能實現由傳播到接收的轉換。

　　理解新聞文的過程，就是透過接收主體的認知能力、理解能力、評價能力和媒體素養，把握新聞文本的過程。也就是從新聞文本中，獲得各種直接訊息和言外之意的過程。

　　3. 傳播內容的接收：我們把接收者對文本訊息最終認同的行為，稱為對傳播內容的接收，而懷疑或不認同的行為，稱為不能接受。當接收者對新聞文本理解結果有了認同或拒絕的決定後，標誌著一次新聞接收活動在精神意識層面的完成，人們通常所說的新聞傳播過程，到這裡也就結束了。至於新聞接收的結果，則可分為三種結果：完全接受、部分接受和拒絕接受。

三、受眾接收新聞的方式

　　受眾接收新聞的方式，主要取決於兩大要素：一是從什麼樣的新聞媒介上獲取新聞，這是一種客觀的限制，沒有自由的選擇空間；二是以什麼樣的態度獲取新聞，這是一種主體性的選擇，具有比較大的自由度。

　　1. 新聞接受依賴人們的視覺和聽覺通道，因此，新聞媒介的形態特徵決定了閱讀和視聽成為新聞的基本接受方式。

　　2. 新聞接收者的態度、需要等，從主體方面決定新聞的接收方式。如有意與隨意、專注與偶然等，受眾的這些態度，很大程度上影響了他們的接收行為。

　　3. 對於網路新聞來說，在接收方式上除了具備各傳統媒體界的特點外，有著更強的自主性與更大的自由度。

新聞接收的過程

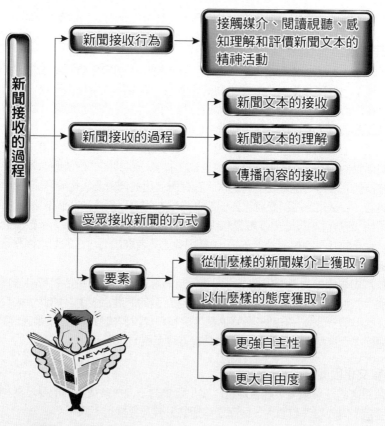

- 新聞接收的過程
  - 新聞接收行為 → 接觸媒介、閱讀視聽、感知理解和評價新聞文本的精神活動
  - 新聞接收的過程
    - 新聞文本的接收
    - 新聞文本的理解
    - 傳播內容的接收
  - 受眾接收新聞的方式
    - 要素
      - 從什麼樣的新聞媒介上獲取？
      - 以什麼樣的態度獲取？
        - 更強自主性
        - 更大自由度

187

知識補充站

看新聞時資訊處理的過程

　　鍾蔚文教授在「人們如何看新聞？」一文中指出，整個資訊處理過程，就如同科學研究的假設驗證過程，外來資訊成為支援假說的證據，即使外來資訊並無符合假說的材料，知識結構仍會根據原有的知識與期望自動產生相關資訊。如：看到「教授」兩字，即推論「個性文靜」。在資訊處理過程中，基模可以協助認知者以經濟有效的方式來組織外界資訊，但當人們使用基模時，也可能「看到」外界資訊沒有提供的內容，或者不自知的歪曲了外界資訊的意義。而先前知識、資訊處理策略與態度的差異，則決定了不同個人之間資訊處理結果的差異。

Unit 12-6
影響新聞接收的因素

受眾接受新聞的過程，主要受到心理因素及社會文化因素的影響和制約。

一、心理因素

　　受眾的心理影響因素有兩方面的內容：一是受眾因個體差異而產生的選擇性心理和逆反心理；一是因為受眾生活在不同的團體中，需要與環境保持一致，得到認可和接納，以採取與大多數人相一致的心理或行為。因此，受眾在接受媒介的傳播內容是還要受到受眾心理（或稱作遵從性心理）的影響。

　　造成從眾心理的根本原因是群體壓力。單個受眾都屬於不同的團體，而群體為保持其共同活動的順利進行和關係狀態的穩定，有著一些共同的價值觀念和行為規範，違反者會被孤立冷落乃至驅逐，於是個人在保護自己的同時要屈從於團體的利益。

　　李維特（Leavitt）將群體意見對個體形成壓力的過程劃分為四個階段：（1）各抒己見；（2）熱烈討論後分出多數派和少數派的合理辨論階段；（3）多數派勸少數派贊同大家意見的好言相勸階段；（4）少數固執己見者群起而攻之的圍攻抨擊階段，和使極少數派陷入完全孤立的孤立排擠階段。

　　由於群體規範壓力而形成從眾心理和行為的現象，在社會生活中較為普遍，在那些文化層次較低的群體，或受眾個人缺乏清楚認識的問題上，尤其如此。由於從眾心理而造成的群體一致性，有助於受眾的態度定型和實現群體目標，以及維護群體穩定，因而對傳播媒介進行有效的訊息溝通，具有不可忽視的作用。

二、社會文化因素

　　受眾所處的社會環境、社會地位、文化背景的不同，會使不同的受眾對相同的傳播內容產生不同的看法和態度，從而受傳播的影響及程度也不同。

　　巴魯赫‧斯與諾莎（Baruch Spinoza）說過，人是社會的動物。因此，人的本質屬性是社會性，而很多社會事業的興起和發展也是源於人的需要。社會上不同的人組成了不同的階級、階層、團體、組織等，每個人都屬於其中一部分，受眾的思想觀念、道德、行為規範等都會受其影響和制約。每個社會組織類型（團體），都有一套約定俗成的規範、準則、章程。這些無形的約束，使得同一類型的社會成員，擁有幾乎相同的價值取向，反映在對傳播內容的接受上，就是相同社會類型的受眾，大體選擇相同的傳播媒介、傳播內容，並做出近似的反應。同時，受眾所處的社會關係，也會對其選擇或排斥傳播媒介的訊息，產生重要影響。

　　由於群體規範壓力而形成從眾心理和行為的現象，在社會生活中較為普遍，在那些文化層次較低的群體，或受眾個人缺乏清楚認識的問題上尤其如此。由於從眾心理而造成的群體一致性，有助於受眾的態度定型，和實現群體目標以及維護群體穩定，因而對傳播媒介進行有效的訊息溝通，具有不可忽視的作用。

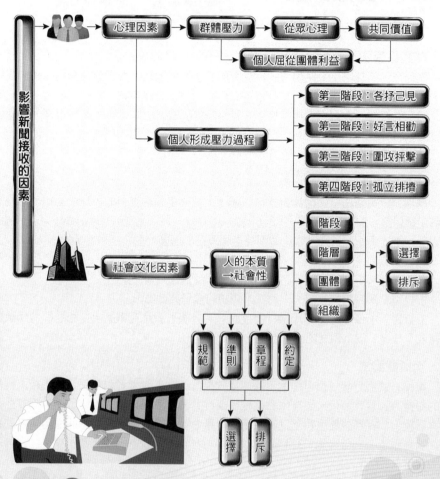

影響新聞接收的因素

影響新聞接收的因素

- 心理因素 → 群體壓力 → 從眾心理 → 共同價值
  - 個人屈從團體利益
  - 個人形成壓力過程
    - 第一階段：各抒己見
    - 第二階段：好言相勸
    - 第三階段：圍攻抨擊
    - 第四階段：孤立排擠
- 社會文化因素 → 人的本質 → 社會性
  - 階段
  - 階層
  - 團體
  - 組織
    - 選擇
    - 排斥
  - 規範 準則 章程 約定
    - 選擇
    - 排斥

知識補充站

受眾如何理解事物？

徐佳士教授認為有如下四個影響因素：

1. 人們理解事物時，通常總是會把事物組織起來，而且賦予意義的。

2. 人們理解事物時，是會加以功能性的選擇的。

3. 人們在理解「部分」（次結構）時，不會拋棄「全體」（主結構）。

4. 空間上或時間上相接近，或互相相像的事物，將變成一個主結構中的次結構。

Unit 12-7
受眾調查

受眾調查的方法多樣，每一種方式都有其優缺點，傳統採用的方式有：

一、訪談調查法

簡稱為「訪談法」。這種方式不受時間和空間的限制，記者或編輯出去採訪或開會，都可與採訪對象或旅途的同行者自由交談。因為這種調查是在被調查者毫無戒備的狀況下進行的。被調查者無拘無束，容易吐露真言，有時還可以談得很深，不僅能了解受眾的所思、所需，而且能加深彼此的了解，建立新聞工作者和受眾之間的友誼。只是這種方式，是人際交往，接觸面不廣。

二、電話訪問法

簡稱為「電訪法」。這種方式往往運用一種確定的調查目的，比如編輯部想快速了解受眾對某一重大事件報導的反應，給一些社會知名人士或有代表性的「意見領袖」打電話，徵詢意見。這種方式比個別交談和寫信的面廣一些，但內容簡單。

電話調查的優點如次：

1. 可以立即得到答覆，不必像郵寄那樣要等待好幾個星期。

2. 打電話聞其聲如見其人，比派人親訪的費用要低廉。

3. 打電話不像派人訪問那樣打擾被訪者。一個人願意在電話上，和訪問者相談五分鐘或十分鐘，但不願意陌生人進他的家門。

三、街頭觀察法

這種方式最直接、最迅速地了解傳播效果。新聞工作者可以在報刊出版後，到街頭的報攤旁，看有多少人買自家的報紙，觀察讀者拿到報紙後的第一反應，對哪些消息喜形於色？對哪些消息嗤之以鼻？哪些消息令讀者震驚？哪些消息能引起讀者的共鳴？親眼目睹，一目了然，有時還能進行個別交談。廣播電視工作者同樣可以到群眾中去觀察。

四、開座談會

有目的地選擇有代表性的人物進行座談會，圍繞一個主題發表議論，抽絲剝繭，是一種省時、省力、省錢又收效快的調查方法。

五、在報刊上刊登（廣播電視播映）調查題綱

每當傳媒進行改版或節目調整之際，就需要廣泛徵詢受眾的意見，展開大規模的受眾調查。採用隨報發送調查表、在網頁上刊登調查表、廣播電視在節目中廣播調查題綱（含針對電視座談會討論議題觀眾意見調查，分贊成與反對兩方），然後請觀眾打付費電話，並將統計人（次）數結果，同時在畫面上播出等方式，均可廣泛地吸收受眾意見，但一般寄回調查表的，大多是熱心受眾，他們的意見很值得尊重，對提高傳媒的報導品質，和改進工作都會有極大的好處。

受眾調查

訪談調查法

・不受時空限制
・受訪者願吐真言
・接觸面不廣

電話訪問法

・即刻得到答覆
・費用低廉
・害怕詐騙電話

受眾調查方式

街頭觀察法

・最直接、最迅速的觀察
・親眼目睹，一目了然
・觸角有限

開座談會

・省時、省力
・省錢、收效快
・缺乏代表性

在報刊上刊登調查題綱

贊成12345
反對654

問卷

〇〇雜誌

第 **13** 章

新聞自由與社會責任

Unit 13-1
歷史背景

一、新聞自由的內涵

新聞自由是透過大眾傳播媒介傳布資訊或概念（理念），而不受到政府限制（干預）的權利。新聞自由是近世才萌生的概念（約 16 世紀和 17 世紀初），是人類對抗極權統治而衍生出的利器。其內涵為：

1. 出版自由：出版前不需經過任何機構的特許，亦不須繳納保證金，17 世紀英國得到了出版自由。

2. 批評自由：有討論及批評政治的自由，1868 年得到了言論自由。

3. 採訪自由：自由接近消息來源，加強新聞發布，保障採訪自由。

4. 傳遞自由：自由使用意見傳遞工具，免於新聞檢查，保障傳遞自由、報導自由，亦即資訊自由。

二、傑佛遜總統

除了將洛克（John Locke）思想融入了美國「獨立宣言」與「聯邦憲法」外，並一直堅持新聞自由，強調：「一切自由都以新聞自由為主」，並說：「如果由我來做決定，是否我們可以有政府而無報紙，或者有報紙而無政府，則我會毫不遲疑地選擇後者。」

三、自由是爭取、奮鬥得來的

1. 個人的權利有賴君權神授。

2. 羅馬教皇為了防止異端。

3. 正統派的政治哲學思想。

以上是國家統治時期，當時的哲學思想影響了當時的政治自由。

四、當時限制出版的方法

1. 建立一個特許制度，以核准出版刊物。

2. 增加出版品。

3. 政府的津貼制度，使出版物為政府宣傳，與政府同一陣線。

4. 法律限制（訂定一個非常寬廣煽動罪、毀謗罪）：使出版者動輒得咎。

五、19 至 20 世紀進入自由放任時期

1. 1644 年，英人約翰‧彌爾頓（John Milton）提出新聞自由書（Areopagitica）後，人類爭取新聞的運動，可謂風起雲湧。

2. 在美國得到新聞自由之後，卻產生 1840 年的「道德戰爭」（紐約前鋒報）。接著美西戰爭的爆發是因「黃色新聞」造成的。其後於 1901 年 9 月，為美國總統麥金萊（W. McKinley）被刺。

3. 到了 1776 年，美國通過憲法第一修正案（First Amendment），規定「國會不得制定任何法律……限制新聞自由」。自此以後各國憲法，尤其民主國家的，均有類似條款，遂使新聞自由成為一種神聖不可侵犯的權利。

4. 新聞自由成為高度競爭的企業，形成獨占、壟斷。

5. 報業對工商企業廣告的依賴性，大於對訂戶的依賴性。

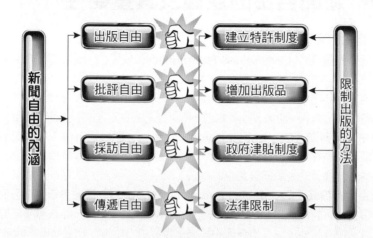

新聞自由的內涵
- 出版自由
- 批評自由
- 採訪自由
- 傳遞自由

限制出版的方法
- 建立特許制度
- 增加出版品
- 政府津貼制度
- 法律限制

195

洛克思想

獨立宣言

聯邦憲法

美國傑佛遜總統

19至20世紀進入自由放任時期

1644年

約翰・彌爾頓

1840年

美西戰爭

1776年

美國國會
通過憲法第一修正案

Unit 13-2
新聞自由的涵義及其重要性

一、新聞自由的涵義

圖解新聞學

根據國際新聞學會（International Press Institute）的說法，認為新聞自由的涵義包括下列四項：

1. 自由接近新聞（free access to news）即採訪自由：新聞的發布必須根據事實，為了要獲悉事實的真相，便需要進行採訪，所以採訪自由必須是達成新聞自由的要素。

2. 自由傳遞新聞（free transmission of news）即傳遞自由：新聞記者在傳遞消息及新聞時，往往離不開電話、廣播、無線電傳真及電視等大眾傳播媒介來傳遞新聞，而這些工具就等於是新聞整體中的血脈，所以應獲得自由運用的保障。

3. 自由發行報紙（free publication of newspapers）即發表自由：發表自由也可說是出版自由，新聞的自由發表可說是整個新聞自由的主體，除在戰爭等非常狀態下可施行事前檢查制外，以其他任何手段來干擾發表自由者，均屬妨礙新聞自由。

4. 自由發表意見（free expression of views）即言論自由：言論自由代表可明確表達自己的觀念、意見及創意，這是促使社會進步的原動力，故應受到保障及尊重。

除了上述新聞自由的要件應受保障外，「閱讀及收聽自由」亦應受保障。

二、新聞自由的重要性

1. 新聞自由是一切自由的保障：「新聞自由」雖只是「自由」的一種，但卻與其他自由有著密切的關聯，試問一個國家如果連報導事實與發表意見都不被忍受的話，那在其他方面還會有什麼自由可言呢？

2. 新聞自由是民主政治的要件：民主是多數政治，即是多數政治，不能沒有一個自由的新聞事業，來使這個多數政治的主體，了解事實的真相，以形成一種輿論，再由輿論化為政策，使真正的民主政策成為可能。

3. 新聞自由是社會進步的原動力：凡是沒有「新聞自由」的地方，不但其人民沒有自由，其政府沒有民主政治的真正痕跡，而且更會是一個落後的、沒有效率的，甚至是腐敗不堪的地方，許多壞事，或見不得人的事，都在默默中滋長，社會不斷在腐爛，也沒有人敢於揭發，這實在是一種極為可恥的現象。反之，如果一個地方是有「新聞自由」的，那就絕對不會如此，即不能說完全弊絕風清，至少不會落到上面那種悲慘的情況。

三、目前 IPI. UNESCO 及 Freedom House 對新聞自由的涵義

1. 自由接近新聞即採訪自由：包括資訊自由、資訊公開法案，尤其要有透明的政府發言機制。

2. 自由傳遞新聞即報導自由：包括新聞是民主及多元編採政策。

3. 自由發行報紙即發表自由（出版自由）：包括反壟斷與發展另類媒體。

4. 自由表示意見即言論自由（批評自由）：包括媒體近用權及毀謗除罪化。

新聞自由的涵義及其重要性

1. 自由接近新聞
（採訪自由）

2. 自由傳遞新聞
（傳遞自由）

TV

新聞自由的涵義

3. 自由發行報紙
（發表自由）

News

4. 自由發表意見
（言論自由）

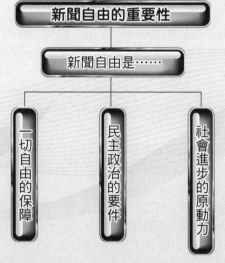

新聞自由的重要性

新聞自由是……

一切自由的保障

民主政治的要件

社會進步的原動力

Unit 13-3
新聞自由的發展

一、15-18 世紀的新聞自由

公元 1450 年德人谷騰堡（John Gutenburg）發明金屬活版印刷，一百年後，印刷術普及歐洲，「出版自由」的問題也應運而生。

新聞自由依其發展，以英國為例，可分為：爭取出版自由、爭取批評自由、以及爭取採訪與通訊自由。

國際新聞學會（International Press Institute）曾歸納英國新聞自由的發展歷史，認為新聞自由具有以下四種涵義：採訪新聞自由（freedom access to news）、通訊自由（freedom transmission of news）、出版自由（free publication of newspaper）以及批評自由（free expression of view）。

17 世紀後：統治者的統治是基於被統治者的同意——此一觀念漸漸確立。

1. 英國詩人約翰·彌爾頓（John Milton）強調：人乃出生以命，非生已受命。

2. 彌勒（Miller）指出：（1）唯自由可保持真理。（2）真理愈辯愈明。（3）制裁言論剝奪了今世與後世人權利，是種罪惡。

二、19-20 世紀的新聞自由

進入 19 世紀以後，隨著歐洲資本主義國家政治、經濟、文化進入成熟時期，關於新聞自由的思想理論，也進一步完善。1859 年，英國思想家彌勒（Start Mill）出版了《論自由》（On Liberty），該書被稱作「自由思想者的聖經」，它全面論述了言論思想自由與個性解放，對於人類社會文明發展的鉅大功績，論述了宗教壓迫和封建制度的嚴重危害。

新聞自由 20 世紀的發展，由於美國有很多開國先賢的努力，所以美國新聞事業，隨著時代的進步，獲得長足的發展。「新聞自由」的概念也不停的演進。第一次世界大戰後，美國政府為保障國家安全，開始注意「機密消息」的範圍，這與媒體所謂「資訊自由」，提出「人民知的權利」的口號，爭取採訪自由、報導自由，及閱讀和收聽的自由，形成對立爭論，並透過司法程序而產生許多著名的判例，確保新聞自由與社會責任並行不悖。20 世紀 70 年代以後，更進一步基於參與民主觀念，提倡媒介的接近使用權（right of access）。

新聞自由從提出到在主要資本主義國家以法律形式得到確認，經歷了近 300 年的歷史，它是資產階級在思想上和在實際鬥爭中，爭取新聞自由的成果。同時，這種成果也為整個資本主義制度的有機組成部分。在此過程中，形成的經典新聞自由理論，其存在的盲點也值得我們注意。正如有學者指出的，新聞自由的倡導者沒能向自我檢查做出讓步，它有助於形成流行輿論並鼓勵「留聲機式的思想傾向」；它忽略溝通領域的代表制度，面臨的問題，即新聞媒體往往不能真正代表公民利益，並且常有不實訊息；媒體市場對新聞自由構成了限制，投資者和富有者的選擇自由與公眾接受和發表自由之間，存在著不可避免的緊張關係。

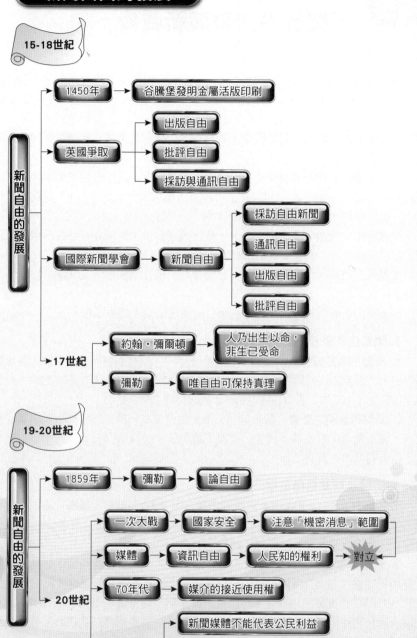

Unit 13-4
新聞自由流弊與新威脅

圖解新聞學

一、新聞自由的流弊

美國伊利諾大學傳播學院院長 Peterson 認為，自由報業演變的結果，造成新聞自由被濫用，已產生許多流弊。如報業所有權的集中，使意見自由市場受到威脅等。

1. 黃色新聞氾濫：因為大眾化報紙之間的競爭激烈，使得黃色新聞氾濫，即自由報業的新聞報導若不是不實的報導，就是故意刊登一些激情、膚淺及愚蠢的新聞，因而造成社會的危害。

2. 寡頭獨占，使新聞事業所有權集中：報業的獨占及所有權的集中，使言論自由遭到迫害，而「一城一報」的流弊正可說明這種現象，包括：（1）阻礙不同意見的表示，違反新聞自由的原則；（2）讀者沒有選擇的餘地，違反自由選擇的原則。

3. 洩漏國家機密、損害國家形象、危害國家安全：新聞界有時會洩漏國家重要機密，並造成國家莫大的損失，也侵害了國家行政權的行使。

4. 報業在新聞報導中，常過分注意淺薄和刺激性的描述，且其娛樂性文字通常缺乏品質。

5. 報業的新聞報導，常因濫用新聞自由而侵犯個人的隱私權。

二、新聞自由的新威脅為何？

1. 新壓力集團或個人的出現：在近數十年中，這種對新聞事業新壓力集團或個人的事例，已逐漸加強，其原因有二：一為新聞事業對社會的影響力愈來愈大，一為報紙對廣告之依存性日增，因而在這方面，予人以可乘之機。

2. 新聞事業間之兼併：數十年來，由於生產成本日增，與各種新聞事業間相互之競爭，使新聞事業發生兼併現象，單以美國而論，一城市只有日、晚報各一家，而僅有一個所有者的，日有增加。

三、如何解決新聞自由危機

1. 政府方面：（1）透過憲法保障新聞自由。（2）制訂反壟斷、獨占法案，擴展弱勢媒體活動空間。（3）制訂嚴謹的誹謗法。（4）擴展言論自由底線和空間。（5）開誠布公政府政策，並加以解釋（民可使如之）。

2. 新聞業本身：（1）盡「告知事實」的責任，使媒體成為公眾意見論壇，維護意見多元主義。（2）自律，設立「自評人」（ombudsman）來自我批評，也在同業或跨媒介間彼此批評。（3）提高從業人員素質，培養專業理念和新聞倫理。（4）在廣告營利和商業道德之間，尋找一個平衡點；在讀者通俗口味與新聞道德之間，找到一條中庸之道。

3. 社會大眾方面：（1）提升社會、人民的媒體識讀（媒體素養）。（2）非營利性民間機構，應儘量培養出新聞事業與新聞人員的共識。（3）學術機構專門人才，應該加強研究相關論題，將心得理論貢獻給新聞實務界。（4）自動組成監督新聞界的組織，評審其表現，令其有所警惕。

新聞自由流弊與新威脅

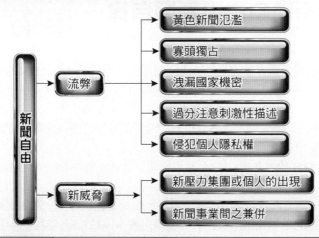

區別	如何解決新聞自由危機
政府	1. 透過憲法保障新聞自由 2. 制訂反壟斷、獨占法案 3. 制訂嚴謹的誹謗法
新聞界	1. 盡「告知事實」的責任 2. 自律，設立「自評人」

知識補充站

新聞自由的等級

　　新聞自由的目的並非以新聞媒體或從業人員不受干預為終極目的。相反地，其目的在於使人民參與公共決策時，保障其意思之形成不受限制或扭曲，其明顯屬於「公共的」而非「私人的」權利。因此，前述權利之行使，依其性質，應受限於「公共的」領域，不應侵入「私人的」事務，是以，在觸及純粹私人事務而與公共利益無關時，新聞自由即應退讓，然而，在公共領域中，例如：行使監督政府第四權時則應予媒體大保護，使它能發揮最大功能。

　　台灣因擁有活力與各具特色的媒體，新聞媒體對政府及官員的不當作為皆積極報導，因此新聞自由度在亞洲國家中名列前茅。這就是為什麼美國「自由之家」（Freedom House）在公布「2012年新聞自由度報告」，時，將台灣的新聞自由與美國、英國、日本都同屬於「自由」的等級，排名位居全球第47名，在亞洲國家排名第2，僅次於日本。全球被評比的197個國家中，66個國家評為「自由」、72個為「部分自由」、59個為「不自由」。例如：南韓排名68名、香港排名70名，皆被評為「部分自由」；而中國則是排名187名，被評為「不自由」。

Unit 13-5
新聞自由與新聞自律

圖解新聞學

一、新聞自由與新聞自律的關係

1. 新聞自由與新聞自律的關係：新聞自由是至高無上的，同時也具有法律的基礎，但新聞自由也不是完全都沒有限制。限制新聞自由的力量可分為二種，一種是他律，亦即外力的干涉，如法律。另一種是自律，是由新聞從業工作人員以自發的自我節制來履行社會責任。一般來說，維護新聞自由及新聞自律的提倡均非常重要，因為這是避免外力干涉新聞自由最好的方式。

2. 推動新聞自律的方式：（1）設立新聞評議會：即由新聞媒介自組評議團體，使它儘量超然中立，並有雅量接受評議的建言。（2）成立從業人員團體：一個正常的從業者團體，通常必須是業者掌握的團體，而成員必須有充分的自主權，以發揮教育訓練、維護權利，並達自訴與互評的砥礪功效。（3）業者自我批評：即由媒介工作人員透過組織，對外發行出版品，從事媒介的批評工作。

二、具體行動

1. 1910 年，挪威成立「報業仲裁委員會」，1916 年，瑞典成立「報業榮譽法庭」，兩者均負責處報業內部或報業與社會之間的糾紛，可說是近代新聞自律組織的先驅。

2. 美國新聞自由委員會提出社會責任的理論，曾引起國內新聞界的強烈反對，但在英國卻得到熱烈的反應，因而促使英國下議院於 1946 年通過決議，設立新聞自由「皇家委員會」，至 1953 年依其建議，成立了報業總評會（General Council of the Press），屬於真正英國報業本身的組織。美國則至 1967 年才成立「報業評議會」。

3. 儘管美國較晚成立新聞自律組織，但自從 1947 年美國「新聞自由委員會」提出「自由而負責新聞事業」的觀念之後，到目前為止，已由二十幾個自由民主國家，包括瑞士、日本、加拿大、印度等，已由理論付諸實行，而且頗獲成效。由此說明，「社會責任論」已在各國新聞事業中建立基礎。最重要的一點，是由於新聞自律的提倡，促使新聞事業制訂了「記者信條」，建構了新聞道德的基準。但無可諱言，社會責任似乎仍然無法阻止新聞事業商業化的趨勢。

三、失敗原因

新聞自律與新聞評議會之失敗，計有下列原因：1. 新聞媒介已成為龐大之商業，其主要目的在營利，而黃色新聞（色情、暴力）與獨占又為營利之主要手段，在此種情形下，很難遵守新聞道德，實施新聞自律。2. 新聞媒介商業化之後，資本家成為媒介之主人，但資本家不一定是新聞專業人員；其考慮之主要問題並非新聞道德、新聞自律、社會責任；而早期新聞媒介之主人多兼主筆，為專業人員，但現在之專業人已為資本家之備工，受資本家營利政策之左右；欲遵守新聞道德、實施新聞自律，與擔負社會責任已日形困難。3. 目前新聞媒介之勢力太大；而新聞評議會之性質、功能與目標，均無明顯規定。因此，新聞道德與新聞自律多成具文，而新聞評議會更形同虛設。

新聞自由與新聞自律

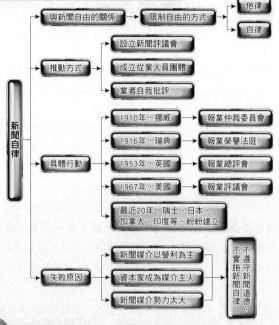

```
            ┌── 與新聞自由的關係 ──→ 限制自由的方式 ──┬── 他律
            │                                      └── 自律
            │                      ┌── 設立新聞評議會
            │── 推動方式 ──────────┤── 成立從業人員團體
            │                      └── 業者自我批評
            │                      ┌── 1910年，挪威 ──→ 報業仲裁委員會
 新聞自律 ──┤                      │── 1916年，瑞典 ──→ 報業榮譽法庭
            │── 具體行動 ──────────┤── 1953年，英國 ──→ 報業總評會
            │                      │── 1967年，美國 ──→ 報業評議會
            │                      └── 最近20年，瑞士、日本、
            │                          加拿大、印度等，紛紛建立
            │                      ┌── 新聞媒介以營利為主 ─┐
            └── 失敗原因 ──────────┤── 資本家成為媒介主人 ─┤── 不實施新聞自律，
                                   └── 新聞媒介勢力太大 ───┘    不遵守新聞道德，
```

知識補充站

聯合國新聞自由公約

聯合國新聞自由公約第1條明白規定新聞自由的範圍如下：

1. 予本國人民及其他締約國人民在本國境內依法發表或接收各種新聞與意見之自由，不問其方式為口頭、文字、出版品、圖畫或其他合法運用之視覺或聽覺的方法，本國政府均不加以干涉。

2. 對本國人民或締約人民之應用前節本國政府絕不因政治上原因，或個人的原因，或以種族、性別、文字、語言或宗教不同，而予以任何人民以差別之待遇。

3. 予本國人民或締約國人民以在本國境內或越過本國國界以合法之工具收聽或傳遞新聞及意見之自由，本國政府不加干涉。

4. 對於其他締約國人民，予以與本國人民同量之覓取新聞自由。

5. 對於締約國間以採訪相互間之新聞而傳達於公眾為職業之人民予以鼓勵，並予以便利，此等人民請求入境，亦將予以便利。

然而，設在巴黎的無國界記者組織（Reporters Sans Frontiers）在公布2011年全球新聞自由評比時卻指出，2011年可以「鎮壓」一詞代表，鎮壓什麼？當然是指鎮壓公民自由，而鎮壓公民自由等於鎮壓媒體自由，審查和對記者的人身攻擊事件增加，尤其是獨裁政權怕資訊傳播，因為資訊損害他們的政權，尤其是在阿拉伯世界。這些都明顯違反了聯合國新聞自由公約。

203

Unit 13-6
社會責任起源與內容

一、起源

有鑑於 19 世紀末期美國新聞過於商業化，並演變成「黃色新聞」的泛濫，乃有「社會責任論」（Social Responsibility Theory）的產生。社會責任論是基於自由主義，而與自由主義對抗。

二、倡導者

「社會責任論」是 1947 年由美國「新聞自由調查委員會」（Commission on Freedom of the Press）首先提出的。

三、內容

1.「社會責任論」是基於自由報業的理論，但超出自由報業。舉例而言，它同意自由報業的理想（報業應享新聞自由）與自由報業的三大功能（提高人民文化水準，服務民主政治，保障人民權利），但不同意自由報業的哲學基礎（人為理性動物，性善仁慈），亦不同意自由報業放任主義的方法。就實質而言，它是自由報業的改良，所以亦稱「新聞自由主義報業」。

2. 報業哲學：（1）人性問題：人性是結合食、色與嗜好的綜合慾望，既非全善，亦非全惡。同時，人亦非完全理性的動物，其選擇也非經常正確。（2）個人與社會關係：尊重個人自由權利，但公共利益為個人利益的總結合，因此，公共利益高於個人利益。（3）智慧問題：反對自然權利與智慧平等說，認為個人稟賦是有差別的。

3. 社會責任報業目標：（1）教育人民，提高文化水準，加強自治能力。（2）推廣客觀、公正而充分的新聞報導，建立意見自由市場，健全輿論，以服務民主政治。（3）監督政府，保障人民的自由權利。（4）善盡告知功能，並娛樂大眾。（5）對各種衝突事件均應報導，使媒介成為公共論壇。

4. 報業功能：（1）建立意見自由市場。（2）保障個人言論自由。

5. 社會責任對新聞自由的闡示：（1）新聞事業應充分享受新聞自由，包括自由採訪、自由報導、自由發行與自由批評，但必須以發揮報業功能及擔負社會責任為前提。（2）新聞事業如拒絕發揮報業的功能，或擔負社會責任，則政府或社會公益團體得經營新聞事業、或制定法令，強迫其擔負社會責任，藉以保持人民新聞與意見的充分流通。

四、失敗原因

1977 年，美國哈佛大學的尼曼季刊（Neiman Report Quartery）與哥倫比亞大學的新聞評論（Columbia Journalism Review）雙月刊，同時出版專輯，檢討社會責任論實施三十年之得失，結論如後：1. 新聞媒介實行新聞自律，沒有誠意。社會大眾成立之新聞評議會，未能充分發揮公共監督的預期效果。3. 新聞法規不當，政府顧忌太多，致未能阻止新聞媒介過分商業化之趨勢。

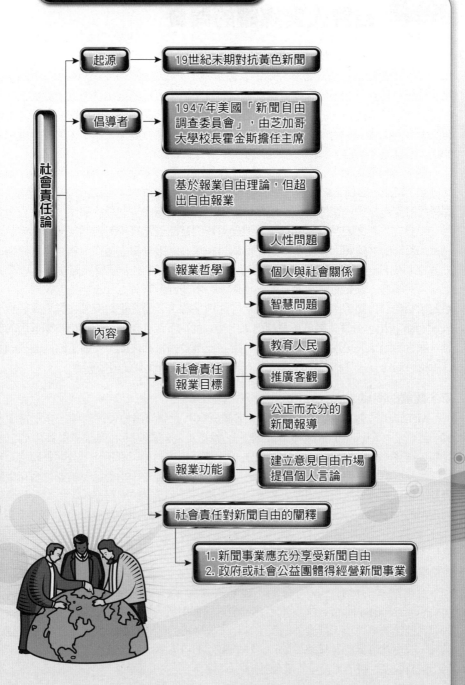

社會責任起源與內容

社會責任論

- 起源 → 19世紀末期對抗黃色新聞
- 倡導者 → 1947年美國「新聞自由調查委員會」，由芝加哥大學校長霍金斯擔任主席
- 內容
  - 基於報業自由理論，但超出自由報業
  - 報業哲學
    - 人性問題
    - 個人與社會關係
    - 智慧問題
  - 社會責任報業目標
    - 教育人民
    - 推廣客觀
    - 公正而充分的新聞報導
  - 報業功能 → 建立意見自由市場提倡個人言論
  - 社會責任對新聞自由的闡釋
    1. 新聞事業應充分享受新聞自由
    2. 政府或社會公益團體得經營新聞事業

Unit 13-7
自評人與媒體的問責

一、自評人（Ombudsman）

　　自評人的設置，乃社會責任論的具體實施。最早實施者，乃於 1967 年美國聖路易士威爾信使報，該報聘請學者專家長期對該報缺失，以期做出具體的批評與改進。綜而言之，其功能乃向社會負責，做為媒體和讀者之間的橋梁，若再細分，則其工作有三大方向：第一，對內定期評估媒體組織之同仁的工作表現。第二，對外受理讀者的指責和意見。第三，解釋、說明媒體的作業方式和過程。

　　我國《台灣新聞報》曾率先實施公評人制度，但不盡理想。2005 年，由 64 個民間團體，組成「公民參與媒體改造聯盟」，並提出四大訴求：1. 透過民主與公聽程序，媒體界訂定自律公約或節目製作規範。訂立之規範必須同步刊登於網路，藉以公告大眾。2. 設立「新聞公共監察人」，定期針對新聞及節目進行檢討和回覆閱聽眾申訴意見。「新聞公共監聽人」需有一定比例的公民代表，遵守獨立運作、利益迴避原則。3. 設立現場節目與觀眾互動，現場節目應於主要時段播出，邀請媒體主管、專業人士、公民團體，針對新聞和節目進行檢討。4. 新聞台所有員工，包括主管在內，每年應邀請相關公民團體，進行人權、法治、性別平等、多元文化教育等在職訓練課程。Begdikian 指出，公評人制度要發揮效果，需具備以下條件：他必須獲得長期僱用的保證、擁有自己一間遠離報社的辦公室、獨立於讀者和報社之間、有固定的版面去刊登他所批評的內容、其批評媒介的標準，不因報社的政策而有任何的影響。

二、媒體的問責（accountability）

　　McQuail（1997）認為，「問責」這個概念在新聞傳播領域的討論，多半被視為與「責任」（responsibility）相關的概念。說得更為詳細些，凡是民主社會中的自由媒體，負有「指定的」（assigned）責任，指法律規範（如：廣電法、公共電視法、無線電視官股釋出條例等）；「約定的」（contracted）責任，指透過契約關係而產生的責任（如：商業媒體因向閱聽人收費而必須維持一定品質的節目提供）；「自我要求或拒絕的（self-imposed or denied）責任，指媒體基於專業或倫理考量而作的自我要求（如：各類節目製播準則、公共價值評量體系、簽署「不灌票協定」等），或「拒絕的」責任（正面的例子如：媒體被要求提供消息來源而不提供；反面的例子如：公視的「羅大佑事件」不應向政治人物道歉）。

　　至於問責的形式，又可分為「強制模式」（coercive mode）與「軟性模式」（non-confrontational mode）。前者指的是，媒體對於人或社會產生傷害（如：誹謗事件或其他違法事件），則應強制課予責任。後者指的是，媒體願意透過互動、協商等過程，改變其專業行為模式（如：白曉燕事件報導協議，或各類媒體自律作法）。後者相較於前者，較不易產生「寒蟬效應」。

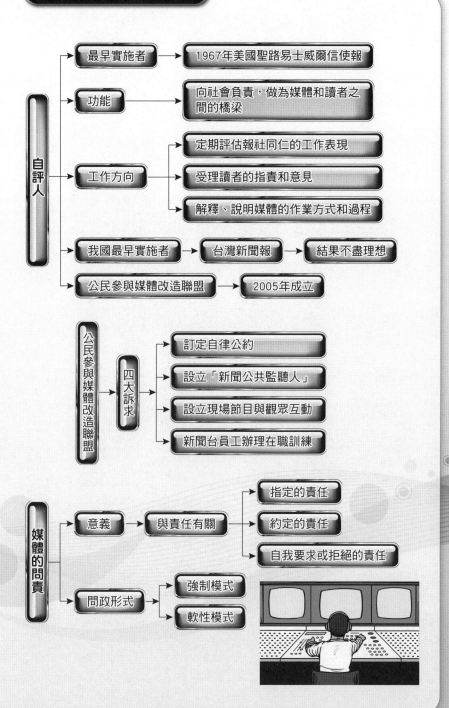

自評人與媒體的問責

自評人
- 最早實施者 → 1967年美國聖路易士威爾信使報
- 功能 → 向社會負責,做為媒體和讀者之間的橋梁
- 工作方向
  - 定期評估報社同仁的工作表現
  - 受理讀者的指責和意見
  - 解釋、說明媒體的作業方式和過程
- 我國最早實施者 → 台灣新聞報 → 結果不盡理想
- 公民參與媒體改造聯盟 → 2005年成立

公民參與媒體改造聯盟 → **四大訴求**
- 訂定自律公約
- 設立「新聞公共監聽人」
- 設立現場節目與觀眾互動
- 新聞台員工辦理在職訓練

媒體的問責
- 意義 → 與責任有關
  - 指定的責任
  - 約定的責任
  - 自我要求或拒絕的責任
- 問政形式
  - 強制模式
  - 軟性模式

第 14 章

新聞倫理與新聞道德

Unit 14-1
新聞道德的起源與標準

一、新聞倫理的意義

係指媒體組織及媒體工作者基於社會責任與自律的需求，而定的成文規範或不成文的行為準則，也是新聞工作者在專業領域中對是非、道德、適當與否的內心尺度。

二、新聞道德的意義

新聞道德是人類諸多道德中的一種，是人員在從事新聞工作時的準繩，用以規範新聞從業人員的意識，它與倫理學有密切的關係，它能促使新聞從業人員在新聞工作中，決定應當做的行為。

三、新聞從業人員所應具備的新聞道德

1. 智慧：因為智慧給予道德生活的方向，也是任何倫理系統的理性和知識基礎。

2. 勇氣：勇氣使人永遠不停地追求他的目標，勇氣的目的在使新聞從業人員對抗各種誘惑。

3. 自制：新聞從業人員需要合理的自我節制，以調和理性和人性中的其他傾向。

4. 公正：公正特別是指人的社會關係，因為新聞從業人員必須顧慮到每一個人應該獲得的利益。

四、新聞道德的標準

1. 新聞來源的守密：守密的原因包括：

（1）為了當事人的安全：如果洩漏了當事人姓名和身分，也許會影響他的職業、名譽、地位，甚至生命安全。

（2）為了繼起的新聞：如果洩漏了新聞來源，則消息來源一定不會再提供後續資料及消息。

（3）影響報紙的聲譽：若將新聞來源洩漏，則當事人和讀者均會看不起這家報紙。

2. 不受外力干預：大眾傳播媒介是社會公器，而非一人所私有，所以不論政府官員、報紙老闆或社會團體，均不能影響新聞的報導。

3. 不能侵犯隱私權：對隱私權的確認是近代新聞事業的一大進步，採訪新聞和刊載新聞，均應適可而止，不能揭人隱私。

4. 維護善良風俗：大眾傳播媒體直接對大眾傳播訊息，所以對社會風氣有非常大的影響，如花邊新聞，若常選用挑逗性的裸露照片，就灌輸了色情，故善良風俗的維護有賴大傳媒體的協助。

5. 更正的處理：新聞更正就是對個人或團體侵權的補救，也是報章上所刊登文章發生錯誤時的校正。任何報刊，不會一點錯誤都沒有，發生錯誤而予以補救，亦是新聞界的重要道德項目之一。

新聞道德的起源與標準

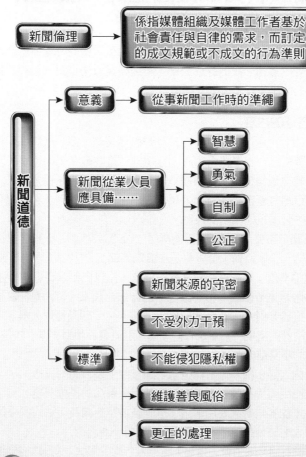

新聞倫理 → 係指媒體組織及媒體工作者基於社會責任與自律的需求，而訂定的成文規範或不成文的行為準則

新聞道德
- 意義 → 從事新聞工作時的準繩
- 新聞從業人員應具備……
  - 智慧
  - 勇氣
  - 自制
  - 公正
- 標準
  - 新聞來源的守密
  - 不受外力干預
  - 不能侵犯隱私權
  - 維護善良風俗
  - 更正的處理

知識補充站

新聞媒介的社會責任

1. 真正的新聞自由是負責任的自由。
2. 新聞媒介的社會責任論：自由的權利帶來義務、責任。如果不然，政府可以起而監督、管制、干涉。
3. 新聞媒介的責任：（1）提供社會真實、完整有益的消息，並顯示消息的內在涵義。（2）提供意見交換的園地。（3）為社會各個組成團體，投射完整的圖像（多方面的報導）。（4）對社會目標與價值作說明澄清。（5）使人民充分接近每日新聞。

Unit 14-2
關於新聞職業道德的一般理解

一、新聞職業道德的定義

　　什麼是新聞職業道德？就是新聞傳播（大眾傳播）業的行業道德。新聞從業人員或者大眾傳播自身，遵循一般的社會公德（新聞職業道德是與一般的社會公德聯繫較為密切）和本行業的專業標準，對其職業行為進行理性的自我約束和自我管理。

二、新聞職業道德的內容

　　職業道德的內容由兩部分組成，一部分是職業規範，即「應該如何做的」技術性要求——報社、廣播電台、電視台都有一套規則，這些職業規則也屬於職業道德的範疇；另一部分是職業道德標準，即根據一般的社會公德要求所確定的、「不能做」的道德責任。新聞自律是新聞傳播行業公認的道德、規範和慣例，包括現在非法律的新聞行業自律組織的公眾規則和處罰條例。

　　關於工作規範，瑞典曾在 1970 年制訂了「公眾原則」（新聞自律從報業擴展到廣播電視業，稱為「公眾原則」），都是在實際新聞工作中要注意的重要問題，即：

　　第一、報導要準確（這是對新聞真實的要求，比我們要求真實的表達更具體）。

　　第二、報導應給重新參與者留有餘地（西方法治國家，特別是北歐國家，非常重視這個問題。「重新參與者」在台灣叫做「更新人」（刑滿釋放人員）。對這些人，一般人很少考慮他們的處境，不論是正面報導，還是負面報導，也不知是有意或無意，總要把他們過去的事寫進去）。

　　第三、尊重個人隱私權（這一條是對新聞侵權主要方面的概括）。

　　第四、慎重使用照片和鏡頭（這一條涉及圖像新聞的侵權問題）。

　　第五、不對未加審訊的人妄加斷語（這一條涉及新聞及司法的關係）。

　　第六、公布人名時須謹慎小心，以免侵犯當事人的隱私。

　　國際社會關於新聞職業道德（自律）有各種各樣的形式，有國家層面的行業自律，也有地區性的公約，還有傳媒內製定的規章。但總體而言，包括下面八條原則性的內容：

　　第一、維護新聞自由，具有獨立精神（這是新聞傳播行業首先要考慮的問題。如果沒有獨立精神，報導就很難做到客觀公正）。

　　第二、獻身正義、人道，為公眾利益服務。

　　第三、恪守新聞報導的真實、客觀、公正、平衡等工作標準。

　　第四、為新聞來源保密（這一點，有的國家歸入新聞法，有的國家只在職業道德層面有規定）。

　　第五、不誹謗、侮辱他人。

　　第六、不侵犯普通公民的隱私（因為公務人員的隱私權相對要少）。

　　第七、拒絕收取餽贈和賄賂，以及其他各種影響客觀報導的酬謝。

　　第八、不參與商業和廣告活動。

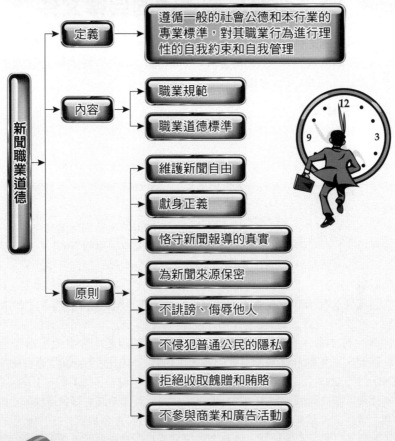

關於新聞職業道德的一般理解

新聞職業道德

- 定義 → 遵循一般的社會公德和本行業的專業標準，對其職業行為進行理性的自我約束和自我管理
- 內容
  - 職業規範
  - 職業道德標準
- 原則
  - 維護新聞自由
  - 獻身正義
  - 恪守新聞報導的真實
  - 為新聞來源保密
  - 不誹謗、侮辱他人
  - 不侵犯普通公民的隱私
  - 拒絕收取餽贈和賄賂
  - 不參與商業和廣告活動

213

知識補充站

新修訂的《中國新聞工作者職業道德準則》前言

中國新聞事業是中國特色社會主義事業的重要組成部分。新聞工作者要堅持以馬克思列寧主義、毛澤東思想、鄧小平理論和「三個代表」重要思想為指導，深入貫徹落實科學發展觀，高舉旗幟、圍繞大局、服務人民、改革創新，貼近實際、貼近生活、貼近群眾，用馬克思主義新聞觀指導新聞實踐，學習宣傳貫徹黨的理論、路線、方針、政策，繼承和發揚黨的新聞工作優良傳統，積極傳播社會主義核心價值體系，努力踐行社會主義榮辱觀，恪守新聞職業道德，自覺承擔社會責任，敬業奉獻、誠實公正、清正廉潔、團結協作、嚴守法紀，做到政治強、業務精、紀律嚴、作風正。（中華全國新聞工作者協會第七屆理事會第二次全體會議2009年11月9日修訂）（資料來源：中新網11月27日發布）

Unit 14-3
體現新聞職業道德的自律文件

　　「新聞規約」的制訂，即是督促新聞從業人員實踐新聞倫理的方式之一，而自律組織的組成，除積極促成新聞道德實踐外，亦可防止部分媒體從業人員以新聞自由為名，侵害國家安全或破壞社會規範。

一、國際的自律文件

　　現代社會的新聞職業道德，在西方先進國家已經相當完備，有行業規則，還有各個傳媒的內部守則，包括：

　　國際方面：1945 年聯合國經濟及社會理事會《國際新聞道德公約》；1954 年國際新聞工作者聯合會《記者行為基本原則》；1999 年國際新聞工作者聯合會《媒介倫理和自律》。

　　美國比較著名的是《紐約時報新聞倫理》，地方性報紙的自律文件有：《俄勒岡新聞倫理規約》、《密蘇里規約》、《德克薩斯新聞協會倫理規約》、《華盛頓倫理規約》。一些媒體制訂的自律也較有名，如：《基督教科學箴言報規約》、《芝加哥論壇報編輯方針》、《洛杉磯時報新聞倫理》、《華盛頓郵報標準和道德規範》。在廣電方面，有 2000 年的《廣播電視編輯者協會倫理規範和職業操守》、CNN 節目標準等等。

　　加拿大有加拿大廣播公司聯合會（CAB）道德規範、加拿大記者聯合會關於原則的陳述、日報聯合會關於原則的陳述（1995）、廣播電視新聞董事會道德規範（RTNDA）（2000）。加拿大發行量最高的報紙《多倫多星報》的《原則自述》。

　　英國最近關於新聞職業道德的文件很多，而且英國新聞評議會這樣的組織活動也很活躍。這些文件較有名的如：1994 年《英國記者聯合會規範》、1998 年的標準委員會《新聞公正和保密規範》、1999 年的《報業投訴委員會行為準則》、《獨立電視委員會節目準則》，以及《BBC 約章》等。

　　其他國家，如德國：新聞出版委員會 1973 年制訂的《新聞界規範》、法國全國新聞記者聯合會 1966 年修訂的《法國新聞記者道德信條》、俄羅斯的《俄羅斯新聞工作者職業道德準則》、瑞典的《瑞典輿論工作者聯誼會出版規範》、日本新聞協會《新聞倫理綱領》和《NHK 國內節目標準》、韓國 2000 年的《關於廣播電視播出的審議規則》。中國大陸部分，1981 年，中國中宣部新聞局和中央新聞單位擬定《記者守則》。1991 年，中國全國新聞工作協會通過《中國新聞工作者職業道德準則》。

二、我國的自律文件

　　在我國則為 1950 年，台北市報業公會由馬星野起草《中國報人信條》（後更名為《中華民國新聞記者信條》。1974 年，中華民國新評會修正《中華民國報業道德規範》、《中華民國無線電廣播道德規範》、《中華民國電視道德規範》。1996 年 3 月 29 日，台灣記者協會制定《新聞倫理公約》。2003 年 4 月 30 日，制定《公共電視新聞專業倫理規範》。

體現新聞職業道德的自律文件

國家	年份	新聞道德自律文件
瑞典	1874	輿論家俱樂部訂立新聞機構專業守則
美國	1908	密蘇里大學新聞學院院長華特‧威廉（Walter Williams）博士制定報業信條
	1923	記者編輯人協會報業信條
	1934	記者公會記者道德律
	2000	廣播電視編輯者協會倫理規範和職業操守、CNN 節目標準
英國	1963	英國全國記者同盟英國報人道德規則
	1994	英國記者聯合會規範
	1998	「標準委員會」新聞公正和保密規範
	1999	報業投訴委員會行為準則、獨立電視委員會節目準則、BBC 約章
德國	1973	新聞界規範
法國	1966	法國新聞記者道德信條
加拿大	1995	加拿大記者聯合會關於原則的陳述、日報聯合會關於原則的陳述
	2000	廣播電視新聞董事會道德規範（RTNDA）、多倫多星報的原則自述
日本	1946	新聞倫理綱領
	2000	NHK 國內節目標準
韓國	2000	關於廣播電視播出的審議規則
國際組織	1945	聯合國經濟及社會理事會《國際新聞道德公約》
	1954	國際新聞工作者聯合會《記者行為基本原則》
	1999	國際新聞工作者聯合會《媒介倫理和自律》
中國大陸	1981	記者守則
	1991	中國新聞工作者職業道德準則
台灣	1950	中國報人信條（後更名為《中華民國新聞記者信條》）
	1974	中華民國報業道德規範、中華民國無線電廣播道德規範、中華民國電視道德規範
	1996	新聞倫理公約
	2003	公共電視新聞專業倫理規範

知識補充站

審查新聞報導

日本新聞協會（簡稱NSK）是由日本各報社、通訊社、廣播電視台於1946年7月共同創建的全國性新聞行業組織。其宗旨是提高全國新聞行業的道德標準，維護傳媒業的共同利益。1999年，日本新聞協會開始著手重新制訂新的《新聞倫理綱領》，當年10月6日，該協會設立了「倫理特別委員會」和「新聞倫理綱領檢討小委員會」。前述兩個委員會在調查研究日本國內大眾傳播倫理問題的基礎之上，起草新的新聞倫理綱領，提交到2000年10月召開的日本新聞協會大會通過。

日本政府為表示其尊重新聞自由，在二戰結束後沒有再設新聞審查機構。對新聞報導的審查因而成為新聞媒介自律的內容。報紙的審查由各報社和日本新聞協會兩方面進行。審查的重點包括報導內容的正確程度、價值標準是否恰當，此外，還要考慮到人權及版面品質等問題。日本新聞協會的事務局設有審查室，負責審查各成員機構每天出版的報紙，其衡量標準是國家各項法律規定或本協會的各項倫理綱領。如發現問題，則將意見反映給該協會的編輯委員會及理事會。經過討論決定後採取相應措施，或向有關會員單位提出警告，或予以通報，直至要求退會。新聞協會對廣播、電視也具有監督審查作用。

Unit 14-4
新聞自律組織

一、新聞自律組織

新聞自律（press self-regulation）事先由新聞界建立嚴格的專業標準，在維護國家安全、保障社會利益、尊重個人權利大前提下，享有新聞自由。

新聞自律並非是法律強制行為，而是由新聞界自動自發之共同約制，其對象可包括一切的新聞報導、副刊、甚至廣告，而自律的重點，不僅是與國家安全直接有關之諸因素，舉凡道德倫理、善良風俗，皆可為自律的範疇。

為避免政府對新聞界的直接干涉，最好的辦法就是新聞界自律。由於新聞團體的自律，不但可防止少數新聞從業員濫用新聞自由權，並可積極促成新聞道德實踐；而政府也可免冒「干涉新聞自由」之大忌。基於上述兩種因素，促使新聞自律成為許多國家傳播界共同的趨勢。

二、我國新聞職業道德自律

馬星野先生參照威廉斯博士前述的《報人手則》（或譯為《記者信條》），揉合固有道德，撰成《中國記者信條》十二條，於 1955 年 8 月 16 日經「報紙事業協會」成立大會通過，1957 年 6 月 1 日又經「台北市新聞記者公會」逐條通過。在這些信條中，可以歸納我國新聞道德的四個標準：

第一、不重個人隱私，不為個人、黨派利益和地域利益作宣傳，熱心公益，深入民間，勤求民瘼，發動社會服務，促進民生福利。

第二、報導正確，評論公正，不使一字不真，一語失真，及造謠誇大。凡是是非非，善善惡惡，一本善良純潔之動機，冷靜精密之思考，以求證實；文字圖片健康，不作賄淫誨盜、驚世駭俗的報導。

第三、守道義，行忠信。廣告之真偽良善，決不因金錢之收入，而出賣讀者之利益。生活嚴謹愛惜名節，除絕一切不良嗜好，做到貧賤不能移，富貴不能淫，威武不能屈。

第四、廣博知識，嚴守專業精神，隨時學習，不斷求知，以求對公眾問題深入了解，並奉新聞從業人員終身職業，堅守崗位，造福國家人類。

1974 年 6 月 29 日，取代原先台北市報業新聞評議委員會的台北市新聞評議委員會，也通過了《中華民國報業道德規範》、《中華民國無線電廣播道德規範》和《中華民國電視道德規範》，而這三種規範，包括《中華民國記者信條》，均成為我國新聞評議委員會審議或裁定所依據的道德規範。

根據中外新聞倫理規範及信條，馬驥申教授歸納其中出現頻率較高的七個項目，可供我國新聞從業人員的參考標準：（1）真實、正確，（2）公正、客觀，（3）莊重、負責，（4）公眾利益，（5）高尚品格，（6）專業表現，（7）獨立、自由。

就前面所述，有關我國新聞從業人員應遵守的倫理規範，應屬完備，至於是否能真心誠意去履行，便有待事實來考驗了。

新聞自律組織

各國報業自律組織名稱及成立時間

國名	成立時間	自律組織名稱
瑞典	1916	報業榮譽法庭
挪威	1927	報業評議會
瑞士	1938	新聞政策委員會
日本	1946	日本新聞協會
比利時	1947	新聞紀律評議會
荷蘭	1948	報業榮譽法庭
英國	1953	報業評議會
德國	1956	報業評議會
義大利	1959	報業榮譽法庭
土耳其	1960	報業榮譽法庭
奧地利	1961	報業評議會
韓國	1961	報業倫理委員會
南非	1962	報業評議會
奈及利亞	1962	編輯人協會
智利	1963	全國報業評議會
以色列	1963	報業評議會
巴基斯坦	1963	報業榮譽法庭
中華民國	1963	報業評議會
加拿大	1964	報業評議會
丹麥	1964	報業評議會
印度	1965	報業評議會
菲律賓	1965	報業評議會
美國	1967	地方性報業評議會

知識補充站

新聞自律組織

　　除了新聞自律本身外，執行自律的組織在一些國家已經比較完善了。自20世紀中葉起，新聞自律已不是純粹的道德規範，開始有了一定行業組織形式，執行制裁和處分。當然，這有別於司法行為。這些自律組織的形式，各國差別比較大，英國、荷蘭、印度稱「新聞評議會」，瑞典稱「新聞業公正委員會」，波蘭稱「記者法庭」；美國則有新聞自評人制度（news ombudsmanship）。它們的性質是新聞傳播行業的自治組織，英國的新聞評論議會成員由記者、編輯、社會人士的代表組成；瑞典、荷蘭、土耳其的自律組織的主席則是請法學家或律師擔任。

Unit 14-5
新聞倫理的規範

何謂新聞倫理？何謂新聞道德？二者有何區別？

就字義而言，倫猶類，道也理也，理者條理也。倫理者，猶人人當守其為人之規（劉申叔語）。在西方，倫理的英文字是 Ethics，拉丁字是 Ethica，希臘字是 Ethos，原意指風俗習慣。廣義解釋包括社會的一切規範、慣例、制度、典章、行為標準、良知的表現與法律基礎。在各種宗教的戒命與傳統文化思想中，即有道德規範如基督教「十誡」、佛教的「不可殺生」。倫理道德在消極面可使社會免於分裂，消除人類的痛苦；積極面可以提昇人性與公平解決利益的衝突。

什麼是新聞倫理？馬驥申教授在其著《新聞倫理》一書中所下的定義是：「新聞倫理是新聞工作者在其專業領域中對是非或適當與否所下判斷的良心尺度。」新聞倫理有如新聞事業的交通規則，但要制定罰則，否則交通秩序易亂，也會重蹈美國諸多「道德規範」失敗之覆轍，甚至新聞評議會亦會無疾而終。例如：美國「全國新聞評議會」（National News Council）於 1984 年 3 月 20 日關閉，即為例證。

倫理與道德區別何在？今日「倫理」一詞，已經超脫中文最初所指「一切有條理，有脈絡可尋的事理」，而被引申為「人倫關係」，幾乎與「道德」通用。英美通稱倫理學為道德、哲學，道德原則或道德規範，通常「倫理」與「道德」是相通的，沒有區別。

如果一定要區分，李瞻教授在前述《新聞倫理》一書中的序文中指出，道德係著重研究人類行為的「對」與「錯」，而倫理則著重於研究人類行為的「善」與「惡」。都是在研究人類行為的一種評序。對於新聞道德，李瞻教授亦在其本人所著的《新聞道德》一書中指出，「……各種新聞道德規範，就是自律的專業標準；而評議會的具體制裁辦法，就是自律和紀律。」

1908 年，著名美國新聞學者華特‧威廉斯博士（Dr. Walter Willams）成立美國第一所新聞學院——密蘇里大學新聞學院。該學院與哥倫比亞大學新聞學院宗旨相同，主要在提高新聞道德，培養報業專業人才。1911 年威廉斯手訂《報人手則》八條，強調新聞工作者的責任與自創。全文摘要如下：

1. 我們相信，新聞事業為神聖的專業。
2. 我們相信，報章為公眾信託的所寄。
3. 我們相信，思想清晰，說理明白，正確與公允，為優良新聞事業之基礎。
4. 我們相信，新聞記者，只須寫出心目中認為最真實者。
5. 我們相信，壓制新聞實屬錯誤，除非為國家社會而設想者。
6. 我們相信，出言不遜者，不適宜從事新聞之寫作。
7. 我們相信，廣告、新聞與評論，均應為讀者之最高利益而服務。
8. 我們相信，新聞事業之獲得最大成功者，亦即最應該獲得成功者，必使上蒼與人間有所敬畏。

新聞倫理的規範

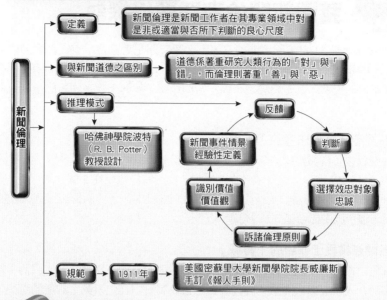

新聞倫理

- 定義 → 新聞倫理是新聞工作者在其專業領域中對是非或適當與否所下判斷的良心尺度

- 與新聞道德之區別 → 道德係著重研究人類行為的「對」與「錯」，而倫理則著重「善」與「惡」

- 推理模式 → 哈佛神學院波特（R. B. Potter）教授設計

  - 反饋
  - 新聞事件情景經驗性定義
  - 判斷
  - 識別價值 價值觀
  - 選擇效忠對象 忠誠
  - 訴諸倫理原則

- 規範 → 1911年 → 美國密蘇里大學新聞學院院長威廉斯手訂《報人手則》

Knowledge 知識補充站
台灣記協「新聞倫理公約」

1. 新聞工作者應抗拒來自採訪對象和媒體內部扭曲新聞的各種壓力和檢查。
2. 新聞工作者不應在新聞中，傳播對種族、宗教、性別、性取向身心殘障等弱勢者的歧視。
3. 新聞工作者不應利用新聞處理技巧，扭曲或掩蓋新聞事實，也不得以片斷取材、煽情、誇大、討好等失衡手段，呈現新聞資訊或進行評論。
4. 新聞工作者應拒絕採訪對象的收買或威脅。
5. 新聞工作者不得利用職務牟取不當利益或脅迫他人。
6. 新聞工作者不得兼任與本職相衝突的職務或從事此類事業，並應該迴避和本身利益相關的編採任務。
7. 除非涉及公共利益，新聞工作者應尊重新聞當事人的隱私權；即使基於公共利益，仍應避免侵擾遭遇不幸的當事人。
8. 新聞工作者應以正當方式取得新聞資訊，如以秘密方式取得新聞，也應以社會公益為前提。
9. 新聞工作者不得擔任任何政黨黨職或公職，也不得從事助選活動，如參與公職人員選舉，應立即停止新聞工作。
10. 新聞工作者應拒絕接受政府及政黨頒給的新聞獎勵和補助。
11. 新聞工作者應該詳實查證新聞事實。
12. 新聞工作者應保護秘密消息來源。

Unit 14-6
我國新聞倫理問題與探討

2003 年 8 月 31 日，記者節前夕，「台灣新聞記者協會」首次針對國內傳播環境提出完整的年度報告，檢視 1988 年報業開放後 15 年來的新聞環境的演變與媒體生態及媒體本身的變遷。其主要論述，係由新聞產業、新聞工作者與新聞呈現三個層面來分析：

一、新聞產業與工作者的「量變」

解嚴以後，各類媒體的禁制逐步解除，新聞產業的數量霎那暴增，如報紙至 1999 年從 44 家到 367 家。無線電視台從 3 家到 5 家，有線電視從 3 個到逾百個，無線電廣播電台從 33 家到 173 家（截至 2011 年 10 月 25 日）……，新聞工作者人數亦隨之一再膨脹，惟今已由飽合趨向減少。

二、新聞產業與工作者的「質變」

解嚴之後，「市場」演變成耀武揚威、惡形惡狀的「巨靈」，「政治」結合市場機制乘勢介入，並以「商業」面具裝飾，致使屬於「文化事業」的新聞產業，未能培育成熟的專業文化。內部本身不僅未普遍建立完善的訓練機制，更嚴重缺乏內部新聞稽核與評議機制，雖若干媒體具有內部自律規定，但多屬形式，聊備一格，致使產業下的工作者同樣得面臨「役於市場，役於政治」的命運，也就同樣的得面對「亂源」的指謫。

三、解嚴後的新聞呈現

有了以「多」與「亂」為表徵的新聞產業工作，解嚴後的新聞呈現自然具有「多」與「亂」的兩大特點，然而，資訊的氾濫的結果，卻使「多」到無法選擇的資訊，成為一種苦惱，至於「亂」到必須拒絕的資訊，就不只是一種苦惱，更是一種災難！

面對新聞呈現的亂象，解嚴之後，新聞監督團體逐漸有了生長的土壤。除了解嚴之前即已存在的新聞評議委員會之外，台灣媒體觀察教育基金會（1999年），「媽媽監督媒體聯盟」乃至「新聞公害妨制基金會」（2002年）陸續成立，希望從不同角度展開新聞媒體的監督工作。另外，還有「傳播學生鬥陣」（1994年）、「無線電視民主化聯盟」（2000年）等社運性質的團體，也對新媒體展開另類的監督，甚至是更強而有力的批判，但是，總括的來說，新聞監督僅具有道德規範，卻無實質的實力，一直到2003年「廣告主協會」的加入，台灣部分媒體才稍稍產生一點因撤換廣告而帶來的壓力，總算發出一些些善意的反應。接著，2004年1月10日，國內110個兒少、社福、公益團體與個人，便針對《蘋果日報》過多的情色暴力內容，舉行公開記者會，宣布發起拒買、拒看、拒訂的抵制行動。

在這自由、民主與多元化的社會，台灣的大眾媒介若不能表現自己應有的新聞專業或「自律」的倫理精神，便很可能遭到來自外界的「他律」要求了。

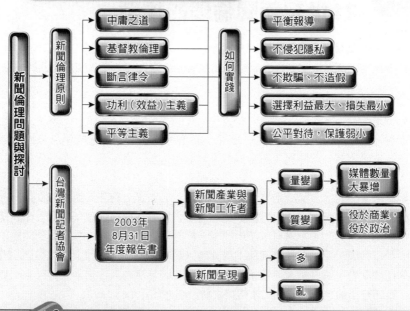

我國新聞倫理問題與探討

新聞倫理問題與探討
├─ 新聞倫理原則
│   ├─ 中庸之道
│   ├─ 基督教倫理
│   ├─ 斷言律令
│   ├─ 功利（效益）主義
│   └─ 平等主義
│   └─ 如何實踐
│   ├─ 平衡報導
│   ├─ 不侵犯隱私
│   ├─ 不欺騙、不造假
│   ├─ 選擇利益最大、損失最小
│   └─ 公平對待，保護弱小
└─ 台灣新聞記者協會
    └─ 2003年8月31日年度報告書
        ├─ 新聞產業與新聞工作者
        │   ├─ 量變 → 媒體數量大暴增
        │   └─ 質變 → 役於商業，役於政治
        └─ 新聞呈現
            ├─ 多
            └─ 亂

知識補充站

假新聞與假事件

假新聞（fake news）就是記者作假說謊。最著名的是美國《華盛頓郵報》的女記者庫克（Janet Cooke），因一篇關於城市少年的人物特寫獲得了「普利茲新聞獎」，但後來被查出報導是編造的，不僅獎被追回，人也被開除，從此在新聞界銷聲匿跡。在台灣轟動的例子則為在2005年6月2日由TVBS-N首先報導的「腳尾飯」事件，該事件事實上是由當時台北市議員王育誠提供的「內部模擬」影帶，自導自演的結果。

假事件（pseudo-event）一詞起源於美國歷史學家丹尼爾‧布林斯廷(Daniel Boorstin)的著作《形象》（The Images），他將假事件界定為經過設計而刻意製造出來的新聞，並指出了假事件具有人為策劃、適合傳媒報導等特徵。假事件與假新聞有些不同。「假新聞」是沒有這回事而無中生有，而「假事件」則是由傳媒製造或推動了事實的發展，然後再加以報導，事實被媒體製造出來，屬於製造新聞（made news），指運用宣傳手段，將本屬平淡無奇的事件，變成受人矚目、為人關心的新聞，而成了實際存在的事。不管假新聞或假事件，顯然都嚴重違反馬星野先生所制訂的「中國記者信條」第3條：「新聞工作者不應利用新聞處理技巧，扭曲或掩蓋新聞事實，也不得片斷取材、煽情、誇大、討好等失衡手段，呈現新聞資訊或進行評論。」及第11條：「新聞工作者應詳實查證新聞事實。」

Unit **14-7**
21世紀新聞倫理的挑戰

圖解新聞學

222

21 世紀對新聞倫理的挑戰是什麼呢？

以下可從兩個角度來看，一是從新聞記者的角度，另一是從閱聽人的觀點來看。

一、從新聞記者角度看

1. 桑德士

桑德士（Sanders）指出，其一是許多網路漠視著作權，造成訊息來源可信度受到質疑，然而，部分新聞記者卻毫無警覺地引用這些訊息來源；其二是部分新聞記者的個人倫理凌駕普世價值，造成一些行為偏差的問題。不過，桑德士也以下列四點原則，勉勵這些好記者，第一是為工作做好準備：方法是，首先，可以先從新聞歷史中尋找好的與不好的新聞報導內容與典範，並學習好的新聞學價值；其次，由新聞自律團體提供個案研究的基本材料，請新聞學教授針對那些在職場上真正遭到問題的新聞記者，予以指導。第二是在職訓練：由同事以其經驗協助那些因工作太忙而沒有時間自修的新聞記者。第三是為何要做一名好記者？因為身為人，自當心存善念，以道德行事。第四是為追求「快樂」，才值得去做一名好的記者。

2. 莫瑞爾

另外，莫瑞爾（John C. Merrill）也以存在主義的觀點勉勵新聞記者，拒絕成為新聞機器的小齒輪，在新聞工作中沒沒無聞，迷失自我；而應擺脫不停地與焦慮和疏離抗戰，逃離陰影、苦悶，真實地活著，因為真實，才能感受到真正的自己，才能引導其他記者創造和諧、希望、樂觀和進步。

二、從閱聽人角度看

踏入 21 世紀，新時代的閱聽人，具有下列三項特徵：第一，媒體使用者（media users）會在社會中，自取所需。第二，媒體使用者的行為並不單純，會包含公開與私人兩種因素。第三，需求娛樂是媒體使用者，在選擇媒體時的主要原因。為此，德國慕尼黑大學教授夫力諾（Riidiger Funiok）認為，應提倡「使用者共同責任」（the user is coresponsibility），由媒體使用者同媒體雙方，共同負起新聞倫理的責任。他亦因此呼籲社會注重媒體教育，提高媒體通識（媒體素養）（media literacy）。不過，當代法國巴黎大學新聞學教授貝特朗對未來新聞倫理發展的看法，仍相當的樂觀。他認為到 21 世紀中期，新聞媒體將會展開所謂的「品質監督」和「社會參與」的方法和手段，包括：由新聞業界自己制訂職業道德守則，展開內部評議；設置檢討媒體的聯席會、地方新聞委員會，以及地區（全國）新聞仲裁委員會等等。媒體本身也會定期接受社會輿論的質詢，安排新聞人員在職進修和展開新聞媒體活動的調查研究等等；而在社會上，不但學者專家會主動研究媒體種種行為，即社會大眾組成諸如「新聞產品消費者協會」之類的組織，來督促媒體的社會活動。當然，貝特朗亦同夫力諾一樣，寄望於大專院校新聞教育，為新聞倫理和自律打下理論和實務基礎。

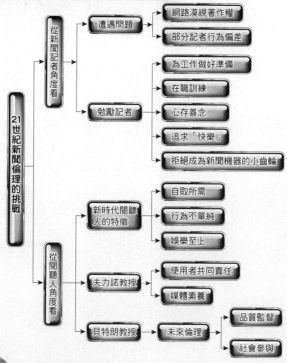

21世紀新聞倫理的挑戰

 知識補充站

日本《新聞倫理綱領》

　　2000年10月，日本新聞協會（NSK）通過新制訂的《新聞倫理綱領》，作為日本新聞界共同遵守的行為準則。日本新聞協會的事務局設有審查室，負責審查各成員機構每天出版的報紙，其衡量標準是國家各項法律規定或本協會的各項倫理綱領。如發現問題，則將意見反映給該協會的編輯委員會及理事會。經過討論決定後採取相應措施，或向有關會員單位提出警告，或予以通報，直至要求退會。反觀我國類似針對新聞審查的情形之一，則是台北市報業工會根據2011年11月三讀通過的「兒童及少年福利與權益保障法」，授權成立了「兒少自律委員會」，專責認定新聞紙是否違反兒少法第45條及相關處置。該會於2012年5月18日召開歷史性第一次會議，通過認定蘋果日報於2012年4月9日A7版的一則車禍新聞，版面過度描述血腥細則，並決議勸告其改善。《蘋果日報》若不服自律委員會審議決定，可向主管機關（內政部）提出申訴。這一點則和日本政府的態度不同。日本政府自二次大戰後沒有再設新聞審查機構，對新聞報導的審查因而成為新聞媒介自律的內容。報紙的審查由各報社和日本新聞協會兩方面進行。審查的重點包括報導內容的正確程度、價值標準是否恰當，此外，還要考慮到人權及版面品質等問題。

第 15 章

新聞法規

Unit 15-1
憲法與新聞自由

一、憲法與大眾傳播法規

　　憲法為國家之根本大法，舉凡政府組織、政府各部門、人員義務及責任與人民的基本權利及義務，皆為其主要規範內容。而人民之言論自由、出版自由即為其中之人民重要基本權利，屬於自然權利。就世界各國憲法而言，無論民主國家或極權國家，其憲法莫不規定人民有言論自由與出版自由。至於其人民是否確有言論自由與出版自由，又屬另一問題。

　　對於言論及出版自由的保障方式，世界各國憲法有採直接保障者，如美國；也有採間接保障者，如 1915 年的丹麥。此外，尚有三種分類：優越型、憲法自限型與絕對保障型。法律優越型，指一旦國會制定法律就此等自由加以限制，就不能再異議爭訟，英國屬之。憲法自限型，指若國會立法而合於憲法所定條件，亦可以限制言論及出版自由。最後，絕對保障型，由憲法對言論及出版自由作最徹底的保障，至少在形式上給予絕對保障，不加任何限制。

　　然而，不論怎麼分類，可以確定的是，言論自由或出版自由絕對非絕對的，以美國為例，美國聯邦憲法第 1 條正案：「國會不得制訂法律……剝奪言論或出版自由。」但是，日前美國聯邦最高法院採取的數項限制原則，包括「明顯而立即危險」的原則與優先適用原則。前者由阿默斯大法官提倡，在言語、文字被取締罰前，必須證明它會造成明顯而立即的危險。後者，當法律若有礙言論或出版自由時，政府必須先證明，該法律合於憲法所定的條件，並且證明言論或文字將使社會重要利益遭受危險。

　　我國憲法第 11 條明白規定：人民有言論講學、著作及出版之自由。依前述分類，似乎採取直接保障方式或絕對保障型。但憲法第 23 條又規定：「以上各條列舉之自由權利，除為防止妨礙他人自由，避免緊急危難，維持社會秩序，或增進公共利益所必要者外，不得以法律限制之。」實際上應屬間接保障方式或憲法自限型。

二、大眾傳播法規的形式

　　有關大眾傳播法規的形式，約有下列三種：一是憲法的形式，二是法律的形式，三是行政處分與命令的形式。除了前述三項大眾傳播法規的主要法源依據之外，尚有條文、解釋、判例、習慣法、法理等，亦可作成大眾傳播事件裁判的法源根據。

　　我國大眾傳播法規範的內容，可能會涉及新聞自由、新聞誹謗、隱私權或人格保護、干涉司法審判的問題、廣告的法律責任、著作權的保障、猥褻新聞的界限及責任、出版、大眾傳播事業負責人及其從業人員的法規範（如工作權的保護）、公眾使用媒介的權利、資訊公開、個人資料保護等法律問題。此外，電影法、廣播電視法、有線廣播電視法、衛星廣播電視法及公共電視法等，亦均屬於大眾傳播法規範。另外有 2011 年 11 月 10 日立法院三讀修正通過的「兒童及少年福利與權益保障法」（原「兒童及少年福利法」），也對傳播媒體內容作一些限制或規範，以保護兒童的身心健康。

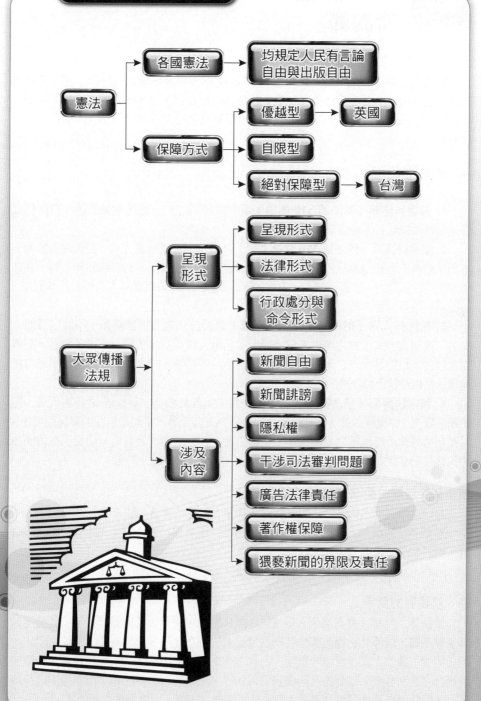

憲法與新聞自由

- 憲法
  - 各國憲法 → 均規定人民有言論自由與出版自由
  - 保障方式
    - 優越型 → 英國
    - 自限型
    - 絕對保障型 → 台灣

- 大眾傳播法規
  - 呈現形式
    - 呈現形式
    - 法律形式
    - 行政處分與命令形式
  - 涉及內容
    - 新聞自由
    - 新聞誹謗
    - 隱私權
    - 干涉司法審判問題
    - 廣告法律責任
    - 著作權保障
    - 猥褻新聞的界限及責任

Unit 15-2
誹謗罪

一、誹謗罪的定義

我國有關誹謗罪的規定，揭櫫在刑法第 27 章「妨礙名譽及信用罪」內，共計六條文，包括第 309 條關於侮辱罪、第 310 條關於誹謗罪、第 311 條關於免責的規定，以及第 312 條關於侮辱或誹謗死人、第 313 條關於損害信用，以及第 314 條告訴乃論之規定。

二、誹謗罪的種類

可分為普通誹謗罪、加重誹謗罪、誹謗死人罪與特別誹謗罪四種，謹分述如下：

1. 普通誹謗罪（刑法第 310 條第 1 項） 以言詞方式，意圖散布於眾，而指稱或傳述足以毀損他人名譽之事者。

2. 加重誹謗罪（刑法第 310 條第 2 項） 以散布文字或圖畫方式，犯普通誹謗罪。本罪以散布文字圖畫為犯誹謗罪之方法，以達到公然之程度，不但與前罪不同，且其破壞性較前罪為大，情節亦較重，故屬加重誹謗罪。大眾傳播從業人員觸犯誹謗罪時，以此罪居最多，實應重視之。

3. 誹謗死人罪（刑法第 312 條第 2 項） 對於已死之人犯誹謗罪，不論以言語、文字、或圖畫方式，對之箋視漫罵。死人本已無人格，亦無法律上應保護權益，更無從而辯白，但對其生存之遺族或後代之社會地位有影響，或足以使令遺族之孝思有所難堪，是以法律不能不罰。

4. 特別誹謗罪（刑法第 116 條） 對於友邦元首或派至中華民國 之外國代表，犯妨礙名譽者，亦屬誹謗罪。惟其誹謗之對象僅為友邦元首，不問是否在中華民國境內，以及包括外國政府所派之全權大使、全權公使、代辦公使、及其他一切使節在內的外國代表，犯本罪者加重其刑罰至三分之一。但屬於請求乃論之範圍。

三、新聞誹謗的範圍

1. 暗示下列罪名的文字：如誘拐者、綁架者、犯重罪者、間諜……等。

2. 傳布印象而使人以為某人有下列不道德或不名譽行為的文字：如通姦者、吸毒者、酗酒者、皮條客……等。

3. 將不貞潔之名歸諸於婦女的文字：如妓女、鴇母、姘婦……等。

四、誹謗罪的免罰

誹謗罪之免責，有其規定，刑法第 310 條第 3 項：「對於所誹謗之事，能證明為其事實不罰，但涉於私德而與公共利益無關者，不在此限。」另有多項不罰之規定，刑法第 311 條：「以善意發表言論，而有左列情形者，不罰。（一因為自衛、自辯或保護合法之利益者。二公務員因職務而報告者。三對於可公評之事，而為適當之評論者。四對於中央及地方之會議或法院或公眾集會之記事，而為適當之載述者。）

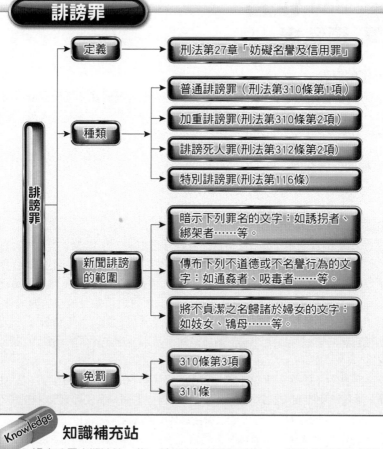

誹謗罪

- 定義 → 刑法第27章「妨礙名譽及信用罪」
- 種類
  - 普通誹謗罪（刑法第310條第1項）
  - 加重誹謗罪(刑法第310條第2項)
  - 誹謗死人罪(刑法第312條第2項)
  - 特別誹謗罪(刑法第116條)
- 新聞誹謗的範圍
  - 暗示下列罪名的文字：如誘拐者、綁架者……等。
  - 傳布下列不道德或不名譽行為的文字：如通姦者、吸毒者……等。
  - 將不貞潔之名歸諸於婦女的文字：如妓女、鴇母……等。
- 免罰
  - 310條第3項
  - 311條

229

Knowledge 知識補充站

　　過去我國出版法第15條，曾規定加重誹謗被害人，得請求新聞紙或雜誌加以更正。惟出版法廢止後，已無法律可對拒絕更正者加以處罰。

「相當理由的確信」原則

　　大法官會議於2000年釋字第509號解釋進一步確立「相當理由的確信」原則，大為減輕被告之舉證責任，並有助於擴大言論自由和新聞自由之空間：「……惟行為人雖不能證明言論內容為真實，但依據所提證據資料，認為行為人有相當理由確信其為真實者，即不能以誹謗之刑責相繩，亦不得為此項規定而免除檢察官或自訴人於訴訟程式中，依法應負行為人故意毀損他人名譽之舉證責任，或法院發現其真實之義務，就此而言，刑法第三百十條第三項與憲法保障言論自由之旨並無牴觸。」按：所謂「相當理由的確信」原則，亦即散布者只要有相當的確信，縱使日後發現所散布者非事實，仍可免罰。然而，儘管第509號解釋，放寬了刑法對行為人證明事實要求，但相較美國聯邦最高法院在蘇利文案中所確立的真正惡意原則，尚有少許差異。在司法實務運作下，被控告者仍須證明自己有「相當理由的確信」才可避免遭判刑。

Unit 15-3
隱私權

一、隱私權的意義

隱私權是指對個人私生活的保護。包括使個人能安寧居住，不受干擾，在未經本人同意前，與公眾無關的私人事務，不得刊布或討論，及個人姓名、肖像、照片等，不得擅自使用或刊布，尤其不得做商業用途……等。

二、隱私權的保護範圍

我國法律上無「隱私權」之名詞，也未訂立隱私權的專門法規，但在憲法、刑法、民法及著作權法等法律條文中，均有適用的相關條款與規定，其中包括姓名權、肖像權、人格權其侵害行為及其應負之民、刑事法律責任。

我國憲法第 10 條規定：「人民有居住及遷移自由。」第 12 條：「人民之生存權、工作權、及財產權應予以保障。」第 21 條：「凡人民其他自由及權利，不妨礙社會秩序、公共利益者，均受法律保障。」第 32 條：「國民大會代表在會議中所為之言論及表決，對會外不負責任。」第 73 條：「立法委員在院內所言之言論及表決，對院外不負責任。」第 101 條：「監察委員在院內所言之言論及表決，對院外不負責任。」以上均是對隱私權有關居住遷移自由、秘密通訊自由、基本人權之保障與限制、以及言論免責權之保護。

其次，刑法第 132 條、第 306 條、第 307 條、第 308 條、第 315 條、第 316 條及第 319 條，舉凡涉及洩漏國防以外之機密罪、侵入住宅罪、違法搜索罪、告訴乃論罪、妨礙書信機密罪、洩漏業務上知悉他人機密罪等，均屬對隱私權的廣泛保障。

再者，因職務或業務關係須負保密義務之規定，亦屬隱私權保護範圍，包括刑法第 28 章的妨礙秘密罪（其中包括第 216 條的洩露因業務得知之他人秘密罪、第 317 條的洩露因業務得知之他人秘密罪、第 317 條之洩露業務上得知之工商秘密罪、及第 318 條之洩露公務上得知之工商秘密罪），公務員服務法第 4 條，公證法第 12 條，技師法第 19 條第 1 項第 5 款，建築師法第 27 條，會計師法第 22 條第 10 款，醫師法第 23 條、第 29 條，藥師法第 14 條、第 22 條，助產士法第 24 條、第 27 條，所得稅法第 119 條，稅捐稽徵法第 33 條，以及郵政法第 41 條、第 43 條等。

至於著作權有關隱私權之規定有：第 91 條、第 92 條規定，本人一旦完成拍攝、繪畫、雕刻，即取得攝影（照片）、美術著作之著作權。他人不得任意重製、公開展示、公開放映，否則即屬侵犯著作權。此外，同法第 16 條第 1 項規定：「著作人之於著作之原件或其重製物上或於著作發表時，有表示其本名、別名或不具名之權利……。」

三、新聞報導若符合下列原則，則不算侵犯隱私

1.與公共利益或公眾興趣相關的報導。　2.非志願公眾人物的報導。　3.公開的紀錄。

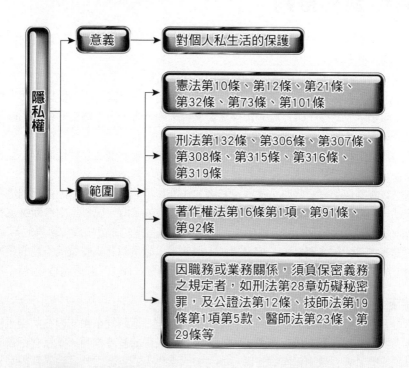

知識補充站

如何避免侵犯隱私權？

由於侵害隱私權與妨害名譽之誹謗罪有些接近，除可以加以參照辦法之外，尤英夫教授建議，以下原則亦可供參考：

1. 訓練與充實員工有關隱私權法律之常識。

2. 對於有可能引起侵害隱私權官員之文字、照片或圖畫，應先請教專家提供意見。

3. 事先獲得當事人之書面同意，再刊登報導文字、照片或圖畫，就無所謂的隱私權。

4. 一旦當事人甚至第三人有抱怨、抗議之反應時，應迅速採補救措施，若確有其事，更應加更正或道歉，一方面以證明本身之無惡意，他方面減少當事人之受傷害。

5. 在國外有所謂責任保險，在遭受訴訟控告時，避免發生賠償金額過鉅，使新聞媒體無力負擔。

Unit 15-4
新聞審判

司法審判最重要的是公正和公平，但是法界人士普遍的看法是：報紙審判似乎是無可避免的一種不幸。

美國在陪審團制度下，法院法官都循例要求陪審團做公正、公平的獨立審判。但是這項要求會不會被打折扣？美國最高法院法官傑克森即曾說：「不要以為法官對陪審團的任何指示或命令，可以勝過預存立場所帶來的影響，所有職業的律師都會知道這種想法全然是種假象。」

近幾年來，社會學家們試圖從調查和實驗中，測定審判前及審判期間的出版物，對陪審團判決所發生的影響。從這些研究中，勉強可以歸納出，當新聞報導指出被告已經認罪或有某種犯罪紀錄時，那些陪審團的成員和可能的陪審團已因注意到這些報導，而成見在胸了。法院方面根據其對這種心理效果的了解，已經認定新聞媒體在其報導所涵蓋的範圍內，足以使社區中的人們形成某種嚴重的偏見，造成錯誤的判定。

我國雖然不採陪審團制度，但是對於一個案子，如果新聞媒體做渲染性的報導或偏頗的言論，同樣會影響法官做公正獨立審判，所謂眾口鑠金，就是這個意思。

圖解新聞學

一、接受公平審判

接受公正、公平的審判，是人民的基本權利之一，而新聞自由的存在前提，就像是保障人民的基本權利。所以新聞自由如果侵犯了人民的基本權利，即沒有存在的理由。所以，除了媒介做出錯誤的報導可能會遭到當事人的控訴之外，世界各國都禁止新聞紙、廣播、電視對於未決案擅自發表足以影響審判之意見，否則，即處於藐視法庭罪。

社會上爭議之事，或犯法行為層出不窮，新聞記者對於法院新聞固然有充分的權利做詳實的報導，但是為了維持審判獨立，這種新聞自由必須遵守一定的限度。對於「未決案」要注意避免以藐視法庭罪；至若訴訟程序的進行情形，似可由記者做公正、確實的報導，對於「已決案」，當然可以表示意見或批評，但也必須出之於公正的態度，否則，照樣會構成犯罪行為。即使記者在法庭進行採訪時，也常常容易發生藐視法庭的行為，因為法庭是國家行使司法權場所，自應保持其尊嚴，所以記者在採訪時，也應該服從主審法官的指揮權。

二、避免干預司法

我國有關限制新聞媒介干涉司法的規定，曾見於過去（現已廢止）出版法第33條，如果違反的話，可能會受到警告、罰鍰、禁止出售、進口或扣押沒入、定期停止發刊、撤銷登記等等。然而，在現行《廣播電視法》第22條中，仍保有此一法條，規定：「廣播、電視節目對於尚在偵察或審判中之訴訟案件，或承辦該事件之司法人員或有關之訴訟關係人，不得評論；並不得報導禁止公開訴訟事件之評論。」此法的制訂，就是避免媒體在法律判定嫌疑人罪行之前，先行展開媒體公審，造成日後司法審理的困難。

新聞審判

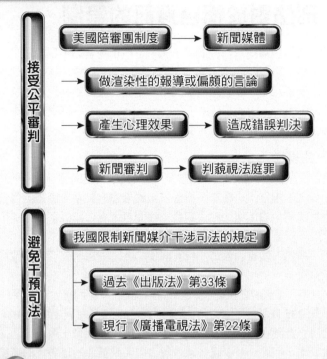

接受公平審判

美國陪審團制度 → 新聞媒體

→ 做渲染性的報導或偏頗的言論

→ 產生心理效果 → 造成錯誤判決

→ 新聞審判 → 判藐視法庭罪

避免干預司法

我國限制新聞媒介干涉司法的規定

→ 過去《出版法》第33條

→ 現行《廣播電視法》第22條

知識補充站

偵審中訴訟案件不得評論報導

　　當前新聞媒體在報導審判前犯罪新聞、司法新聞時，常常經過媒體大幅報導和渲染案情後，造成嫌疑人身分的曝光。這種現象和屬於刑事訴訟法第245條「偵查不公開」規定的案情資訊被揭露下，不但容易造成社會大眾先入為主的預斷，更會導致閱聽人對被報導者產生未審先判的「新聞審判」觀感，並損及涉嫌人未來接受法院公平審判的機會。由於無關新聞審判的限制報導法令，因為有罰則，媒體和所屬從業人員在顧慮受罰下，都以遵守和避免挨罰為報導準則。反倒是預防新聞審判法令，一般傳統平面媒體的報紙、雜誌，以及電子媒體的有線電視、衛星電視，均已廢除規範偵審中訴訟案件不得評論報導的規定；然而，電子媒體的無線廣播、無線電視和公共電視，則維持偵審中訴訟案件不得評論報導的規定，形成法規一國兩制。為避免新聞審判，傳播媒體除了應發揮自律精神外，更要善盡客觀、公正和忠實報導的基本原則，報導內容更不容夾敘夾議，有任何意見和評論，都應註明消息來源，正反並陳，不偏賴一方消息來源，另嚴格規範檢警調遵守偵查不公開，方能避免相關爭議的產生。

Unit 15-5
刑法對於情色資訊的管制

圖解新聞學

234

　　傳播媒體夾帶情色資訊，一向廣受爭議。這些情色資訊，早期都是以廣告的方式出現，一開始大多出現在平面媒體，特別是報紙的分類廣告，這幾年隨著有線電視的普及化也進占了廣電媒體，甚至是網際網絡。至於對於限制甚至完全禁止情色資訊以保護兒少的訴求，也有人從表意自由（free of expression）的角度出發來表示反對。基本上，所謂表意自由被看成是基本人權，不容侵犯。

一、《刑法》的規定

　　我國與情色資訊管制有關的法律相當多，其中最受矚目的莫過於《刑法》第235條。

　　《刑法》第235規定：「散布、播送或販賣猥褻之文字、圖畫、聲音、影像或其他物品，或公然陳列，或以他法供人觀賞、聽閱者，處二年以下有期徒刑、拘役或科或併科三萬元以下罰金。

　　意圖散播、播送、販賣而製造、持有前項文字、圖畫、聲音、影像及其附著物或其他物品者，亦同。

　　前二項之文字、圖畫、聲音或影像之附著物及物品，不問屬於犯人與否，沒收之。」

　　《刑法》第235條曾經引發法律侵害了憲法言論自由與出版自由條款得違憲訴訟。司法院大法官會議在釋字第407號解釋文指出：「威脅出版品，乃指一切在客觀上，足以刺激或滿足性慾，並引起普通一般人羞恥或厭惡而侵害性的道德感情，有礙於社會風化之出版品而言。猥褻出版品與藝術性、醫學性、教育性等出版品之區別，應就出版品整體之特性及其目的而為觀察，並依當時之社會一般觀念定之。又有關風化之觀念，常隨社會發展、風俗變異而有所不同，主管機關所為釋示，自不能一成不變，應基於尊重憲法保障人民言論出版自由之本旨，兼顧善良風俗及青少年身心健康之維護，隨時檢討改進。」

二、大法官會議解釋

　　司法院大法官會議在釋字第617號解釋文也認定該法條並未違憲，並且特別指出：「為貫徹憲法第十一條保障人民言論及出版自由之本旨，除為維護社會多數共通之性價值失序所必要而得以法律加以限制者外，仍應對少數性文化族群依其性道德感情與對社會風化之認知而形諸為性言論表現或性資訊流通者，予以保障。」

　　該解釋文的理由書也指出：「憲法第十一條保障人民之言論及出版自由，旨在確保意見之自由流通，使人民有取得充分資訊及實現自我之機會。性言論之表現與性資訊之流通，不問是否出於營利之目的，亦應受上開憲法對言論及出版自由之保障。惟憲法對言論及出版自由之保障並非絕對，應依其性質而有不同之保護範疇及限制之準則，國家於符合憲法第二十三條規定意旨之範圍內，得以法律明確規定對之予以適當之限制。」

　　由上可知，大法官會議傾向認為情色資訊可以享有憲法對於表意自由的保障，不過政府仍得以予以適當限制。

刑法對於情色資訊的管制

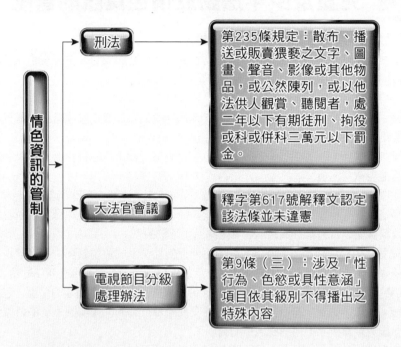

情色資訊的管制

刑法 ── 第235條規定：散布、播送或販賣猥褻之文字、圖畫、聲音、影像或其他物品，或公然陳列，或以他法供人觀賞、聽閱者，處二年以下有期徒刑、拘役或科或併科三萬元以下罰金。

大法官會議 ── 釋字第617號解釋文認定該法條並未違憲

電視節目分級處理辦法 ── 第9條（三）：涉及「性行為、色慾或具性意涵」項目依其級別不得播出之特殊內容

知識補充站

媒體近用權

　　媒體近用權（access to media）指經由積極的立法作為，使社會中之個人、團體與機構具有較充分且平等之權利，來接近使用媒體，以保障言論思想之自由多元化，分別意義如下：

　　1.「接近權」是指民眾以間接的、有限度的方式改變媒介內容，通常包含「答覆權」與「更正權」兩類。民眾行使權利，仍須受到法律規定及新聞作業常規的限制，不能憑個人好惡漫無限制的行事。

　　2.「使用權」是指民眾有權直接經營媒介，或自行製作內容，毋需顧慮新聞事業一般專業規範。

　　因此，近用權並非要剝奪媒體行使新聞編輯自由的權利，而是提供人民有機會接近使用媒體，或購買廣告，讓人民表達自己的觀點，以及回應報紙所刊載的言論。媒體近用權確實是需要犧牲部分媒體的自由權，以成全公民傳播權利，因而避免了富裕的媒體擁有者，忽視了社會大眾的需求。媒體近用權的成功，是需要透過更為有效的既有社會機制及法律工具來實現。

Unit 15-6
兒童及少年法對於情色資訊的管制

一、《兒童及少年性交易防制條例》的規定

　　《兒童及少年性交易防制條例》關於情色資訊的禁止與處分，主要規定在該法第 29 條與第 33 條。前者處罰業者，後者則處罰傳播媒體。

　　第 29 條：「以廣告物、出版品、廣播、電視、電子訊號、電腦網路或其他媒體，散布、播送或刊登足以引誘、媒介、暗示或其他促使人為性交易之訊息者，處五年以下有期徒刑，得併科新台幣一百萬元以下罰金。」

　　從前述條文可知，業者登載性交易訊息如遭查獲，除了可能被判處五年以下的徒刑，還可能要繳交罰金。

　　第 33 條則規定：「廣告物、出版品、廣播、電視、電子訊號、電腦網路或其他媒體，散布、播送或刊登足以引誘、媒介、暗示或其他促使人為性交易之訊息者，由各目的事業主管機關處以新台幣五萬元以上六十萬元以下罰鍰。」

　　《兒童及少年性交易防制條例》針對可能促使性交易的色情資訊，明文禁止其出現在傳播媒體，進而針對未成年的兒童及少年加以保護，這主要體現在該法的第 27 條與第 28 條，對於兒童及少年的性交易與猥褻影像與圖片，給予最周延的保護，包括拍攝、製作、散布、買賣、持有未成年人的性交或威脅行為的影像與圖片，都將遭到處罰，藉此讓兒童及少年不會受到色情的剝削。

　　在網路盛行的當代，任何人在下載影音資訊都要更加留意，以免不小心下載了前述資料，觸犯法條；如果順手把這些資料轉傳給其他網友，更會招來徒刑與高額罰金；萬一下載後自行剪輯並燒錄成光碟，則刑責更重。

二、《兒童及少年福利與權益保障法》的規定

　　立法院 2011 年 11 月 10 日三讀修正通過《兒童及少年福利與權益保障法》，明定媒體不可報導、記載侵權事件當事人及關係人的姓名違者最高可罰新台幣 30 萬元。這項規定是依據兒童及少年福利法第 41 條第 1 項之規定：「宣傳品、出版品、廣播電視、電腦網路或其他媒體不得報導或記載遭受第三十條或第三十六條第一項各款行為兒童及少年之姓名或其他足以識別身分之資訊。」因此電視新聞提及具有這些身分的兒童時，要特別留意，除了不可標識其姓名之外，臉部還需要加上馬賽克，說話也需經變音處理，否則即有觸法之虞。

　　第 44 條規定平面媒體不得報導描述（繪）犯罪、施用毒品、自殺行為、暴力、血腥、色情、猥褻、強制性交細節之文字或圖片之條文，因涉及描述尺度，曾引發激烈討論。最後通過的條文規定，不得過度描述性交、猥褻、自殺、施用毒品、血腥與色情細節，但報導若為引用司法或行政機關公開文書，而為適當之處理者，不在此限。

　　至於「過度」與否，由報業商業同業公會訂定自律規範與機制，公會應於三個月之內作出處置，如不改善最高可罰鍰十五萬元。

圖解新聞學

兒童及少年法對於情色資訊的管制

兒少防制條例規定

兒童及少年性交易防制條例		
法條	處罰對象	罰則
29 條	情色資訊業者	處五年以下有期徒刑，得併科新台幣 100 萬元以下罰金
33 條	傳播媒體	處以新台幣 5 萬元以上 60 萬元以下罰鍰

兒少福利法規定

兒童及少年福利與權益保障法	
法條	內容
第 41 條第 1 項	宣傳品、出版品、廣播電視、電腦網路或其他媒體不得報導或記載遭受第 30 條或第 36 條第 1 項各款行為兒童及少年之姓名或其他足以識別身分之資訊
第 44 條	平面媒體不得報導描述（繪）犯罪、施用毒品、自殺行為、暴力、血腥、色情、猥褻、強制性交細節之文字或圖片

知識補充站

媒體之管制（色情、暴力及其他不當資訊）

　　兒童的心智成熟度不若成人，故其判斷是非、好壞的能力也較差，在其成長過程中若毫無限制使其接觸各種事物，對其身心發展未必有利，故應適度的限制其獲得資訊的可能與管道。現在的社會多元化，何謂色情？何謂藝術？何謂暴力？何謂美學？這對一般成人而言乃見仁見智；但對於一個成長中的兒童，若使其自小即接觸各種資訊恐有不妥，故訂定「分級制度」加以因應。但該制度是否能夠見效，除有賴媒體之配合外，為人父母者的監督陪伴應更為重要。（資料來源：內政部兒童局全球資訊網，《我國兒童人權報告書》）

Unit 15-7
置入式行銷

廣播、電視廣告必須與節目分開，法有明訂：

《廣播電視法》第 33 條 1 項：電台所播送之廣告，應與節目明顯分開。

《有線廣播電視法》第 41 條第 1 項、《衛星廣播電視法》第 19 條第 1 項：節目應維持完整性，並與廣告區別。

一、定義

何謂「置入式行銷」？它是以一種潛移默化的方式，改變閱聽人對於產品的印象，利用一種低涉入的模式，悄悄地將欲推銷的商品、口號或形象，藉由新聞、戲劇或節目呈現出來，造成閱聽人分不清楚廣告與節目、新聞之差別，好讓閱聽人將兩者混在一起，此時，廣告便得到原先設定的目的，達到宣傳效果。然而，由於政府置入式行銷，以肆無忌憚地出現在國內電視新聞

二、批評

置入式行銷的策略，遭到各界的批評，學界多認為電波頻率是公有財，不應落入特定廠商手中，並且電視節目製作人也應擔負起社會責任，避免為特定廠商背書。至於政府利用置入進行政令宣導，構成節目廣告化現象，有違廣播電視相關法令中關於節目與廣告分開原則、節目廣告化或廣告節目化認定原則之虞，理應受到規範與限制。而台灣記者協會更曾在馬英九 2008 年競選總統時要求他宣示「反置入性行銷」，馬總統雖與承諾，但因未貫徹執行，而遭到批評。

有鑑於此，100 年 1 月 11 日立法院朝野協商，除了認為有必要以立法禁止政府購買新聞，刊播時必須載明「廣告」，並做出下列結論：「基於行政中立、維護新聞自由、及人民權益，政府各機關暨公營事業、政府捐助基金百分之五十以上成立之財團法人、及政府轉投資資本百分之五十以上事業，編列預算辦理政策宣導，應明確標示其為廣告且揭示辦理或贊助機關、單位名稱，並不得以置入性行銷方式進行。」

三、限制

翌日（1 月 12 日）立法院三讀通過《預算法》增訂第 62 條之 1 修正條文，內容如下：「政府各機關暨公營事業、政府捐助成立之法人及政府轉投資事業基於行政中立、維護新聞自由及人民權益，編製及執行政策宣傳預算時，不得以置入性行銷方式為之，亦不得進行含有政治性目的之置入性行銷行為。」

此外，經濟部函轉行政院新聞局函送之「政府機關政策文宣規劃執行注意事項」，並自即日生效。……100 年 1 月 17 日 經秘字第 10000507990 號。主要內容摘錄如下：「二、政策文宣規劃執行注意事項，其中第（二）政府機關辦理政策宣導不得以下列置入性行銷方式進行：1. 政府機關採購平面媒體通路不得採購新聞報導、新聞專輯、首長自我宣傳及相關業配新聞等項目。2. 政府機關採購電子媒體通路不得採購新聞報導、新聞專輯、新聞出機、跑馬訊息、新聞節目配合等項目。3. 政府機關政策宣傳採購、不得要求業配新聞報導。4. 其他含有政治目的之置入性行銷。」

置入式行銷

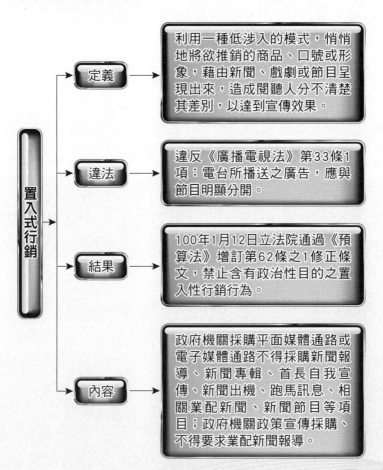

置入式行銷

定義 → 利用一種低涉入的模式,悄悄地將欲推銷的商品、口號或形象,藉由新聞、戲劇或節目呈現出來,造成閱聽人分不清楚其差別,以達到宣傳效果。

違法 → 違反《廣播電視法》第33條1項:電台所播送之廣告,應與節目明顯分開。

結果 → 100年1月12日立法院通過《預算法》增訂第62條之1修正條文,禁止含有政治性目的之置入性行銷行為。

內容 → 政府機關採購平面媒體通路或電子媒體通路不得採購新聞報導、新聞專輯、首長自我宣傳、新聞出機、跑馬訊息、相關業配新聞、新聞節目等項目;政府機關政策宣傳採購、不得要求業配新聞報導。

第 16 章

新聞與民意

章節體系架構 ▼

Unit 16-1
民意的歷史和概念

一、我國民意概念的產生

我國的民意產生是從「輿論」二字，概念是先有「輿」再有「輿人」，「輿人」的議論變成「輿人之論」，「輿論」就是「輿人之論」的縮寫。

1.「輿」的出現：「輿」在春秋末期出現，本義是指車子，《周禮·考工記·輿人》中說：「輿人為車。」意思是輿人製造車子。按照春秋末期的劃分，人分為十等，輿人為第六等。後「輿人」泛指差夫、手工業者等下層群眾。《左傳·僖公28年》中有「晉侯聽輿人之誦」的記載。《國語·楚上》言：「近臣諫，遠臣謗，輿人誦，以自誥也。」

2.「輿論」的出現：目前流傳下來最早出現「輿論」一詞的文章是《三國志·王朗傳》。其中有言：往者聞權有遣子之言而未至，今六軍戒嚴，臣恐輿人之未暢聖旨，當謂國家慍於登之逋留，是以為之興師。設師行而登乃至，則為所動者至大，所致者至細，猶未足以為慶。設其傲狠，殊無入志，懼彼輿論之未暢者，並懷伊邑。臣愚以為宜敕別征諸將，各明奉禁令，以慎守所部。

此句是大臣王朗上書漢文帝的一句話，當時，漢文帝宣孫權之子登入朝，孫登表面答應，但卻遲遲不到，為此，漢文帝欲討伐孫權。於是，王朗勸其不要出兵，而要保證老百姓的言論通暢。

「輿論」一詞在《梁書·武帝紀》中也有出現。其中有言：「行否臧否，或素定懷抱，或得之輿論。」

3.早期輿論的涵義：早期記載中的民意，亦即「輿論」，直接來源於「輿人之論」，其涵義指的主要是下層百姓的議論。這種輿論代表的是被統治階層的意見，並沒有將統治階層包括進去。

二、西方民意概念的產生

民意一詞翻譯成英語是 Public Opinion。該詞最早出現在 18 世紀末，起初作為「公眾意見」來使用。

1. 公眾議政觀念的出現：古希臘、古羅馬在奴隸社會時期，就在城邦定期召開民眾大會，除去外邦人、婦女和奴隸，所有的男子都可以參加，大會職權廣泛，涉及立法、選舉、罷免等多項職責。亞里多德（Aristotes，前 384-322 年）在《政治學》一書中指出，「就多數而論，其中每一個個別人，常常是無善足述，但他們合而為一集體時，往往卻可能超過賢良的智慧。」

2. 公意概念的出現：盧梭（J.J. Rousseau, 1712-1778）是法國資產階級啟蒙主義理論家，1762 年 4 月，他出版了集中民主主義思想的著作《社會契約論》，首次提出「公意」的概念。在書中，盧梭指出：「唯有公意才能按照國際創制的目的，即公共幸福，來指導國家的各種力量。」「任何人不服從公意，全體就要迫使他服從公意。」《社會契約論》如同高聳的明燈一般，成為資產階級民主革命的思想指南。更重要的是，西方「公意」的概念從此基本形成。

242

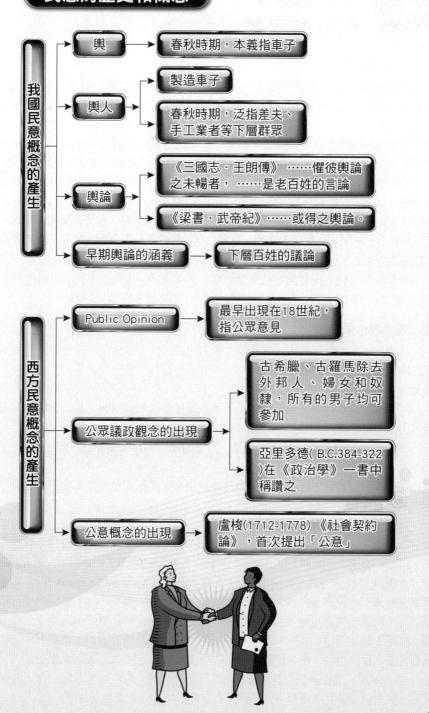

民意的歷史和概念

我國民意概念的產生

- **輿** → 春秋時期，本義指車子
- **輿人**
  - → 製造車子
  - → 春秋時期，泛指差夫、手工業者等下層群眾
- **輿論**
  - → 《三國志·王朗傳》……懼彼輿論之未暢者，……是老百姓的言論
  - → 《梁書·武帝紀》……或得之輿論。
- 早期輿論的涵義 → 下層百姓的議論

西方民意概念的產生

- Public Opinion → 最早出現在18世紀，指公眾意見
- 公眾議政觀念的出現
  - → 古希臘、古羅馬除去外邦人、婦女和奴隸，所有的男子均可參加
  - → 亞里多德（B.C.384-322）在《政治學》一書中稱讚之
- 公意概念的出現 → 盧梭(1712-1778)《社會契約論》，首次提出「公意」

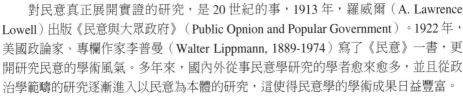

Unit 16-2
民意的定義

一、李普曼的定義

對民意真正展開實證的研究，是 20 世紀的事，1913 年，羅威爾（A. Lawrence Lowell）出版《民意與大眾政府》（Public Opnion and Popular Government）。1922 年，美國政論家、專欄作家李普曼（Walter Lippmann, 1889-1974）寫了《民意》一書，更開研究民意的學術風氣。多年來，國內外從事民意學研究的學者愈來愈多，並且從政治學範疇的研究逐漸進入以民意為本體的研究，這使得民意學的學術成果日益豐富。

李普曼在《民意》中，並沒有給出明確而抽象的定義，只有一個很長的解釋：凡涉及別人行為，而那種行為與我們的行為有一定關聯的一些現實世界的情況，是依賴於我們或者對我們感興趣的，我們大致上把它稱之為公眾事務。他們頭腦裡的想像，包括對於他們自己、別人、他們的需要、意圖和關係等等屬於他們的民意。一些集團的人或者以集團名義的個別的人按照這些想像來行動，就成了大寫字母的「民意」。

在李普曼之後，民意的定義從無到有，從少到多。事實上。民意難以捉摸，如今我們只能說，稍有一點衡量民意的知識，沒有一點點控制民意的本領。

二、西方學者的定義

在西方的民意學研究中，政治學的視角始終居於主導地位。這一方面是因為民意學的觸角是從政治學中延伸出來的，另一方面是因為民意研究的實用主義取向，使得輿論研究為政治服務的趨向性很強。

《美利堅百科全書》中指出：「民意是群眾就他們共同關心或感興趣的問題公開表達出來的意見綜合。」

美國哈佛大學教授 V.O. Key 認為：「所謂民意乃為民間所持有的、政府要仔細聽從和考慮的意見。」

美國學者倫納德‧杜布認為：「民意是指當人們是同一社會集團的成員時，對一個問題的看法。」

波義爾（Herman C. Boyle）的定義：「民意不是某種事物的名稱，而是許多某種事物的分類。」換言之，民意（Public Opinion）是指對某特定問題有共同利益的一群人，例如社區居民、股東、員工，當他們對共同利益的事情，所持態度、意見或行動。

惟迄今仍以伯瑞斯（Lord Bryce）在現代民主（Mordern Democracies）所述的民意最為完備：「民意是各種矛盾的見解、幻想、信仰、偏見，以及願望的集合體。它是迷惑、紛亂、無定規的東西，而且每天都不一樣。在紛亂繁雜的意見中，每一個問題都經過不斷的澄清、提煉，而後顯露出它的觀點或是整套的觀念體系來。這種觀點或觀念被一批人遵從，進而採取行動，就變成力量。這種東西就是民意。」

從上得知，民意就是群眾的意見。群眾不是實體，它不會有意見。個人問題不是民意，而是遇到公共問題時，許多個人表示意見，集合起來就是民意。

民意的定義

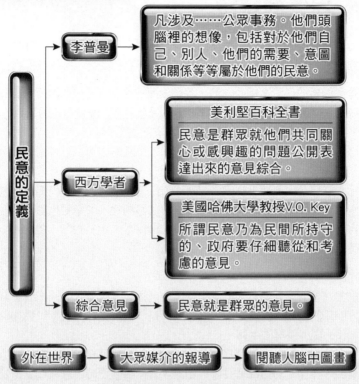

民意的定義

李普曼 → 凡涉及……公眾事務。他們頭腦裡的想像,包括對於他們自己、別人、他們的需要、意圖和關係等等屬於他們的民意。

西方學者 →
美利堅百科全書
民意是群眾就他們共同關心或感興趣的問題公開表達出來的意見綜合。

美國哈佛大學教授V.O. Key
所謂民意乃為民間所持守的、政府要仔細聽從和考慮的意見。

綜合意見 → 民意就是群眾的意見。

外在世界 → 大眾媒介的報導 → 閱聽人腦中圖畫

李普曼(1922)的民意概念圖

 ### 知識補充站

民意的定義

照字面上來看,民意是指「民眾的意見」,但「民眾的意見」之具體內涵為何,雖然有將近四、五十種的界說,但至今並無一個普遍接受的定義,事實上,要為民意下一個嚴謹而涵蓋周全的定義幾乎是不太可能的。美國研究民意的學者Vincent Price 從「公眾」與「意見」此兩個概念進行剖析後指出,所謂的民意,是指:「在特定行為脈絡下,公眾對於集體所關注的特殊事件行動,所採取的一種意見表達的判斷。」王石番教授認為,如果我們將「特定的行為脈絡」以「調查訪問」此一情境來帶入,則我們似乎可以把「民意」這個概念,簡化為下面的意涵:「民意,係透過科學性民意調查方法而取得公眾對於某一議題或問題的集體意見。此一集體意見,就其本質來說,乃是人們在接受訪問時,針對調查問題中的文字敘述所產生的一種意見反應之總和。」

Unit 16-3
民意的特徵

民意是一種群體的意見，這種意見之所以稱為民意，有其明顯的特徵：

一、傾向性

民意是人們對於民意客體的評價、評議，而凡民意中形成的看法都具有鮮明的傾向，或支持，或反對，或讚揚，或批評，不會說在民意中模稜兩可的意見。

民意的這種鮮明的傾向性是與民意的形成過程聯繫在一起的。針對一個特定事件，特定群體中的每一個人都會有自己的看法。這種看法可以是肯定的，可以是否定的，可以是模糊的。當個體的意見交匯在一起時，模糊的觀點會被忽略掉，矛盾的觀點就會碰撞。碰撞帶來的結果：或者是某一方改變，或者任何一方都不改變。如果是前者，矛盾意見統一到一起，自然就有了很強的傾向性。如果是後者，儘管任何一方都不改變自己的觀點，但在人數上有對比，而即便是人數上對等，還是有影響力的差別，因此總有一方居於優勢地位。

二、集合性

民意的集合性首先取決於人的社會性本質。馬克思說過，人的本質在其現實性上是一切社會關係的總和。也就是說，社會關係是一個人生存並區別於動物的基礎，脫離了社會關係的個人將無法生存。

民意不是個人的意見，而是集體的意見。民意是各種意見的集合，但這種集合不是簡單的疊加，往往是交鋒或著妥協的結果，當衝突強烈時，就只能以數量、力量來對比以決定哪種意見能夠成為代表民意的意見。

民意調查是實施群體意見集合的最普遍的一種手段。這一手段建立在承認個體地位平等、力量均等的前提下，以持有某種觀點的人的簡單多數為選擇民意意見的標準。承認民意的集合性可以促使我們認清個人意志與群體民意的差別。

三、表層性

儘管民意中的意見具有很強的傾向性與集合性，但這種意見的形成並非深刻的討論或深思熟慮的選擇，這使得民意常常具有表層性的特徵。

其一，民意的形成缺乏理性，重視情緒。民意中的事件涉及的或是公眾人物，或是與自身相關的事物發展，公眾在接觸關於這些事件的各種意見時，常常以情緒的起伏做為評價依據。

第二，民意的形成缺乏系統性，重視偶然性。涉及大的社會事件的民意常常受到突發事件的激發，其形成過程迅速而缺乏系統性，而涉及反常自然現象的民意也與一些偶然性自然現象相連，是某種徵兆的結果。

第三，民意的形成缺乏內容分析，重視數量對比。外界在確定、評價一個群體的民意時，習慣以意見持有者的數量、力量對比做為依據，忽視意見內容之間的聯繫，忽視不同意見者之間的聯繫以及有可能出現的各種轉化。這使得許多突發事件的民意的持續時間並不很長，出現頻繁的變動。

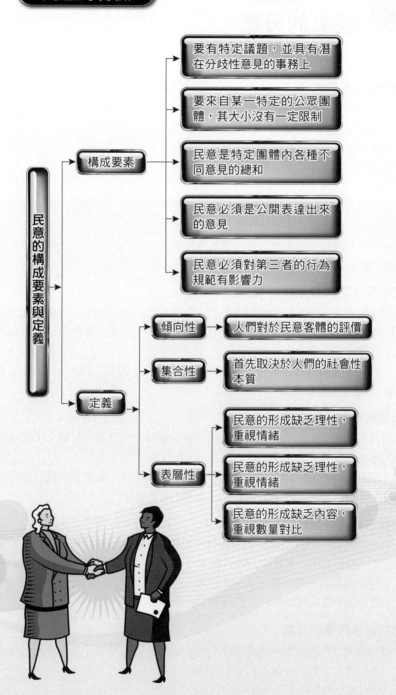

民意的特徵

民意的構成要素與定義

構成要素
- 要有特定議題，並具有潛在分歧性意見的事務上
- 要來自某一特定的公眾團體，其大小沒有一定限制
- 民意是特定團體內各種不同意見的總和
- 民意必須是公開表達出來的意見
- 民意必須對第三者的行為規範有影響力

定義
- 傾向性 ── 人們對於民意客體的評價
- 集合性 ── 首先取決於人們的社會性本質
- 表層性
  - 民意的形成缺乏理性，重視情緒
  - 民意的形成缺乏理性，重視情緒
  - 民意的形成缺乏內容，重視數量對比

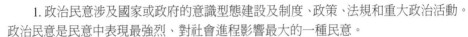

Unit 16-4
民意的分類

民意的分類方法很多，按照不同的分類方法得出的種類不同。

一、按照涉及內容的分類

1. 政治民意涉及國家或政府的意識型態建設及制度、政策、法規和重大政治活動。政治民意是民意中表現最強烈、對社會進程影響最大的一種民意。

2. 經濟民意涉及經濟活動的運作規律、利益主體以及相關觀念。經濟活動已經成為現代社會生活的主要活動，圍繞這一活動形成的民意很多，包括：運作方式、經濟觀念等。

3. 文化民意涉及思想理論、科學文化藝術等的建設。一個社會的思維方式、科學精神的樹立與相應的民意之間有著緊密的聯繫。

4. 社會民意涉及社會道德、社會風氣等。對於一般百姓來說，這種社會民意的親近感最強，對其中的參與感也最強。

二、按照存在形態的分類

1. 顯性民意是指公開表現出來的民意。比如透過新聞、出版、社會活動表現出來的各種民意。隱性民意是指沒有公開表現出來但在特定群體內流傳的民意。比如小道消息、政治傳聞等等。

2. 隱性民意常常是受到民意主體之外的某種強制力量的限制而不敢表現出來，只能在一定小範圍內傳遞。

三、按照表現形式的分類

1. 語言表達民意：語言是傳遞訊息最主要的載體，語言有口語與文字兩種形式，都是人們傳遞訊息依賴的基本手段。

2. 非語言表達民意：做為對語言表達民意的一種補充，非語言表達民意也廣泛存在於民意現象中。非語言表達民意中，最激烈的方式是遊行。

四、按照形成過程的分類

1. 自發民意是指民意主體在未受任何外界誘導、影響下自行形成的共同意見。這類民意是特定群體在不知不覺中因於具體的現實的存在而形成的一致觀念。

2. 自覺民意則在民意主體在外界的引導、影響下逐步形成的共同意見。這類民意是民意主體受到外界某種壓力的影響被動形成的。

五、按照產生效果的分類

1. 積極民意是指對社會發展起推動作用的民意。比如尊重知識、重視科學、尊重人才的社會民意就會對社會進步有極大推動作用。

2. 消極民意是指對社會發展起阻礙作用的民意。

民意的分類

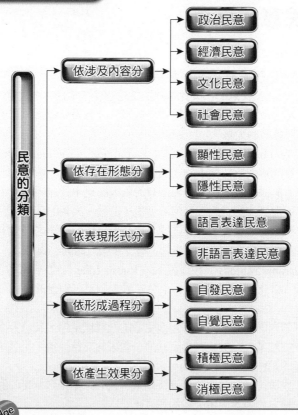

民意的分類
- 依涉及內容分
  - 政治民意
  - 經濟民意
  - 文化民意
  - 社會民意
- 依存在形態分
  - 顯性民意
  - 隱性民意
- 依表現形式分
  - 語言表達民意
  - 非語言表達民意
- 依形成過程分
  - 自發民意
  - 自覺民意
- 依產生效果分
  - 積極民意
  - 消極民意

知識補充站

1. 區分顯性輿論與隱性民意的最有效辦法是看民意的形成與傳播手段。顯性民意會充分利用大眾傳媒來製造、傳遞民意,而隱性民意的主要傳播手段就是人際傳播。

2. 消極民意有兩種來源:一是在不正確的世界觀、人生觀、價值觀和方法論的指導下,不能正確看待社會現象,比如因為一些個別現象就憤世嫉俗或消極厭世,沒有積極的態度;另一種是一些不實之詞的傳播,比如不時出現的地震謠言,都極大地干擾了人們的正常工作生活,阻礙了社會進步。

3. 民意是新聞報導的重要內容:民意多是人們對社會上一些有爭議的現實問題的議論,因而很容易為公眾所關注,具有較大的新聞價值。也正因為此,輿論常常成為新聞媒介報導的對象。

4. 新聞媒介是民意的載體:作為一種訊息傳媒,新聞媒介是民意的載體。各種分散的或侷限於一時一地的民意,可以借助於新聞媒介,集中起來加以傳播、擴散。而民意透過新聞媒介傳播後,可以擴大其社會影響,使原先分散的、局部的民意變成集中的、更大範圍的民意。

Unit 16-5
民意的形成

一、民意的形成過程

1. 李普曼對民意的研究，有獨到的見解，在《公眾哲學》（The Public Philosophy）書中，認為民意的形成比事件的進行緩慢，他說：「改變多數人的意見，所需的時間，當然比改變少數人的意見要長的多。因為需要灌輸、勸說、鼓勵散居各地各行各業、各形各態的大眾。」

2. 戴維森（W. Phillips Davison）在《民意過程》（The Public Opinion Process）一書裡，認為民意的形成有如種子的成長。數以千計的種子，撒在土地，有的落在岩石上，不能發芽，無法生根，隨即死亡；有的根因缺乏水分和陽光，不久都枯萎；只有少數的種子在種種條件配合之下發芽、生根、茁壯。人類的社會中，存在著無數不同意見與爭執之點，有的是一、二人之間，對某一事件或問題之爭執，不受他人的關心與注意；有的少到少數人之關心與注意，不受多數人的關心與注意。

3. 莫非（Gardner Murphy）和黎克特（Rensis Likert）在合著《民意與個人》（Public Opinion and the Individual），卡特普等人認為，民意的形成，一般要經過以下幾個過程：

(1) 公眾團體內的一些人，了解到他生活的社會環境中，某一方面存在問題，認為應該採取某些行動，在得到其他一些人的支持以後，得到結論並進行一些調查性的工作。

(2) 出現一些解決同一問題的可選擇建議，在公眾中得到反覆的討論與研究。

(3) 形成一種為大多數人所公認的意見。

(4) 這種意見在一定範圍內傳播開來，造成影響，直到這一問題得到解決，或該公眾團體解散。

二、大眾傳播產生的影響

至於說民意形成過程中，大眾傳播會產生什麼影響？

斐立茲（David L. Paletz）和殷特曼（Robert M. Entman）合著《媒體、權力、政治》（Media, Power, Politics）書中，認為大眾傳播媒體與民意有五種影響：

1. 穩定政治的功能：即大眾傳播媒體在選擇題材上，可有技巧性的安排與整理，有裨益於政治情勢穩定的內容，常受高度的重視，使得國內不會因訊息紛雜而有過多不同的民意，互相衝突。 2. 媒體「議題設定」（agenda-setting）的功能：強調重要的某些事件，而輕忽其他事件。 3. 提升的功能：即媒體有時會主動、有意的提升，擴大某些事件、意見；但有時媒體也是反映一些已被民眾炒熱的新聞、事件，當然這兩者的互動因果，很難以量化得知。 4. 媒體可以改變民意，透過不同報導方式、不同的採訪角色，大眾傳播媒體可以改變焦點。 5. 大眾傳播可以限制一些問題的解決方案，透過不同的報導與標題，大眾傳播鼓勵不同的意見，但唯有透過新聞從業人員及精英，不同意見的發現是相當的藝術，媒體因此在提供解決途徑、方法上，可有一些限制。

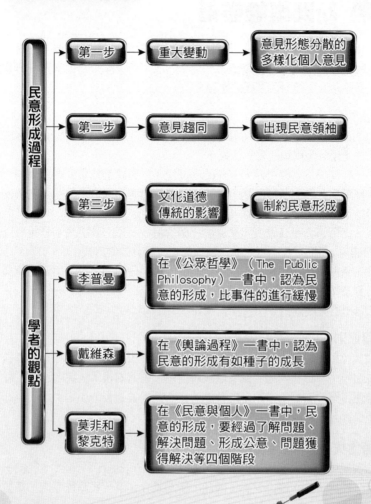

民意的形成

民意形成過程			
	第一步	重大變動	意見形態分散的多樣化個人意見
	第二步	意見趨同	出現民意領袖
	第三步	文化道德傳統的影響	制約民意形成

學者的觀點		
	李普曼	在《公眾哲學》（The Public Philosophy）一書中，認為民意的形成，比事件的進行緩慢
	戴維森	在《輿論過程》一書中，認為民意的形成有如種子的成長
	莫非和黎克特	在《民意與個人》一書中，民意的形成，要經過了解問題、解決問題、形成公意、問題獲得解決等四個階段

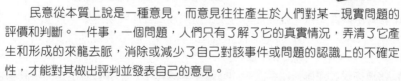

知識補充站

新聞是與民意形成的基礎和依據

民意從本質上說是一種意見，而意見往往產生於人們對某一現實問題的評價和判斷。一件事，一個問題，人們只有了解了它的真實情況，弄清了它產生和形成的來龍去脈，消除或減少了自己對該事件或問題的認識上的不確定性，才能對其做出評判並發表自己的意見。

Unit 16-6
新聞輿論監督

　　新聞輿論監督是新聞媒介對社會中各種不良現象的批評性報導，它對弘揚社會光明面，打擊社會黑暗面，發揮著巨大作用。然而，是否能有效實施新聞輿論監督，成為新聞媒介干預社會能力最主要的體現。

一、監督意義

　　我們的政府體系裡有其檢、警、調等系統，為什麼還要新聞媒介來實施輿論監督呢？這就涉及到新聞輿論監督的意義。

　　首先，新聞輿論監督是政府工作的一面鏡子。輿論是社會公眾意見的一種表示，從中可以反映出社會的各種問題，同時，新聞傳播的範圍之大與速度之快，又使得輿論焦點可以及時，準確得到傳播。

　　其次，新聞媒介是公眾表示意見的一個管道。公眾向政府表示意見可以有許多管道，但新聞媒介是公眾反應意見的一種最簡潔、最有效的方式。

　　再次，新聞輿論監督是緩和社會矛盾的一種手段。在社會上出現的種種不公正現象不能得到及時、徹底消除時，這種報導一方面紓緩了公眾的不滿情緒，另一方面也提供了公眾一個發展前景。

二、監督原則

　　新聞輿論監督的重大意義使得政府、公眾對其讚譽有加，但如果這種監督把握不好，也會出現一些負面效應，或者給政府提供了歪曲的鏡子，或者激化了社會矛盾，這些都會使得輿論監督的作用走向負面。從新聞輿論監督的原則上看，有四點應該注意：尊重事實，針對事件，力求解決，反應結果。

三、監督方式

　　新聞輿論監督是對人或事的批評，並且是曝光式的批評。自然，對於被批評者來說，對其是躲之不及，恨之入骨。因此，新聞媒介在進行輿論監督時，掌握一定的報導方式也很重要。

　　1. 報導前準確選題：選題的作用是確定報導對象。對新聞輿論監督來說，能否選好題，直接決定了報導的輿論效果。報導對象應是政府與民眾都重視的，並且帶有指標性的問題。

　　2. 報導中如實記錄：批評性報導要做到讓被批評者無懈可擊，最重要的一點是用事實說話。報導者不用加入過多自己的看法、情緒，避免用激烈的形容詞，只是按照報導對象自在的存在狀態忠實記錄。

　　3. 報導後認真編排：在採訪後的剪輯編排過程中，報導者有足夠的主動權進行裁剪、組接。由於這種編排行為會產生差別極大的效果，因此對這個環節切不可隨心所欲，而是力爭報導反應事實及其問題癥結所在。尤其要注意，不要對一些帶有煽情性的刺激內容過於渲染，否則不但不能達到批評教育的目的，反而會影響報導的客觀性。

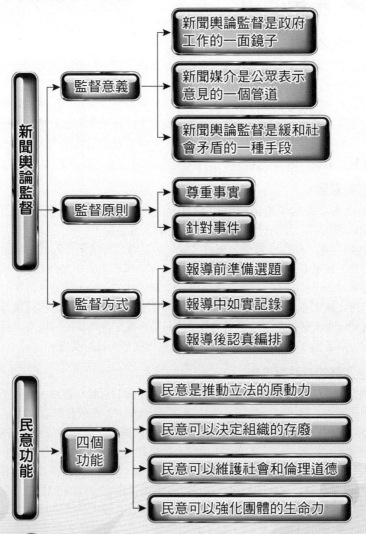

新聞輿論監督

新聞輿論監督 → 監督意義 → 新聞輿論監督是政府工作的一面鏡子

新聞媒介是公眾表示意見的一個管道

新聞輿論監督是緩和社會矛盾的一種手段

監督原則 → 尊重事實

針對事件

監督方式 → 報導前準備選題

報導中如實記錄

報導後認真編排

民意功能 → 四個功能 → 民意是推動立法的原動力

民意可以決定組織的存廢

民意可以維護社會和倫理道德

民意可以強化團體的生命力

知識補充站

監督新聞輿論時，應該注意：

1. 尊重事實：要求報導者在進行報導時，不要憑著某些情緒化的沒有落實的線索就進行報導，而要依據事實，完全依據事實來反應問題。

2. 針對事件：要求報導者在揭露或批評某種現象時，對事不對人。輿論監督的目的，在於把問題找到並集中反應出來，而不是簡單突出某個人的品性。

Unit 16-7
民意測驗

一、民意測驗的定義

民意測驗，事實上就是統計學門中的抽樣調查，運用於探討民意的調查。抽樣調查理論，就是在探討如何從數量龐大的研究對象中，透過設計適當的抽樣方法，抽出一小部分的研究對象，並以抽出的這一小部分研究對象的資料，以適當的統計方法，推估原數量龐大的研究對象的特徵。這個數量龐大的研究對象之全體，在統計學的專有名詞中，稱為「母體」，而抽出的一小部分的研究對象，稱為「樣本」，這一小部分研究對象的個數，稱為「樣本數」。

二、源起與發展

最早有案可查的民意測驗是於 1824 年，由哈李斯堡的《賓夕凡尼亞人報》（Pennsylvanian）舉行的總統選舉前的民意測驗調查活動。

從 1940 年起，每屆美國總統選舉之前，都要舉行規模不等的民意測調查。科學的抽樣方法，終於在 1930 年代興起。在 1932 年，米勒夫人（Alex Miller）決定出馬競選愛德華州的州務卿，她的女婿蓋洛普（George H. Gallup）便利用這次的選舉，來驗證她的博士論文中，所發展出的一種科學抽樣方法。蓋洛普用這種科學方法，進行了一項民意調查，結果正確地預測出選舉的結果。真正使科學的抽樣方法受到社會各界重視的，則是 1936 年的總統選舉，由蓋洛普所從事的民意調查。

三、民意測驗的效益與流弊

1. 民意測驗的效益：根據西方國家從事民意測驗的百餘年經驗，發覺民意測驗對民主政治的發展，具有以下效益：（1）維護政治安定：一個政府若能經常舉辦民意測驗，藉以了解民意及其需求，以做為決策參考依據，必有助於政治的安定。（2）提昇民主程度：民意測驗能直接反映民意，受測者表示何種意見，統計表上即是何種意見，由於民意測驗的採行，使得民意有了一個更健全的表達管道，提高了民主程度。（3）改善決策品質：民意測驗可以提供立法者與行政官員等決策階層，迅速獲得情報與資料，協助理性化政策的形成，並可提供決策施行後的回饋意見，做為改進決策的參考，改善決策的品質。（4）協助政治溝通：由於數據化的民意測驗，使得政府知道民心之所向，使得政策的推展過程中，得到回饋，做為修正的參考。因此，民意測驗有益政治系統建立「雙向」溝通。

2. 民意測驗的流弊：（1）可能影響有獨立性、開創性的領袖創造力，因為民意測驗的結果，使得政治領袖必須不斷去迎合，雖然民意趨向可以表達民意，但仍不得不力加迎合。（2）可能貶低議會機構的民意代表性，傳統上，議會是代表民意的制度化機構，於不斷的民意測驗，可以代表民意，議會的民意代表性，勢將減損。

反觀我國，近年來，由於媒體彼此競爭，本身甚有自己的政治立場，當媒體自行辦理民意測驗時，往往因方法不嚴謹、取樣沒代表性，故在發表時，常彼此數字不同，產生所謂「機構效應」，以致有損其公正性。

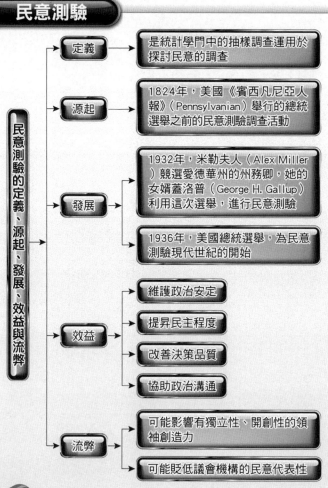

民意測驗

定義	→	是統計學門中的抽樣調查運用於探討民意的調查
源起	→	1824年，美國《賓西凡尼亞人報》（Pennsylvanian）舉行的總統選舉之前的民意測驗調查活動
發展	→	1932年，米勒夫人（Alex Miller）競選愛德華州的州務卿，她的女婿蓋洛普（George H. Gallup）利用這次選舉，進行民意測驗
	→	1936年，美國總統選舉，為民意測驗現代世紀的開始
效益	→	維護政治安定
	→	提昇民主程度
	→	改善決策品質
	→	協助政治溝通
流弊	→	可能影響有獨立性、開創性的領袖創造力
	→	可能貶低議會機構的民意代表性

民意測驗的定義、源起、發展、效益與流弊

Knowledge

知識補充站

民意測驗的發展

　　二次戰後，隨著美國強權的建立，使得源自於美國的民意調查方式經由其軍事政治與經濟的霸權進而擴散到全球，而形成現在一般人對於民意與民意調查的認知。此種民意調查的主題通常是由訪員打電話（或面訪或郵寄）詢問民眾對某一項公共議題或政治人物表現的看法（如贊不贊成、滿不滿意），而後再公布受訪民眾在這些問題上的意見分布情形，通常包括全體受訪者對各個問題的支持或反對的百分比例，以及經過交叉分析後所切割細分的次群體（如不同性別、年齡、教育程度、省籍、黨派背景），在各項問題上的意見分布狀況，媒體在呈現這些數字的同時，通常也輔以相關的統計圖表來幫助讀者了解該項調查的結果。因此，統計數字與統計圖表構成了現代人對民意認知的腦海圖像。

第 17 章

大眾傳播的控制

Unit 17-1
對大眾傳播控制的方式

一、內部控制

1. 自我控制（Self-Control）：包括媒介的自我道德約束及自我檢肅。

(1) 記者的專業意理，例如：新聞記者信條等。

(2) 新聞工作人員組成職業團體，例如：新聞學會。

2. 傳播機構的內部控制（Internal –Control）

(1) 新聞室內的社會控制。

(2) 媒體經濟控制：例如：老闆聘僱與自己見解相近的人、直接下令渲染或忽略某事、或親自編寫新聞稿等。

三、外部控制

1. 經濟控制

(1) 壟斷控制（Monopoly-Control）

即媒介獨占，是指媒介所有權集中，達到獨占意見市場的地步。

(2) 廣告控制（Advertiser-Control）

廣告商的控制通常均會影響新聞自由，其方式包括：廣告誇大不實，欺騙閱聽人；節目廣告化與廣告新聞化。

2. 政治、社會控制

(1) 來源控制（Source-Control）：包括：宣傳與保密。

(2) 政府控制 （Government Control）

① 在限制方面：政府常以法令禁止各種傳播內容的傳播，被限制的內容會因時、因地而有所不同。

② 在管理方面：政府則以制定法律及管理傳播機構，例如：美國聯邦傳播委員會、著作權等，均屬政府管理方式，主要用來傳達政令，但若太過，亦會影響新聞自由。

③ 協助：例如：雜誌之郵費低。

④ 參與：政府直接經營媒介，如美國的美國之音（VOA）、英國的英國廣播公司（BBC）、法國的法新社等。

(3) 公眾控制（Public Control）

這是新聞媒介需要的媒介控制，但若太過，則可能造成媒介過分迎合公眾需要，而製作出無水準的節目。其方式包括抵制與投書。

① 抵制：公眾可選擇不買、不看、不聽來表示對媒介的不滿。

② 投書：讀者投書向大眾媒介表達對某一訊息的不滿，包括讀者投書及電話反應或 Call-in 等方式。

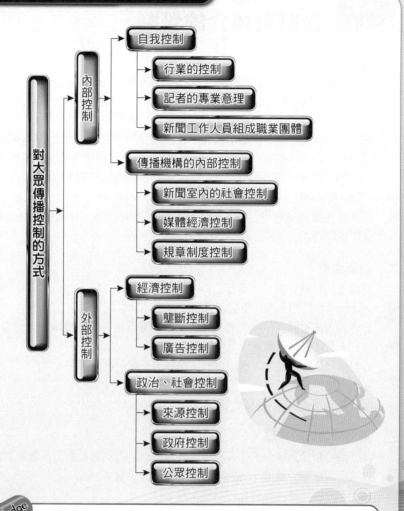

對大眾傳播控制的方式

- 對大眾傳播控制的方式
  - 內部控制
    - 自我控制
      - 行業的控制
      - 記者的專業意理
      - 新聞工作人員組成職業團體
    - 傳播機構的內部控制
      - 新聞室內的社會控制
      - 媒體經濟控制
      - 規章制度控制
  - 外部控制
    - 經濟控制
      - 壟斷控制
      - 廣告控制
    - 政治、社會控制
      - 來源控制
      - 政府控制
      - 公眾控制

259

知識補充站
Knowledge

1. 來源控制的方式還有：（1）宣傳：如：發布消息、罐裝新聞、假事件、賄賂記者或收買報業、直接傳播、洩漏秘密。（2）保密：以國家安全等各種藉口，不給新聞；或記者可能因此而道聽塗說，將不實新聞傳播出去。（3）因宣傳而給新聞：即消息來源常以公關稿的方式，使新聞記者為其塑造其所需的形象。

2. 公眾控制的方式還有：（1）節目的評級：尤其是透過電視收視率、廣播收聽率及報刊發行數量等來替媒介評級。（2）公平原則：例如：美國的公平法案「Balance Act」，對爭議事件做平衡報導。

Unit 17-2
政府對媒介的管制

圖解新聞學

一、法律管制

世界各國的憲法，幾乎都是一方面保護新聞自由，但另一方面也限制新聞自由。其次，原本刑法所規定之範圍是可以限制的，不過在刑法上所訂如「煽動擾亂秩序」、「毀謗名譽」或「妨害社會善良風俗」之類的條款，卻可做極富彈性的解釋，無形當中，使傳播媒體不能暢所欲言。目前世界各主要國家與大眾傳播有關的法律約有下列幾種：1.著作權法，2.煽動叛亂罪法，3.妨害風化法，4.誹謗法，5.隱私權保密法，6.新聞保密法，7.反獨占法，8.廣告管理法，9.許可或執照申請法，10.廣播、電視、電影之管理法。

目前我國通訊傳播管理機構為「通訊傳播委員會」，其法源來自立法院 92 年 4 月 21 日三讀通過之「通訊傳播委員會組織法」。

二、新聞檢查

這種控制新聞方式，大都行之於共產國家或獨裁國家，他們常以「國家安全」為藉口，隱瞞事實真相，而行壓迫新聞自由之實，其實施方式有以下幾種：

1. 實施新聞檢查：不准刊登，或不願將事實真相告訴傳播媒介，但卻要求傳播媒體合作，不予發表，而僅為「參考消息」。

2. 對傳播媒介之負責人提出警告，使其因畏懼而有所顧忌。

3. 規定傳播媒介有發布政府消息之義務。

4. 以暴力施加於傳播媒介工作人員身上。

三、經濟與政治的控制

各國政府對傳播媒介工作人員，以經濟或政治方式施加壓力，通常有以下幾種：

1. 津貼傳播媒介機構，或賄賂傳播媒介工作人員。

2. 對親政府之傳播媒介施予特權。

3. 將政府公告安排於親政府的傳播媒介上刊播。

4. 有選擇性地將配給分送給親政府的傳播媒介。

5. 限制反政府的報紙發行。

6. 遴選傳播媒體工作人員，給予各種津貼或獎金。

四、消息來源的控制

極權政府對於消息來源的控制，分為「宣傳」與「禁止採訪」兩種。所謂「宣傳」就是希望傳播媒介只報導有利於政府所認為「好」的內容。其次，「禁止採訪」的方式，是對於某些不順從的傳播媒介，禁止給予採訪的機會，阻斷其接近消息來源，或新聞採訪對象的機會。反之，對於親政府的傳播媒介則提供新聞甚或獨家新聞，造成不公與偏袒的現象。

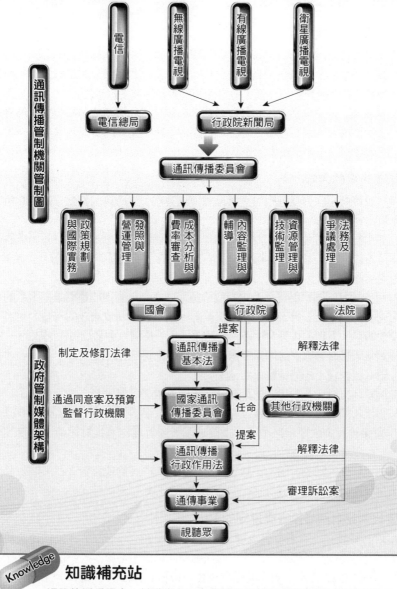

知識補充站

　　通訊傳播委員會，其職掌主要為掌管通訊傳播產業匯流現象及衍生之監理問題，包括了傳輸內容之管理、資源之管理性、競爭秩序之維護、資訊通信安全之工程技術與管理、事業間重大爭議及消費者保護事宜之處理、國際交流合作、相關基金之管理違法之取締處分等等。

Unit 17-3
讀者投書

圖解新聞學

一、讀者投書的意義

讀者投書（letter to the editors）稱「閱聽人反應」（audience response）。

1. 讀者投書除了對無冕王具有監督作用外，也相當受報社的重視。大多數報社收到讀者指責的報導錯誤的信件後，會告知相關人員，並加以查證。

2. 就新聞倫理原則而言，報社收到讀者來函指責報導錯誤，如經查證屬實，除了寫信向讀者致歉外，還應在報上更正。更正啟事應和錯誤的新聞刊登在同一版上，篇幅大小應大致相等，才是負責的作法。

二、讀者投書的內容

讀者投書乃指報紙提供版面，讓民意得以發表，故應該是報社主動做的事，不應由政府規定。依其內容可分為下列幾種：

1. 讀者投書應著重政策的討論，但現在卻不能開放討論，而且只有（多數是）反對的意見才會投稿，如果完全開放，難保不會變成「漫罵欄」；所以報社對讀者投書，必須經過挑選過濾。

2. 西方社會的閱聽群可以藉由各個管道反映意見，國內的趨勢是把讀者的意見轉移到雜誌上（網路上）發表。（例如：美國人民不贊成執政總統的主張，大可下次選舉不投他的票，不必訴諸讀者投書，反應意見——整個社會都是自由開放的。）

3. 更正新聞材料或評論的具體內容，或指出不符事實之處。

4. 對評論表達不同的觀點或意見。

5. 反映地方應興革事項，或針對公私機構的建議事項。

6. 指出新聞或評論內容錯誤，有可能妨害個人名譽、人格、隱私權的事項。

7. 向報社查詢或要求某項資料；要求記者或專欄作家指點迷津，請求代辦慈善捐款。

8. 指出新聞或評論有語焉不詳之處；提供個人的經驗或背景資料，供記者參考。

9. 提供新聞線索。

三、當代報業對讀者投書應遵守的原則

報紙必須設立「讀者投書專欄」（letter-to-editor- column），以供讀者使用。由於報紙已大都設有此種專欄，因此，立法強制此專欄不至於侵害報紙之新聞自由。

1. 報紙不得以讀者投書所涉及的主題（subject matter）為理由拒絕刊登投書，除非涉及之主題非該報曾經報導或評論過之主題。

2. 讀者投書之論述如不符簡單易懂之最低文字標準者，報紙可拒絕刊登。

3. 讀者投書之內容如與該報曾經刊登或現時刊登之讀者投書或與報紙本身新聞報導之內容重複者，報紙可拒絕刊登。

4. 「讀者投書欄」之篇幅，應以其他日報習慣上所用版面大小為標準。報紙並無義務要擴大專欄以容納所有的投書。

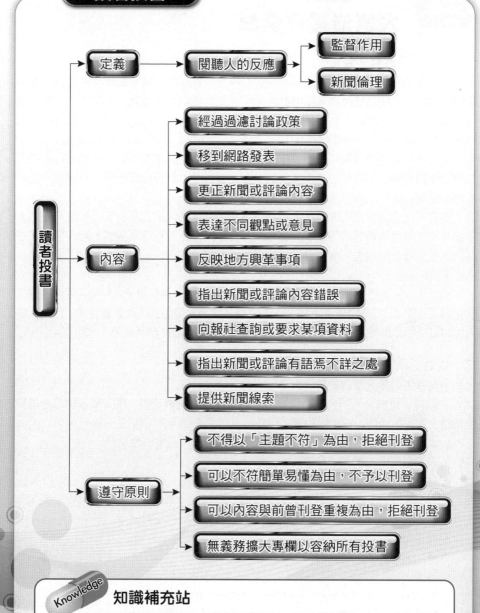

讀者投書

- 讀者投書
  - 定義 → 閱聽人的反應 → 監督作用
    - 新聞倫理
  - 內容
    - 經過過濾討論政策
    - 移到網路發表
    - 更正新聞或評論內容
    - 表達不同觀點或意見
    - 反映地方興革事項
    - 指出新聞或評論內容錯誤
    - 向報社查詢或要求某項資料
    - 指出新聞或評論有語焉不詳之處
    - 提供新聞線索
  - 遵守原則
    - 不得以「主題不符」為由，拒絕刊登
    - 可以不符簡單易懂為由，不予以刊登
    - 可以內容與前曾刊登重複為由，拒絕刊登
    - 無義務擴大專欄以容納所有投書

知識補充站

如果報社收到讀者來函指責報導錯誤，報社未做更正，也未作其他適當處置，讀者可以提出法律訴訟或向「中華民國新聞評議委員會」或其他相關新聞機構自律組織陳訴。

Unit 17-4
大眾傳播與選舉

圖解新聞學

一、大眾傳播具有「監督」、「告知」及「教育」的功能

在選舉期間，這樣的功能是更為明顯和重要，選民必須透過媒體來得知許多選舉新聞和活動，並往往依此做為投票的參考。而更重要的是「監督」的角色，對於候選人的操守和以往的政績，也要做客觀公正的比較，讓真正為民服務的人，能夠得到選民的注意，有機會再次貢獻自己。

首先，大眾傳播媒體可以增強候選人與選民之間的溝通與了解，使候選人通過大眾傳播媒體即時了解選民的心理與要求，在此基礎上，提出和修正自己的政綱，制定恰當的競選策略，以提高當選成功率。

其次，尤其對候選人而言，大眾傳播媒體更是他們向選民推銷自己的重要管道，不論是花錢舉辦各種選舉活動，或是召開記者會，塑造各種選舉議題，無非是希望在媒體上得到曝光的機會，增加自己的知名度，並建立在選民心中的形象，以使自己容易在選戰中獲勝。

第三，大眾傳播媒體可以對選舉過程進行「監督」，對於選舉過程中各種違反法律規定的行為和事件，給予揭露和曝光，在某種程度上，使得選舉過程越發透明化，社會大眾都可以對其選舉過程進行監督，最有名的例子就是 1972 年美國的「水門事件」。

264

二、政治選舉報導規範

台灣媒體對於選情的報導，大致上有以下缺失：

1. 過於「煽情」，把大部分篇幅運於戰術分析與選舉花招，讓大家看到的是選舉的熱鬧，選戰的激烈，把選舉的意義與各種主張的利弊得失，置諸一旁。

2. 濫用民意測驗，流於賽馬式報導及工具式使用，且常誤導選民。

3. 政治偏差與結構偏差所導致的主觀性。

4. 著重政治金童或較強勢的候選人。

5. 偏重衝突性議題，如統獨之爭；忽略一般綜合性議題，如交通、治安、民生等人民關心的議題。

6. 充斥謾罵、攻訐，與耳語謠言。

7. 營造選舉氣氛。

改進之道：

1. 重視新聞價值原則：如：重要性、影響性、接近性、人情味等等。

2. 排除外界干涉與個人偏見。

3. 扮演調合、仲裁角色。

4. 特定立場的處理。印刷媒體可於社論中表明；無線廣電媒體為稀有的公共財，應為社會公器。

5. 平常心處理，勿排擠其他重要新聞。

大眾傳播與選舉

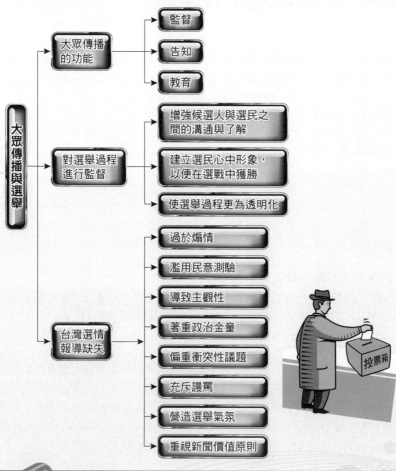

大眾傳播與選舉
- 大眾傳播的功能
  - 監督
  - 告知
  - 教育
- 對選舉過程進行監督
  - 增強候選人與選民之間的溝通與了解
  - 建立選民心中形象，以便在選戰中獲勝
  - 使選舉過程更為透明化
- 台灣選情報導缺失
  - 過於煽情
  - 濫用民意測驗
  - 導致主觀性
  - 著重政治金童
  - 偏重衝突性議題
  - 充斥謾罵
  - 營造選舉氣氛
  - 重視新聞價值原則

投票箱

Knowledge

知識補充站

　　媒體為扮演好「第四權」的角色，報導選情新聞應注意以下幾點：
1. 公平、客觀和中立。若是政黨或候選人所擁有的資源本來就相當有限，在選舉活動中，若又無法獲得新聞媒體的青睞，當然就很難在選舉中爭取到選民的支持。美國選舉研究中顯示，被新聞媒體忽視的候選人，幾乎無法在選舉中獲勝，尤其大選舉區的候選人。國內民營報紙與電視媒體，也有明顯的政治偏差現象。2. 反映民意，增闢投書版，廣納多元意見。　3. 導引政見或議題的討論，配合學者專家分析。　4. 編輯版面系統化。　5. 慎重運用民意測驗。6. 重點式訪問。

Unit 17-5
政治與選舉廣告

一、政治廣告

傳播學者麥克魯漢宣稱，廣告的作用與洗腦的程序完全一致。傳播學研究發現，政治廣告是由傳播者（政府組織、政黨、競爭人、或各種政治團體）透過大眾傳播媒體，付費購買時間、空間、機會、篇幅，直接向受眾傳輸符合傳播者意願的政治訊息，以此影響其政治態度、意念或行為的傳播過程。

二、競選廣告

若是從傳播者、訊息、管道、受重擊效果這基本的傳播模式的元素來對競選廣告作界定，則可以了解，競選廣告是候選人、政黨或政治團體，將有利於自己形象或政策訊息，或對競爭候選人政黨不利的訊息，置於廣告的內容中，藉由電視、報紙、網路等傳播媒體的傳輸，告知選民受眾，期待他們產生有利於候選人或政黨本身的投票行為或效果之操作方式。

三、付費刊登評論性廣告

所謂「付費刊登性廣告」乃是一種私人付費給各大眾傳播媒體，要求該媒體空出篇幅或時間，以廣告形式刊載或播出該私人對某項議題之個人評論。

四、電視政治廣告

政治廣告的形式有：1.政令宣導；2.意識型態宣揚；3.形象廣告；4.競選廣告。李金銓（1988）指出，電視政治廣告遠比電視新聞更具效力，廣告本身是一種「低涉入感學習」，閱聽人無須建築心理上的防禦工事，而電視新聞語焉不詳，稍縱即逝，不易給人留下深刻印象。

Kaid 綜合有關美國電視政治廣告有關文獻，歸納出三方面影響：
1. 排除選擇性暴露的問題。
2. 影響選民對候選人形象及政見的認識。
3. 影響選民投票行為。

五、選舉負面廣告

近年來，愈來愈趨盛行的負面廣告，受到極大的爭議。Zenn（1989）指出，「負面廣告」是針對候選對手人格或政見上而設計的廣告。舉凡直接攻擊特定候選人或政黨，直接或間接將對手與自身加以比較，以暴露政黨與候選人間的缺點，使選民產生負面的理解，均屬於負面競選廣告。有人謂負面、不實廣告可謂施行民主政治之必要之惡，在各國開放競選廣告的同時，負面廣告的興起幾乎成為不可避免的現象。美國學者 Johnson-Cartee & Copeland（1991）甚至宣稱，負面廣告的時代已經到來。甚至更具體指陳，負面廣告計有三種類型，分別為直接攻擊廣告、直接比較廣告與隱含的比較廣告。

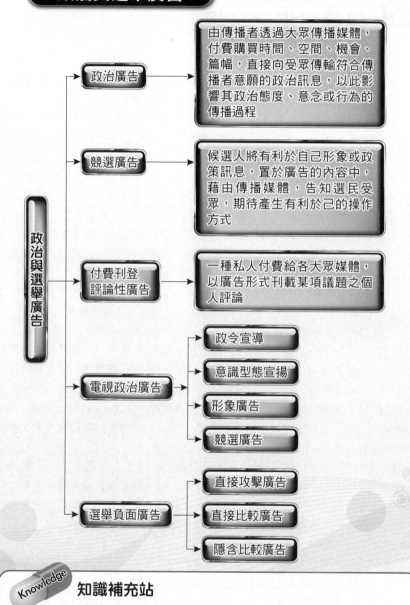

政治與選舉廣告

政治與選舉廣告

政治廣告 → 由傳播者透過大眾傳播媒體，付費購買時間、空間、機會、篇幅，直接向受眾傳輸符合傳播者意願的政治訊息，以此影響其政治態度、意念或行為的傳播過程

競選廣告 → 候選人將有利於自己形象或政策訊息，置於廣告的內容中，藉由傳播媒體，告知選民受眾，期待產生有利於己的操作方式

付費刊登評論性廣告 → 一種私人付費給各大眾媒體，以廣告形式刊載某項議題之個人評論

電視政治廣告
- 政令宣導
- 意識型態宣揚
- 形象廣告
- 競選廣告

選舉負面廣告
- 直接攻擊廣告
- 直接比較廣告
- 隱含比較廣告

第十七章 大眾傳播的控制

267

知識補充站

　　細部來看，競選廣告為廣告之一的形態，只是主角從商品變為政黨或候選人，其與一般商業廣告有許多相似之處：如候選人之個人理念及政見，可類比成商品之定位及概念，候選人的問政意圖、政見主張及其定位，就是廣告所要傳達的訊息，目標視聽眾就是候選人設定要主打的選民，就其溝通過程來看，亦和商品廣告類似。

Unit **17-6**
競選廣告之法規

一、《公職人員選舉罷免法》之規定

以民國 99 年 9 月 1 日修正通過的《公職人員選舉罷免法》來看，相關法條包括：第 49 條、51 條、第 53 條、第 104 條、第 110 條。分述如下：

第 49 條規定廣播電視之競選宣傳：「廣播電視事業得有償提供時段，供推薦或登記候選人之政黨、候選人從事競選宣傳，並應為公正、公平之對待。公共廣播電視台及非營利之廣播電台、無線電視或有線電視台不得播送競選宣傳廣告。廣播電視事業從事選舉相關議題之新聞報導或邀請候選人參加節目，應為公正、公平之處理，不得為無正當理由之差別待遇。廣播電視事業有違反前三項規定之情事者，任何人得於播出後一個月內，檢具錄影帶、錄音帶等具體事證，向選舉委員會舉發。」

第 51 條規定競選廣告應載刊登者姓名：「報紙、雜誌所刊載之競選廣告，應於該廣告中載明刊登者之姓名；其為法人或團體者，並應載明法人或團體之名稱及其代表人姓名。」

第 52 條第一項規定宣傳品印發應注意事項：「候選人印發以文字、圖畫從事競選之宣傳品，應親自簽名；政黨於競選活動期間，得為其所推薦之候選人印發以文字、圖畫從事之宣傳品，並應載明政黨名稱。」

第 53 條第二項規定候選人或選舉之民意調查資料之發布：「政黨及任何人於投票日前十日起至投票時間截止前，不得以任何方式，發布有關候選人或選舉之民意調查資料，亦不得加以報導、散布、評論或引述。」

第 104 條規定誹謗之處罰：「意圖使候選人當選或不當選，以文字、圖畫、錄音、錄影、演講或他法，散布謠言或傳播不實之事，足以生損害於公眾或他人者，應處五年以下有期徒刑。」

第 110 條第一項規定違反競選活動限制之處罰：「違反第四十四條、第四十五條、第五十二條第一項、第二項、第八十六條第二項、第三項之規定者，處新台幣十萬元以上一百萬元以下罰緩。第四項規定報紙、雜誌未依第五十一條於廣告中載明刊登者之姓名，法人或團體之代表人姓名者，處報紙、雜誌事業新台幣二十萬元以上二百萬元以下或該廣告二倍之罰緩。」

其規範的內容主要是在廣告主應該簽名或載明政黨名稱，若未載明時之罰則，同時亦揭示了「意圖使候選人當選或不當選」可能被處罰之情事。

二、其他規定

《總統副總統選舉罷免法》第 47 條對選舉廣告的規定、《刑法》第 309 條、310 條、312 條、313 條對「妨害名譽」之規定，以及《廣播電視法》、《廣播電視法施行細則》、《節目廣告化或廣告節目化認定原則》、《有線廣播電視法》、《有線廣播電視法施行細則》、《衛星廣播電視法》、《衛星廣播電視法施行細則》。

競選廣告之法規

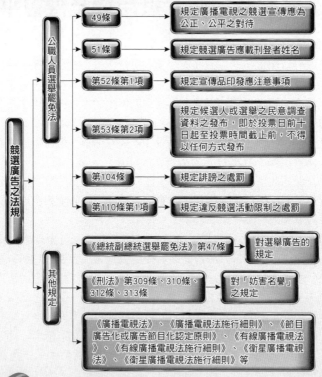

競選廣告之法規

公職人員選舉罷免法
- 49條 → 規定廣播電視之競選宣傳應為公正、公平之對待
- 51條 → 規定競選廣告應載刊登者姓名
- 第52條第1項 → 規定宣傳品印發應注意事項
- 第53條第2項 → 規定候選人或選舉之民意調查資料之發布，即於投票日前十日起至投票時間截止前，不得以任何方式發布
- 第104條 → 規定誹謗之處罰
- 第110條第1項 → 規定違反競選活動限制之處罰

其他規定
- 《總統副總統選舉罷免法》第47條 → 對選舉廣告的規定
- 《刑法》第309條、310條、312條、313條 → 對「妨害名譽」之規定
- 《廣播電視法》、《廣播電視法施行細則》、《節目廣告化或廣告節目化認定原則》、《有線廣播電視法》、《有線廣播電視法施行細則》、《衛星廣播電視法》、《衛星廣播電視法施行細則》等

知識補充站

選罷法與開放媒體競選

選罷法規定，廣播電視可在選舉公告發布後，有償提供競選時段，但必須做到公平、公正；報紙、雜誌刊登的競選廣告，應載明刊登者姓名；投票日前十日不得以任何方式發布民意調查資料，避免以不當方式誤導選舉結果。

前者如《公職人員選舉罷免法》第49條規定廣播電視之競選宣傳：「廣播電視事業得有償提供時段，供推薦或登記候選人之政黨、候選人從事競選宣傳，並應為公正、公平之對待。公共廣播電視台及非營利之廣播電台、無線電視或有線電視台不得播送競選宣傳廣告。廣播電視事業從事選舉相關議題之新聞報導或邀請候選人參加節目，應為公正、公平之處理，不得為無正當理由之差別待遇。廣播電視事業有違反前三項規定之情事者，任何人得於播出後一個月內，檢具錄影帶、錄音帶等具體事證，向選舉委員會舉發。」

後者如同法第53條第2項規定候選人或選舉之民意調查資料之發布：「政黨及任何人於投票日前十日起至投票時間截止前，不得以任何方式，發布有關候選人或選舉之民意調查資料，亦不得加以報導、散布、評論或引述。」

Unit **17-7**
選舉廣告與媒介近用權及機會平等原則

圖解新聞學

一、選舉廣告與媒介近用權

　　整體而言，媒介近用權包括三個層次：第一、近用媒介載具問題：如興辦媒體的登記許可。第二、近用媒介組織問題：如媒介工作者之選用。第三、近用媒介內容問題：如媒介錯誤報導之更正規定。事實上，媒介近用權並不是一個憲法學上固有的概念，而是由傳播學者提出的。

　　及至民國 83 年 9 月 23 日大法官會議作成 364 號解釋後，媒介近用權始獲得憲法上的積極肯認。解釋文謂：以廣播及電視方式表達意見，屬於憲法第 11 條所保障言論自由之範圍。為保障此項自由，國家應對電波頻率之使用為公平合理之分配，對於人民平等「接近使用傳播媒體」之權利，亦應在兼顧傳播媒體編輯自由原則下，予以尊重，並均應以法律定之。

　　在此號解釋文當中，大法官會議除了肯定言論自由為民主憲政之基礎，並針對廣播電視的管制法理加以闡釋，大法官認為廣播電視是人民表達思想與言論之重要媒體，可藉以反映公意強化民主，啟迪新知，促進文化、道德、經濟等各方面之發展，其以廣播及電視方式表達言論之自由，固然是憲法第 11 條所保障之範圍，但有鑑於廣播電視影響鉅大，除了媒介應當自律而盡社會責任外，一方面，一旦有藉傳播媒體妨害善良風俗、破壞社會安寧、危害國家利益或侵害他人權利等情形，國家自得依法予以限制。另一方面，廣播電視之電波頻率為有限性之公共資源，為免被壟斷與獨占，國家應制定法律實現媒介近用權。在媒介近用權的闡釋上，大法官又另就「接近使用媒介載具」與「接近使用媒介內容」加以區別。

二、選舉廣告與機會平等原則

　　廣電媒體競選廣告之「機會平等原則」、「均等時間原則」或「公平原則」之重要性及意義：

　　1. 為提供公職候選人機會，鼓勵對政見完整且不受限制之觀點，使民眾獲得充分資訊作政治選擇，在制訂選舉活動與媒體的規範中，「機會均等原則」更備受矚目。美國傳播法第 315 條款規定「機會均等原則」的原則，根據該原則，廣電媒體在公職競選期間，同意某一候選人以付費或免費方式使用其頻道者，必須給予競選同一公職之其他所有候選人同等之條件，在同樣的時段，使用其頻道之同等機會。

　　2. 該原則又稱為「均等時間」（equal time rule），意在防止廣播電台支持某一候選人而忽視某一候選人。該條文規定，任何有執照的電台如果允許一個經合法認可的公職候選人使用電台，也必須給其他所有候選人平等使用電台的機會。因此，機會均等原則的精髓，事實上，在於機會平等，而非實際上的平等使用廣播電視。假如一個候選人購買了時間，而他的對手買不起時間，廣播廣電視台無需讓無力負擔的對手免費談話。不過在解除管制的風潮下，「公平原則」（fairness doctrine）之類的法律現已廢止。

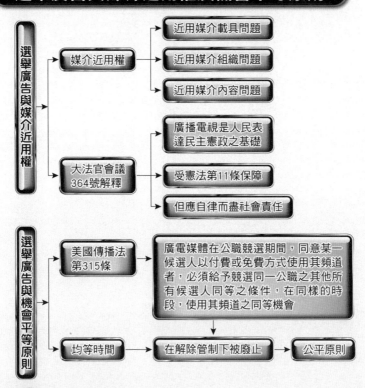

選舉廣告與媒介近用權及機會平等原則

選舉廣告與媒介近用權
- 媒介近用權
  - 近用媒介載具問題
  - 近用媒介組織問題
  - 近用媒介內容問題
- 大法官會議364號解釋
  - 廣播電視是人民表達民主憲政之基礎
  - 受憲法第11條保障
  - 但應自律而盡社會責任

選舉廣告與機會平等原則
- 美國傳播法第315條
  - 廣電媒體在公職競選期間，同意某一候選人以付費或免費方式使用其頻道者，必須給予競選同一公職之其他所有候選人同等之條件，在同樣的時段，使用其頻道之同等機會
- 均等時間
  - 在解除管制下被廢止
  - 公平原則

知識補充站

公平原則的批評與廢止

美國聯邦傳播委員會（FCC）於1964年發布「公平原則在處理公共問題之適用」的法規命令，規定廣播電視業者必須提供報導爭議事件的適當比例的時段，以及對前述爭議的報導必須提供表達對立觀點的平等機會。然而，這項法規命令遭到有識之士的反對。反對公平原則的理由有二，一為「電波稀有論」：有鑑於電台使用的電波有限，因此必須賦予有壟斷性質的廣電業較重的義務來實現公共利益，但是在有線電視、衛星電視等傳播科技次第出現之後，電台的使命趨向「窄播」，是否必須讓政府有干涉媒體的機會？實不無疑問。其二為亦形成「寒蟬效應」：強制電台播放正反兩方的意見，會使得電台為了規避公平原則的適用，反而趨於選擇爭議不高的議題來報導或評論，如是形成了「寒蟬效應」，反而箝制了新聞自由。主張廣播電視回歸自由市場取向者，更進一步反對政府對於媒體內容的管制，在解除管制與鬆綁的風潮中，公平原則被視為少數個人主張意見的工具，反而有害公共利益。於是，FCC在1985年的研究報告中，就主張公平原則有害新聞自由，並無法實現其提昇公眾討論之目的，因此現已廢除此項原則。

第 18 章

大眾傳播與社會體系

●●●●●●●●●●●●●●●●●●●●●●●●●●●●● 章節體系架構 ▼

Unit 18-1
大眾傳播與社會

　　人類社會發展導致社會結構的複雜和社會分工的加劇，社會日益分化成功能各異的不同部分，但各個部分之間並不是互相分離的，彼此相互依賴，再通過互相協調、整合組成社會系統。

一、社會生態環境對媒體發展的意義

　　從媒介的產生和發展歷史來看，媒介生態環境對媒介發展的意義主要在以下方面：

　　1. 決定媒體制度：當今世界，健全的媒介體系以成為一個國家聞名的標誌。但各個國家的媒介制度卻不盡相同，甚至是大相逕庭的。

　　2. 決定媒體發展水平：媒介是一種特殊的社會事業，由於它兼具商業性質與社會教育性質，因此，它的發展也要依賴許多綜合因素。如在觀念方面，大眾具有民主、自由與平等的思想，是媒介規範運作的前提保證。

　　3. 決定媒介的改革方向和改革力道：「適者生存」，自然界是這樣，人類社會也是這樣。新聞媒介的一切變革，不是從國家的實際國情出發，就是從當時當地的實際出發。凡是脫離實際的變革，不管有多好的主觀願望，都將歸於失敗。

　　4. 決定新聞媒介的運作模式和操作方式：由於不同區域有不同的社會結構、不同的文化傳統，及不同的社會生態環境，因此，新聞媒介的運作模式和操作方式，包括受眾定位、內容設計、版面安排、廣告來源到行文風格，都必須根據當時當地特定環境出發。

二、媒介系統在社會系統中的作用

　　媒介做為新聞傳播工具，屬於社會訊息系統，這是媒介系統在總系統中的基本定位。它的主要資源是訊息，主要功能是蒐集訊息、處理訊息和傳播訊息。以此為出發點，媒介系統在社會系統中的作用主要表現在以下幾方面：

　　1. 開發和利用社會訊息資源：這是媒介在社會總系統中的基本作用，做為新聞媒介，它的主要功能就是新聞訊息的開發和利用。主要體現在三個環節：即蒐集、製作和發布訊息。媒介的一切運作都應該以此為出發點。

　　2. 實現社會系統目標：社會總目標是由不同方面的目標集合而成的，其中包括：全體目標、組織目標、個人目標、社會其他系統的目標等。媒介系統做為社會子系統，必須為社會總目標服務，媒介系統是社會制度的一部分，它是維護既有社會秩序的。

　　3. 實現個人社會化：每個人從生物個體成長為一個社會成員，參與社會生活，必須學習，了解以往社會累積中的經驗、知識、技能、規範等，適應不同時期社會的變化，發展自己的社會性，及實現個人的社會性。

　　4. 促進社會整合：根據社會有機論的觀點，社會機體各個組成部分是相互關聯的，在其保持平衡狀態時，社會呈現一種平衡狀態，社會秩序得以維持。但社會並不是總能保持這種狀態，各個部分之間可能會出現衝突。最為常見的就是社會各個利益集團的衝突。無論是何種狀態，社會整合都是必需的。

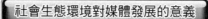

大眾傳播與社會

社會生態環境對媒體發展的意義

大眾傳播與社會

決定媒體制度

決定媒體發展水平

決定媒介的改革方向和改革力道

決定新聞媒介的運作模式和操作方式

媒介系統在社會系統中的作用

開發和利用社會訊息資源

實現社會系統目標

實現個人社會化

促進社會整合

Knowledge 知識補充站

　　大眾媒介是促進社會進步和國家發展、促進現代化的必要的工具之一，其主要作用包括下列三種：第一，媒介可以提供有關國家發展訊息。第二，媒介的報導和回饋功能，使大眾有機會參與國家決策。第三，媒介能傳授國家發展必須的技能。儘管這些功能不能完全轉化成效果，但媒介是促進現代化的因素之一，是毫無疑問的。

Unit 18-2
大眾傳播與政治

　　政治對大眾媒介的影響是多方面的，集中體現於政治制度對新聞體制的影響。新聞體制中起作用的是媒介的所有制。迄今為止，世界上媒介所有制主要有三種形式，即國有制、私有制、公有制。新聞制度的焦點問題之一是媒介、政府以及公眾三者之間的關係，而這一關係的基本面貌是由政治體制決定的，新聞體制只是將其明確地體現出來。如實施資本主義體制的社會中，媒介大多實施「私有制」，媒介相對獨立於政府，並透過市場為公眾服務。公眾有合法權力接近並使用媒介。

　　在現代社會民主政治中，新聞媒介已成為重要的中介機構，其作用主要體現在：

一、維護政治權力的合法性

　　大眾媒介維護政治權力合法性的主要手段是，傳播統治階級的意識型態。從古到今，任何一個社會裡，占統治地位的思想始終是統治階級的思想，掌握著生產資料的階級，必須以控制社會的思想，來保證自己對社會的統治。任何一個統治階級為了維護自身統治，除依靠暴力鎮壓一切反抗，用法律手段、行政手段，制裁一切有害於他們統治的行為外，還必須把自己的思想推廣到全社會去，被其他階級的人所接受。

二、參與政治決策

　　政治參與就是公民或公民團體影響政府活動的行為。政治參與的主體是公民或公民團體即非專業的政治從業者。政治參與的方式可分為直接參與和間接參與兩種，其中的差異在於，參與者介入政治過程中是否透過中介機構，而大眾媒介就是一種非常重要的中介機構。公民或公民團體可以利用媒介來間接地參與影響政治的活動。傳播學研究證明，大眾媒介具有「議題設定」的功能。

三、塑造政治文化

　　政治文化是指關於政治體系或體系之內，人們的態度、信仰和感知，也包括關於政治目標的知識和訊息。政治文化直接關係到公眾對於一個國家制度變化的認可程度、對於議政參政的熱情程度、人民對於自己與公共權利的關係，以及由此而確定的自身權利的認知度。一個國家政治民主所能實行的程度，政治目標能否順利推進，政治改革的容忍程度最終取決於政治文化。

四、進行民意監督

　　自從直接民主為間接民主所取代，代議制成為現代政治的主要方式，權力的監督就顯得格外重要。由於人民並不直接掌握權力，而勢將權力委託給他們選舉出來的代表，所以監督就十分必要，因而間接民主便要求有一整套的監督機制。對權力的監督應包括：權力的產生過程、權力的運行狀況和全力運用的結果。其中，權力執掌者是監督中的中心環節，因為權力是由這些人來執行的。如果失去公眾支持，大眾媒介的監督作用就不再有效。

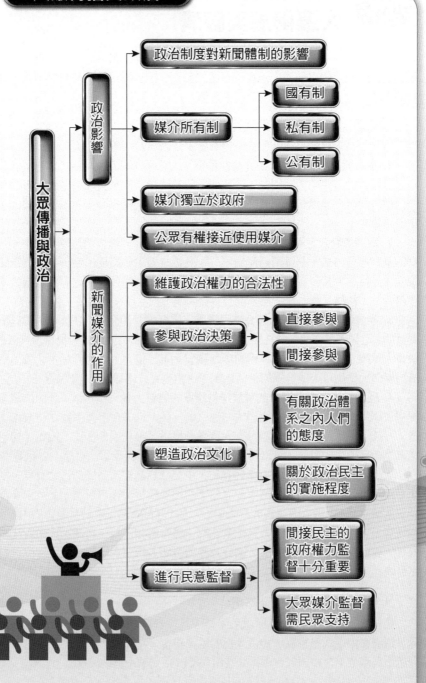

大眾傳播與政治

政治影響
- 政治制度對新聞體制的影響
- 媒介所有制
  - 國有制
  - 私有制
  - 公有制
- 媒介獨立於政府
- 公眾有權接近使用媒介

新聞媒介的作用
- 維護政治權力的合法性
- 參與政治決策
  - 直接參與
  - 間接參與
- 塑造政治文化
  - 有關政治體系之內人們的態度
  - 關於政治民主的實施程度
- 進行民意監督
  - 間接民主的政府權力監督十分重要
  - 大眾媒介監督需民眾支持

Unit 18-3
大眾傳播與經濟

　　政治體制、經濟體制以及經濟發展水準、文化傳統是決定大眾傳播媒介的體制、規模和運作方式的三個決定因素。在這三個決定因素當中，經濟是其中最活躍、也最具活力的。

一、現代經濟對大眾媒介的決定性影響

　　現代經濟對於大眾媒介的決定性影響主要體現在四個方面：

　　1. 經濟體制制約著大眾媒介功能發揮：大眾媒介有五大功能，然而，訊息傳播卻是大眾媒介的首要功能。因此，快速傳遞訊息、擴大訊息量成為各新聞媒體孜孜以求的目標，同時，並以訊息及時、訊息量大做為各個新聞媒介爭奪受眾、擴大市場的最主要手段。

　　2. 經濟體制決定著大眾媒介的運作方式：過去在計畫經濟體制下的中國，大眾媒介的基本運行方式，是以傳播者為中心，及從宣傳者的需要出發，來選擇新聞、安排版面（節目）。其背景就因為當時大眾媒介基本以依靠公費（政府財政撥款）辦報刊（電台），依靠公費訂報，無須操心生存問題，只需要按照要求，做好宣傳。

　　3. 經濟發展推動了大眾媒介快速擴張：大眾媒介的發展，主要是依靠經濟成長來支撐的。這種支撐作用，最直接表現在兩方面。第一是為大眾媒介提供了大量的廣告，使得大眾媒介得以維持日常運轉和不斷發展。第二是為大眾媒介提供大量消費者。經濟發展極大提高了人民群眾的生活水準，這也為媒介消費提供了廣闊空間。

　　4. 經濟發展為大眾媒介的發展提供雄厚的物質力量：這包括：通訊的發達為媒介提供快速傳送訊息的便利；交通的四通八達，極大地方便了記者採訪新聞和報刊的發送；科技發明以及製造業發達，為大眾媒介提供了最先進的採訪、編輯、傳送設備，尤其是衛星通訊的發展，可以跨越國界，將訊息傳送到受眾，可謂「天涯若比鄰」。

　　大眾媒介對經濟訊息的蒐集與發布，主要以刊載經濟新聞的形式實現。由於經濟訊息既可以涉及宏觀的關於國家或者地區的經濟政策與經濟形勢，又可以涉及微觀的關於某種產品、市場或者企業的具體情形，因此經濟新聞具有豐富多彩的內容與形式。從內容上，經濟新聞可以細分為工業新聞、農業新聞、科技新聞、金融新聞和貿易新聞等；從體裁上，經濟新聞又可劃分為動態新聞、新聞評論等。由於經濟新聞的特質是反映社會經濟活動，因而現代經濟新聞總的趨勢表現，為解釋與分析性的加強。

二、大眾媒介對經濟的促進作用

　　最後，大眾媒介做為一種訊息產業，其本身就是國民經濟中不可或缺的組成部分，為國家創造大量稅收，提供大批的就業機會。在美國，大眾媒介在國民經濟中位列第十大產業；在中國，大眾媒介在國民經濟中列第十五位。

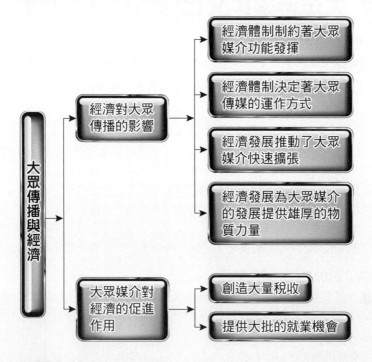

大眾傳播與經濟

大眾傳播與經濟
- 經濟對大眾傳播的影響
  - 經濟體制制約著大眾媒介功能發揮
  - 經濟體制決定著大眾傳媒的運作方式
  - 經濟發展推動了大眾媒介快速擴張
  - 經濟發展為大眾媒介的發展提供雄厚的物質力量
- 大眾媒介對經濟的促進作用
  - 創造大量稅收
  - 提供大批的就業機會

279

知識補充站

報紙與經濟的關係

　　過去農業社會，人與人之間只維持雞犬之聲相聞、老死不相往來的關係，到了15-16世紀的義大利，是當時資本注意發展得最早、農奴關係瓦解最早的地方。尤其是地中海沿岸的威尼斯城，手工業發達，商人集中，來往船舶眾多，是當時東西方的聯繫樞紐和貨物集散地，手工業主和商人們十分關心他們的產品生展與商品的銷售。人們必須了解和他的生產、生活有關訊息，因此，需要訊息的人激增，社會對訊息的需求也激增。在這個意義上，讓資本主義商品經濟和城市，成了新聞事業的溫床。商品經濟與城市互為因果，相互作用，讀者群產生，於是就有了報紙，產生了手抄報紙這種新聞事業初級階段的代表形式。到了17世紀初，出版了世界上最早的一批近代報紙。18-19世紀歐洲各國工業革命後，出現了蒸汽機，解決了工業生產的動力問題，交通條件、通訊手段、印刷設備都得以改善，為近代新聞事業的發展創造了充足的物質條件，也為報紙定期迅速出版，提供硬體和技術上的保證。

Unit 18-4
大眾傳播與文化

一、主流媒體呵護主流價值觀

主流媒體成為主流價值的支柱還在於媒體的影響過程和人們的價值觀形成過程十分默契。人們的「價值觀不是一夜之間形成的。它們是人們在日常行為中逐漸形成的，並不斷地發生變化或得到增強」。

二、大眾媒介是大眾文化的最佳載體

在現代社會，文化的主要形態為大眾文化，大眾媒介是大眾文化的最佳載體。

1. 大眾媒介和大眾文化之間的對象完全一致。

2. 大眾媒介的特質契合了大眾文化的內容要求。

3. 大眾文化的形成多追求感官刺激，這也是大眾媒介的強項。

以影像刺激為主要手段，輔之以聲音、文字、色彩等等諸手段的現代大眾媒介，對人類感官形成的刺激，相對於歷史上任何一種傳播媒介來說，都是無與倫比的。

三、大眾媒介對於文化的消極影響

大眾媒介在大眾文化的生產、促進方面具有決定性的影響力。當我們肯定大眾媒介對於大眾文化的積極影響時，不能忽略大眾媒介對於文化有關四方面的消極影響：

1. 大眾媒介限制了受眾選擇文化享受的自由。

2. 大眾媒介削弱了文化的社會功能。

3. 大眾媒介影響並控制大眾的需求。

4. 「文化帝國主義」現象也是現代大眾文化傳播中，值得憂慮的現象。

從 20 世紀 60 年代到 70 年代，出現了一批文化帝國主義的批判學者，形成了傳播學批判學派的一個重要分支，其代表人物有法國的阿芒‧馬特拉（Armand Mattelart）、英國的傑里米‧藤斯托爾（Jeremy Tunstall）、加拿大的達拉斯‧斯米塞、美國的赫伯特‧席勒（Herbert Shiller）等。他們大多具有政治經濟學的研究背景，並秉承了依附理論的思想傳統與批判精神，將當代世界的傳播問題置於資本主義／帝國主義的世界體系中進行整體的關照與考察。從這個意義上看，文化帝國主義的批判理論可以說是依附理論的傳播學分支。

有鑑於文化帝國主義與媒介帝國主義的密切關係，許多文化帝國主義的批判都是針對媒介的。美國傳播學研究的重要人物赫伯特‧席勒最早提出了媒介帝國主義理論，他在第一部專著《大眾傳播與美國帝國》（1969）中，按照依附理論的思想，對媒介帝國主義第一次做了全面深入的考察。這在經驗研究和實證研究一統天下的美國像是投下了一顆炸彈。其後，席勒有對日益加劇的全球化及其深藏的文化帝國主義進行了更加深刻的分析。在他的代表作《思想管理者》（1973）、《傳播與文化霸權》（1976）等一系列論述中，基本延續了這一思路，圍繞著「訊息的自由流通」和愈演愈烈的世界傳播不平衡格局而展開論爭，更加強調了跨國公司的作用，指出當前帝國主義的擴張不再以「國家」為行動單位，而愈來愈體現為跨國公司的行為。

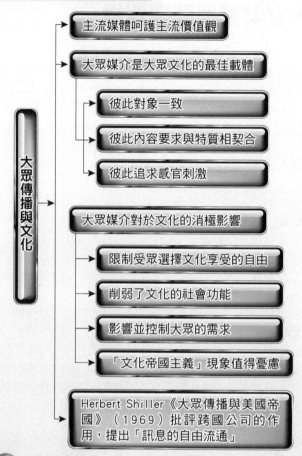

大眾傳播與文化

大眾傳播與文化

- 主流媒體呵護主流價值觀
- 大眾媒介是大眾文化的最佳載體
  - 彼此對象一致
  - 彼此內容要求與特質相契合
  - 彼此追求感官刺激
- 大眾媒介對於文化的消極影響
  - 限制受眾選擇文化享受的自由
  - 削弱了文化的社會功能
  - 影響並控制大眾的需求
  - 「文化帝國主義」現象值得憂慮
- Herbert Shiller《大眾傳播與美國帝國》（1969）批評跨國公司的作用，提出「訊息的自由流通」

知識補充站

文化帝國主義

　　文化帝國主義就是西方發達國家基於優勢的物質條件之上，運用經濟和政治的力量，宣揚和普及自身文化的種種價值觀、行為模式、制度和身分，以達到重塑被壓迫人民的價值觀、行為準則、制度和身分，使被壓迫人民服從帝國主義階級的利益。簡言之，文化帝國主義就是透過文化思想的滲透，例如：美國的影片、法國的時尚等等強勢文化的力量，來支配其他社會，來控制一個國家人民的靈魂，然後把這個國家變為西方發達國家的文化殖民地。就此而言，文化帝國主義不僅涉及到發達國家與發展中國家之間的關係，而且也涉及到發達國家之間的關係，如美國與法國、美國與加拿大等國家之間的關係。文化帝國主義不僅涉及到實踐層面，而且還涉及到理論層面。

Unit 18-5
大眾傳播與國際傳播

　　自從有了國家，便有了國與國之間的關係，即國際關係。但真正世界範圍內的現代國際關係，則是資本主義生產方式產生和發展的產物。隨著資產階級革命的勝利，最早一批資產階級民族國家產生，成為國際關係的主體，同時資本主義生產方式又使得國家間的生產和社會生活聯繫，日益緊密，具備了國際化的特點。而現代新聞媒介做為整個社會訊息傳播系統中最強大的力量，也是資本主義生產方適合發展產物之一，它從誕生之始，便自覺、不自覺地參與、影響了國際關係。

　　新聞媒介影響和作用於國際關係的歷史和現狀來看，通常情況下，媒介的力量主要體現在以下幾個方面：

一、塑造國家形象

　　這是新聞媒介對外報導中最重要也是最長期的目標。國家形象是一個國家在他國公眾中所獲得的綜合性的印象和評價，包括對其綜合實力、社會制度、國家發展、國際地位等，但從某種程度上講，一國的國家形象的好壞，和媒介的長期報導作用於人們頭腦中所形成的印象，有很大的關係。

二、影響對外政策

　　新聞媒介不僅是訊息交流溝通的工具，而且常常是民意的引導者和代言人，這就意味它做為民意工具，藉助民意的力量，往往能夠影響到國家的政策。在國際關係中，則表現為影響、作用於國家的對外政策，這種影響貫穿於對外政策制定和執行的全部過程。

三、影響吸引外資

　　新聞媒介透過對一國的政治、經濟、文化各方面的報導，形成人們對該國經濟運行環境、經濟制度、法律秩序、政權穩定狀況、投資環境、經濟發展潛力以及基礎建設等各方面的綜合判斷和評價，從而影響到國家在國際市場上吸納資金的能力、吸引外商直接投資的能力等。

四、影響對外貿易

　　對外貿易雖然是國家兼企業的直接經濟來往，但企業在相互交往過程中，該國的總體狀態，也是在決策時必須考慮的因素，而對情況的判定某種程度上來自於媒介提供的訊息。這對近來國際經濟領域日趨活躍的跨國公司的發展，顯得尤為重要。

　　正因為大眾媒介在國際間的交往中，具有重要的作用，尤其在政治、經濟等各方面均有重大影響力，因此，在一般情況下，無論任何國家都希望大眾媒介在報導中能恪守職業道德規範，客觀、公正、真實、全面地報導國際事務，形成良好的、正常的國際傳播秩序。

大眾傳播與國際傳播

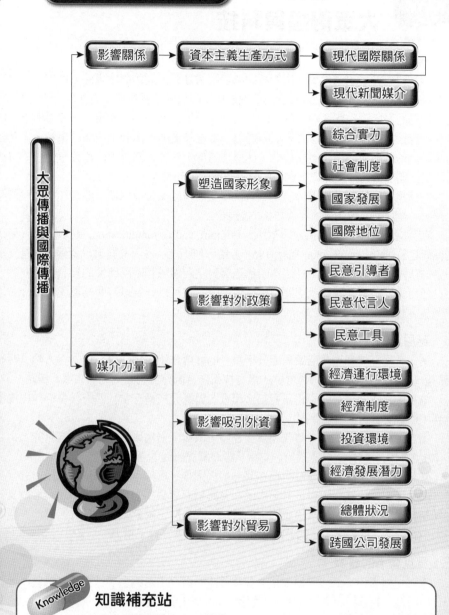

知識補充站

　　大眾媒介發揮對外政策影響的方式往往有兩種：一是透過媒介的議題設置功能，使得某些國際事務的重要性突顯出來，引起公眾普遍關注，從而也影響政府、外交決策目標和重點的設立。

Unit 18-6
大眾傳播與科技

一、科技理論

科技決定論學者通常傾向用新技術的發明去區分不同的歷史階段。例如：舒曼特和克提斯（Schement and Curtis, 1995）就提供了一份傳播科技發明的詳細「時間序列」圖：書寫的發明——概念的／制度的時代；報紙與印刷刊物的出現——取得與儲存的裝置；電腦與衛星——處理與分配的過程。這些歷史顯示出若干明顯的趨勢，尤其是隨著時間的流逝而演變出更快速的、傳播更遠的、接觸範圍更大的和更有彈性的等特徵。這凸顯了傳播科技能愈來愈快地超越時空障礙的能力。

在傳播科技決定論這個傳統中，首位重要的理論家是英尼斯。他是加拿大經濟歷史學家，也是著名傳播學者麥克魯漢的老師。

在英尼斯的代表作《帝國與傳播》（Empire and Communication, 1950）和《傳播的偏倚性》（Communication Bias, 1951）中，他指出，文明的興起、衰落與具有支配力量的傳播媒介息息相關；一切文明都是靠對空間領域和時間跨度的控制而存在的，由於任何媒介都具有時間或空間的偏倚性，因此它可以分為以時間為重點的媒介和以空間為重點的媒介。

二、英尼斯的貢獻

第一，從經濟學和政治學角度分析媒介的社會作用，揭示媒介技術對人類文明發展的重要性，把社會中占主導地位的媒介技術作為劃分文明歷史時期的重要標誌。

第二，將媒介研究同文化研究結合起來，對媒介技術在當代西方社會的作用提出批判，抨擊知識的機械化傾向。

第三，開創了新的研究傳統和研究領域，改變了傳播學中以訊息內容研究為中心的傳統，開拓了媒介與社會政治、文化、經濟關係研究的新領域。

當然，英尼斯的一些觀點也存在著一些侷限性。比如：英尼斯認為，西方近代史是一部傳播偏倚的歷史，也是一部由印刷業興起而導致的知識控制史；報業形成文化和知識的壟斷、激發民意來決定國家的政策、有利於帝國擴張、強化政治統治、增強權力中心對邊陲的控制力，因此誰掌握了報業，誰就掌握了權力。

三、麥克魯漢的貢獻

第一，他將媒介的概念擴大化，對我們認識媒介工具的重要性有啟發意義。他對現代傳播媒介的分析深刻地改變了人類對 20 世紀生活的觀念。

第二，他著眼於傳播科技的歷史影響的研究，至少對長期侷限於媒介內容的短期效果研究是一種補充或豐富。

第三，他強調傳播科技方面的發明或進步，才是變革的動力。他修正以往認為「媒介不起作用，只有內容才起作用」的看法。

第四，他預言的「地球村」影響了當代人的追求。無論是在國際政治、經濟還是跨文化交流領域，「地球村」都已成為形容當今世界的一個普遍概念。

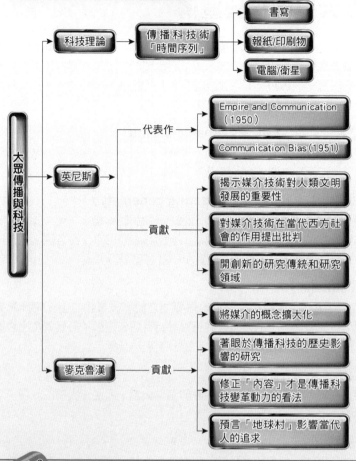

知識補充站

科技決定論

　　有鑑於新興科技在工業化、個人化的時代中不斷推陳出新，媒介的使用影響了人與人之間的互動，麥克魯漢早在1964年網際網路尚未興起的年代，就大膽預言地球村將是未來趨勢，在大家還沉浸在新科技帶來的便利與富足時，他更洞燭先機說道：當人們在發明新興工具的同時，這些工具也潛移默化影響了人類行為。麥克魯漢與殷尼斯同屬多倫多學派的傳播學家，在科技決定論中有許多精闢見解，其中幾個重要的名詞觸及了這個理論的內涵，其中科技決定論是將科技視為原因，探討其對文化的影響；具決定力的科技以科技當成一種影響；社會建構的科技則是將科技視為一種結果也是一種原因，然而科技決定論也面臨太過單一化的批評與挑戰。

Unit 18-7
大眾傳播與宣傳

傳播學者拉斯威爾 1934 年對宣傳下的定義為：「宣傳，從最廣泛的涵義來說，就是以操縱表達來影響人們行動的技巧。」更重要的是，宣傳通常都透過大眾傳播來發揮影響它的影響力。1939 年，美國宣傳分析研究所在其編輯的《宣傳的藝術》中指出，概括的常用的宣傳手法，有下面七種：

一、加以惡名（又叫「標籤法」，name-calling）

即給一種觀點（或人物、事物）貼上標籤，使人們不經驗證就對某種觀點、某個人、某一種事物持反感態度，並加以譴責，例如：「民族敗類」、「反動派」等等。

二、美化（又叫「光暈效應」，glittering generality）

即把某種觀點（或人物、事物）與一個美好的詞聯繫起來，使人為經驗證額而接受、贊許某觀點、某人、某事物。例如：「有路必有豐田車」廣告詞，把豐田小汽車與四通八達的概念聯繫起來，以後人們買車，就想起豐田車。

三、假借（transfer）

即以某種受人尊敬的權威、公眾的信譽加之於另一事物之上，使後者更為人接受。有正面，也有反面的，前者如與某英雄行為有類似之處，於是就會出現第二輪的「假借」。後者如說某人是希特勒式的人物，或某人很壞。

四、現身說法（又叫「佐證法」）

即請某個受尊敬的或被憎恨的人來評價某個觀點、產品、人物的好壞。這是廣告中經常使用的宣傳方式。

五、以平民百姓自居（plan folks）

即說話者企圖讓人們相信他和她的觀點都是好的，特別是在大選的時候，幾乎所有候選人都宣布：我和人民站在一起。這樣他才能拉到選票。

六、洗牌作弊（card stacking）

即選擇並運用與自己觀點一致的論證，以使某個觀點、人物、產品處於有利的或最不利的情況之下，即宣傳者一面倒地美化或醜化某一對象。在表揚自己的時候，只挑對自己有利的方面說；在批評對方的時候，只挑對對方不利的東西說。

七、搭順風車（bandwagon）

即企圖讓人們相信，我們所屬的那個群體，已接受他們的方案，人人都如此，你也如此吧！西方國家的選舉中，常用這種宣傳方式。例如：街頭出現一些標語：「我屬於人民」、「人民選擇我」，讓人造成一種先入為主的印象。在商業上也經常使用這種方式，比如說「可口可樂譽滿全球」這個詞，實際上暗含著這樣的意思：全球人都在喝可口可樂，你也跟著喝吧！

圖解新聞學

大眾傳播與宣傳

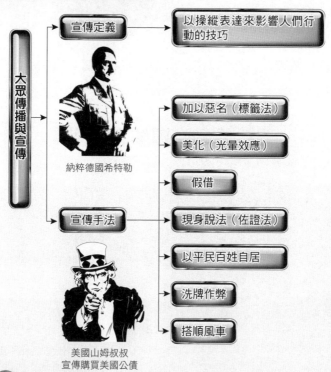

大眾傳播與宣傳

宣傳定義 → 以操縱表達來影響人們行動的技巧

納粹德國希特勒

宣傳手法 →
- 加以惡名（標籤法）
- 美化（光暈效應）
- 假借
- 現身說法（佐證法）
- 以平民百姓自居
- 洗牌作弊
- 搭順風車

美國山姆叔叔
宣傳購買美國公債

知識補充站

媒介帝國主義

「媒介帝國主義」這個名詞是由伯巴瑞（Boyd-Barret）在1977年所提的，指的是「任何國家媒介的所有權、結構、發行或傳播、與內容，單獨或總體地受制於他國，受制國卻無相等的力量去影響對方。受制國無力以相對等的力量影響對方，顯示出國際社會中資訊不平等、權力屬於少數國的這一事實。在資訊時代傳播科技也是愈受重視，因它跨越時空的特性，使政治與經濟接受影響。」

彭芸教授認為，由於先進國家將其現代化的模式和觀念，透過對世界傳播工具的壟斷與控制，傳輸到開發中國家去，使開發中國家的傳播媒介充斥著外國的節目內容，使開發中國家的傳統文化受到侵害。此外，國際資本主義透過大規模的廣告，將先進國家的生活模式介紹到開發中國家，提高了這些人民的生活期望，並驅使他們向西方模式認同，這使得開發中國家的人民愈陷入經濟依附的泥淖中不可自拔。最後，外國媒介所提供的資訊內容，常歪曲開發中國家的形象，打擊開發中國家的人民對國家前途的信心。

國家圖書館出版品預行編目(CIP)資料

圖解新聞學 / 莊克仁著. -- 二版. -- 臺北市：
五南圖書出版股份有限公司, 2024.09
　　面；　公分
ISBN 978-626-343-319-9(平裝)

1.CST: 新聞學

890　　　　　　　　　　111013958

1ZD8

圖解新聞學

作　　者 － 莊克仁（213.9）

企劃主編 － 李貴年

責任編輯 － 李敏華、何富珊

封面設計 － 姚孝慈

出 版 者 － 五南圖書出版股份有限公司

發 行 人 － 楊榮川

總 經 理 － 楊士清

總 編 輯 － 楊秀麗

地　　址：106臺北市大安區和平東路二段339號4樓

電　　話：（02）2705-5066　傳　真：（02）2706-6100

網　　址：https://www.wunan.com.tw

電子郵件：wunan@wunan.com.tw

劃撥帳號：01068953

戶　　名：五南圖書出版股份有限公司

法律顧問：林勝安律師

出版日期：2012年7月初版一刷（共四刷）
　　　　　2024年9月二版一刷

定　　價：新臺幣360元

經典永恆・名著常在

五十週年的獻禮——經典名著文庫

五南，五十年了，半個世紀，人生旅程的一大半，走過來了。

思索著，邁向百年的未來歷程，能為知識界、文化學術界作些什麼？

在速食文化的生態下，有什麼值得讓人雋永品味的？

歷代經典・當今名著，經過時間的洗禮，千錘百鍊，流傳至今，光芒耀人；

不僅使我們能領悟前人的智慧，同時也增深加廣我們思考的深度與視野。

我們決心投入巨資，有計畫的系統梳選，成立「經典名著文庫」，

希望收入古今中外思想性的、充滿睿智與獨見的經典、名著。

這是一項理想性的、永續性的巨大出版工程。

不在意讀者的眾寡，只考慮它的學術價值，力求完整展現先哲思想的軌跡；

為知識界開啟一片智慧之窗，營造一座百花綻放的世界文明公園，

任君遨遊、取菁吸蜜、嘉惠學子！